Doris Lessing, 1919 in Persien geboren, ist auf einer Farm in Südrhodesien aufgewachsen und kam im Alter von dreißig Jahren nach England, wo sie 1950 ihren ersten Roman publizierte. Sie hatte sofort großen literarischen Erfolg. Unter ihren zahlreichen Arbeiten, Romanen, Short Stories, Stücken gilt bislang der Roman ›Das goldene Notizbuch‹ als ihr Hauptwerk. Heute zählt Doris Lessing zu den bedeutendsten Schriftstellerinnen der Gegenwart.

Doris Lessing
Canopus im Argos: Archive IV
Die Entstehung des Repräsentanten
von Planet 8

*Die Entstehung des Repräsentanten von Planet 8*
ist der vierte Roman aus dem Zyklus
Canopus im Argos: Archive.

Der erste Roman trägt den Titel *Shikasta*,
der zweite Roman den Titel
*Die Ehen zwischen den Zonen Drei, Vier und Fünf*,
der dritte Roman den Titel
*Die sirianischen Versuche.*
Der fünfte Band wird unter dem Titel
*Die sentimentalen Agenten im Reich Volyen*
erscheinen.

Doris Lessing

Canopus im Argos: Archive IV

# Die Entstehung des Repräsentanten von Planet 8

Roman

Aus dem Englischen von
Manfred Ohl und Hans Sartorius

S. Fischer / Goverts

Die englische Originalausgabe erschien 1982 unter dem Titel
›Canopus in Argos: Archives. The Making of the
Representative for Planet 8‹
im Verlag Jonathan Cape Ltd., London

Umschlaggestaltung: Wolfgang Rudelius
Satz: Fotosatz Otto Gutfreund, Darmstadt
Druck und Einband: Clausen & Bosse, Leck
Printed in Germany
ISBN 3-10-043909-0

Canopus im Argos: Archive IV
Die Entstehung des Repräsentanten von Planet 8

Ihr fragt, wie die canopäischen Agenten auf uns wirkten, als DAS EIS kam.
Meist besuchte uns Johor, aber keiner von ihnen kündigte sein Kommen an. Sie blieben kurz oder lang, und während dieser angenehmen Besuche – denn wir freuten uns schon immer darauf – gaben sie uns Ratschläge; sie zeigten uns, wie wir die natürlichen Reichtümer unseres Planeten besser nutzen konnten, und machten uns mit Hilfsmitteln, Methoden und Techniken vertraut. Danach verließen sie uns, ohne zu sagen, wann wir damit rechnen konnten, Canopus wiederzusehen.
Die canopäischen Agenten unterschieden sich nicht sehr voneinander. Ich und die wenigen anderen, die man zum Zweck der Unterweisung und Ausbildung auf verschiedenen Gebieten hin und wieder auf andere kolonisierte Planeten brachte, wußten, man konnte die Beamten des canopäischen Kolonialdienstes an der Autorität erkennen, die sie alle besaßen. Doch sie war ein Ausdruck innerer Qualitäten und nicht einer Position in der Hierarchie. Auf den anderen Planeten erkannte man die Canopäer auf den ersten Blick, wenn man wußte, wonach man Ausschau halten mußte. Und das machte uns noch deutlicher bewußt, wieviel sie für unseren Planeten 8 taten.
Alles auf Planet 8, was geplant, gebaut, gemacht wurde – alles was nicht natürlich war –, entsprach ihren Anweisungen. Es war ihnen, es war Canopus zu verdanken, daß unsere Gattung auf diesem Planeten lebte. Sie hatten uns hierhergebracht; wir waren eine Art, die sie aus Rassen verschiedener Planeten geschaffen hatten.
Deshalb ist es nicht ganz richtig, von Gehorsam zu sprechen: Spricht man im Kontext seines Ursprungs, seiner Existenz von *gehorchen*?
Oder von Rebellion...
Einmal kam es beinahe zu einer Revolution.
Damals sagte Johor, wir sollten eine hohe, dicke Mauer um

unseren kleinen Planeten bauen. Er brachte Anweisungen zur Herstellung unbekannter Baumaterialien mit. Wir mußten Chemikalien in einem bestimmten Verhältnis mit dem zermahlenen Stein unseres Planeten mischen. Der Bau dieser Mauer würde lange Zeit all unsere Kräfte, all unsere Anstrengungen und alle unsere Ressourcen in Anspruch nehmen.
Darauf wiesen wir hin, als sei es Canopus nicht bereits bewußt! Das war unser Protest, denn untereinander bezeichneten wir es so. Weiter ging unsere »Rebellion« nicht. Johors lächelndes Schweigen sagte uns, daß eine Mauer gebaut werden mußte.
Wozu?
Wir würden es herausfinden, war die Antwort.
Die Fertigstellung der Mauer erlebten all jene, die bei Beginn der Bauarbeiten kleine Kinder gewesen waren, als alte Leute – darunter auch ich. Ihre Kindeskinder sahen die Zeremonie, bei der der letzte schwarzglänzende Block seinen Platz hoch oben auf einem Bauwerk fand, das fünfzigmal höher als unser höchstes Gebäude und auch entsprechend dick war.
Diese Mauer war ein Wunder.
Dieses schwarze *Ding*, das unseren Planeten umspannte – allerdings nicht dort, wo er den größten Umfang hatte, nicht in der Mitte, was unsere Zweifel und unsere Ungewißheit vergrößerte –, zog uns an, beherrschte unsere Überlegungen und Gedanken und fesselte uns. Wir standen immer wieder in Gruppen, Grüppchen und Ansammlungen auf der Mauer oder auf den Beobachtungsplattformen, die auf ihrer ganzen Länge zu diesem Zweck eingerichtet worden waren, oder an hochgelegenen Punkten, von denen man die Mauer überblickte – hochgelegenen Punkten in einiger Entfernung, denn nichts in ihrer Nähe konnte uns einen Blick schenken, der umfassend genug gewesen wäre. Wir standen dort am frühen Morgen, wenn die Sonne über ihrem Rand aufflammte, oder mittags, wenn das glitzernde Schwarz Licht und Farbe in den Himmel zurückstrahlte, und nachts, wenn die unzähligen leuchtenden Sterne des Planeten 8 in ihrem dunklen Schwarz zu schwimmen schienen wie in dunklem Wasser. Unser Planet hatte keine Monde.
Diese Mauer war zu unserem großen Werk geworden, zu unse-

rem Fortschritt, zur Summe und Definition unseres Volkes: Auf anderen Gebieten gab es keine Entwicklung; unser Reichtum vermehrte sich nicht mehr. Wir erwarteten nicht länger, wie wir es in der Vergangenheit getan hatten, unsere Ressourcen ständig zu vermehren, unser Leben zu verfeinern, zu verschönern und zu bereichern.

Eine Mauer. Eine mächtige, schwarze glänzende Mauer. Eine *nutzlose* Mauer.

Johor und die anderen, die kamen, sagten: »Wartet ab, ihr werdet sehen, ihr werdet es herausfinden, ihr müßt uns vertrauen.«

Ihre Besuche häuften sich. Ihre Instruktionen hingen nicht nur mit der Mauer zusammen. Sinn und Zweck dessen, was wir tun mußten, war nicht immer leicht zu verstehen.

Wir wußten, wir verstanden nichts mehr. Wir *hatten* verstanden – oder glaubten, verstanden zu haben –, was Canopus für und von uns wollte: Unter ihrer Obhut hatten wir an einem langen, langsamen Prozeß fortschreitender Zivilisierung teilgenommen.

In dieser Zeit der Veränderung, als unsere Erwartungen für uns und unsere Kinder gedämpft wurden, blieb unsere Welt angenehm, sehr schön und klimatisch ausgeglichen. Wie immer ernteten wir mehr, züchteten wir mehr Tiere, als wir brauchten, und tauschten unsere Erzeugnisse gegen den Überfluß anderer nahe gelegener Planeten ein. Unsere Bevölkerung blieb genau auf dem Stand, den Canopus von uns verlangte. Unser Reichtum wuchs nicht, aber wir waren nicht arm. Wir hatten nie Härten oder Bedrohungen gekannt.

Wir lebten auf einem materiell und klimatisch begünstigten Planeten. Andere Planeten litten unter extremen Klimaschwankungen. Dort kannte man Hitze, die versengte und verdörrte, und Kälte, die große Teile unbewohnbar machte. Die Stellung des Planeten 8 zu seiner Sonne bewirkte, daß es in der Mitte eine schmale, heiße Zone gab, wo es manchmal nicht sehr angenehm war. Nach beiden Seiten erstreckten sich die gemäßigten Zonen. Um die Pole lagen kalte Regionen. Doch sie waren sehr klein. Die Achse des Planeten neigte sich nicht –

oder nur so wenig, daß es nicht ins Gewicht fiel. Bei uns gab es keine Jahreszeiten wie auf anderen Planeten, von denen wir wußten.
In den Regionen, in denen wir alle lebten, kannte man keinen Schnee und kein Eis.
Wir sagten zu unseren Kindern: »Wenn man in diese Richtung reist, so weit man kann und so weit man kann in die andere, erreicht man Plätze, die weiter von unserer Sonne entfernt liegen als wir hier. Dort stößt man auf dickes Wasser, das nicht so leicht und schnell dahinfließt wie bei uns. Die Kälte macht das Wasser langsam, es schlägt Falten an der Oberfläche, während es sich bewegt, und manchmal entstehen sogar feste Platten und Schollen. Das ist Eis.«
Ganz selten schleuderten Stürme Eisklümpchen vom Himmel, und dann machten wir großes Aufhebens darum. Wir riefen unsere Kinder zusammen und erklärten: »Seht ihr, das ist Eis! An den Polen unserer Welt läßt das kalte, langsam fließende Wasser manchmal diese Substanz entstehen. Man kann einen halben Tag lang gehen, ohne etwas anderes als Wasser in dieser Form zu sehen: weißes, festes, glänzendes Wasser.«
Und zu den größeren Kindern sagten wir: »Was auf unserem Planeten fruchtbares Land ist, liegt auf manchen anderen Planeten unter Eis begraben.«
Wir erzählten ihnen: »In den Regionen unseres Planeten, die fern der Sonne liegen, fallen manchmal kleine weiße Flocken vom Himmel. Sie sind so leicht und zart, daß man sie durch die Luft pusten kann. Das ist Schnee. So verwandelt sich in diesen Gegenden das Wasser, das die Luft immer enthält, wenn es durch die Kälte gefriert.«
Natürlich staunten die Kinder und wunderten sich darüber. Sie wünschten sich, Schnee und das erstarrte, faltige Wasser zu sehen, und auch das Eis, das manchmal Krusten, Platten und Schollen entstehen ließ.
Und dann fiel Schnee.
Über den leuchtend blauen, sonnenhellen Himmel trieb dickes Grau, senkte sich herab und umhüllte uns mit einem weißen Schleier. Wir standen überall, blickten nach oben, blickten

nach unten und streckten die Hände aus, auf denen die zarten weißen Flocken aus den Geschichten, die wir unseren Kindern erzählten, einen Augenblick liegenblieben, ehe sie sich in nasse Tropfen und Flecken verwandelten.

Das Schneegestöber dauerte nicht lange, aber es war heftig. Eben noch war unsere Welt wie immer grün und braun, belebt vom Glitzern und Glänzen fließenden Wassers und den fröhlich ziehenden, leichten Wolken, und im nächsten Moment war es eine weiße Welt. Alles war weiß. Aus dem Weiß ragte die schwarze Mauer auf, und auf dem Schwarz lag eine weiße Haube.

Rückblickend sagen wir oft, daß wir nicht richtig verstanden haben, was geschah, daß wir die Bedeutung eines Ereignisses nicht erkannt haben. Doch ich kann sagen, daß dieser weiße Niederschlag, der von unserem weiten, milden Himmel fiel, uns bis ins Innerste traf und uns die Augen öffnete. O ja, wir wußten, wir verstanden. Und als wir uns Bestätigung suchend anblickten, sahen wir es im Gesicht des anderen – die Zukunft.

Diese Szene hat sich mir ganz deutlich eingeprägt. Wir waren alle aus den Häusern hervorgekommen, überall zusammengelaufen, standen in Gruppen und kleinen Ansammlungen beisammen und blickten nicht nur in dieses kalte Weiß, das uns so plötzlich einhüllte.

Wir waren groß und geschmeidig, leicht, aber kräftig, hatten braune Haut, schwarze Augen und langes, glattes schwarzes Haar. Wir liebten kräftige, leuchtende Farben in unserer Kleidung und bei der Einrichtung unserer Häuser. Denn diese Farben sahen wir in unserer Welt – die vielen Blautöne des Himmels, die unerschöpflichen Grünschattierungen der Blätter, das vielfältige Rot und Braun unserer Erde; Berge im Glanz von Pyriten und Quarzen, das Funkeln von Wasser und Sonne.

Es war uns nie in den Sinn gekommen, uns über den Einklang Gedanken zu machen, in dem wir mit unserer Umgebung standen; aber an diesem Tag taten wir es. Wir hatten uns stets als anmutig und schön empfunden, doch vor dem Hintergrund des glitzernden Weiß kamen wir uns klein und schäbig vor. Unsere Haut wirkte gelb; wir kniffen die Augen zusammen und blinzelten angestrengt, denn wir konnten dem kalten Glanz nur dadurch entgehen, daß wir sie schlossen. Die kräftigen Farben unserer Kleidung wirkten grell. Wir standen zitternd beisammen, denn die Temperatur war plötzlich gesunken, und überall sah man dieselbe, unfreiwillige Reaktion: Die Leute blickten sich an; was sie sahen, kam ihnen häßlich vor; und wenn sie daran dachten, daß sie auf die anderen ebenso wirken mußten, wendeten sie die Augen ab und legten die Arme fest um sich, allerdings nicht nur wegen der Kälte, sondern eher schutz- und trostsuchend.

Canopus traf ein, als der Schnee noch lag, als er noch nicht geschmolzen war.

Es kamen fünf, nicht einer oder zwei, wie üblich. Das allein genügte, um uns zu beeindrucken. Sie blieben, während der Schnee schmolz und unsere Welt zur Wärme und den freundlichen Farben des Wachstums zurückkehrte – und als der Schnee von neuem fiel, und diesmal länger liegenblieb. Sie verließen uns auch nicht, als die zweite weiße Heimsuchung taute und verschwand. Canopus forderte, verkündete, drohte nie – stellte sich auch nicht hoch oben auf unsere Mauer, wie wir es manchmal bei öffentlichen Anlässen taten, um zur Menge zu sprechen. Nein, die Canopäer lebten unauffällig unter uns, blieben eine Weile in einem Haus, zogen dann in ein anderes, und obwohl nichts Dramatisches oder Unangenehmes gesagt wurde, dauerte es nicht lange, bis wir alle durch sie wußten, was erforderlich war.

Es würde wieder schneien, und zwar häufiger; langsam würde sich das Gleichgewicht von Wärme und Kälte auf unserem Planeten verändern, es würde mehr Schnee und Eis für uns geben und weniger Grün und Wachstum. Wir mußten dies und das und jenes tun, um uns darauf vorzubereiten...

Wir lernten, wie alle, die auf unwirtlicheren Planeten leben, der Kälte zu begegnen. Wir hörten von stabilen Häusern mit dicken Mauern, die dem Gewicht von Schneemassen und gewaltigen Stürmen standhielten, wie wir sie bisher nicht kann-

ten. Canopus sprach von Kleidung und Schuhen und erklärte uns, wie man den Kopf mit einem dicken Tuch umhüllt, bis nur noch die Augen freiblieben – das beeindruckte und erschreckte uns besonders, denn die Schneefälle hatten uns bisher nur frösteln lassen, so daß wir unsere leichten Kleidungsstücke enger um uns zogen.
Während wir Pläne machten, wie zuerst die Siedlungen und Städte in der Nähe der Pole zu sichern seien, erklärte Canopus, wir müßten sie völlig aufgeben. Den ganzen Tag und die ganze Nacht über drängten die Menschen sich entlang der großen schwarzen Mauer. Wir standen hoch oben und versammelten uns an ihrem Fuß. Wir legten die Hände auf den harten kalten Glanz. Wir betrachteten die unvorstellbar schwere und dicke Mauer, drängten uns dicht an sie heran und blickten an ihr empor; wir sahen, wie unglaublich hoch sie über uns aufragte, und empfanden sie als Sicherheit und Garantie. Die Mauer – unsere Mauer –, unser großes, schwarzes nutzloses Monument, in das all unser Reichtum, unsere Arbeit, unsere Gedanken und unser Können geflossen waren... würde uns retten.
Wir mußten nun alle auf einer Seite der Mauer leben und den kleineren Teil unserer Welt verlassen, denn er würde bald unbewohnbar sein. Viele von uns reisten kreuz und quer durch diese milden, freundlichen Landstriche – das Getreide stand noch auf den Feldern, die Vegetation schmückte es mit vielen Farben; und es war warm. Wir wußten, wir gingen dorthin, weil wir begreifen mußten. Denn wir begriffen nichts. Man kann etwas gesagt bekommen, danach handeln und daran glauben – doch es als eine Wahrheit zu *fühlen,* ist etwas anderes. Wir – denen man die Aufgabe übertragen hatte, die Bevölkerung aus den bedrohten Häusern auszusiedeln – beschäftigten uns in Gedanken ständig mit dem schwierigen Problem, *wirklich* zu wissen, daß hier in Kürze Eis und Schnee herrschen würden. Und alle, die sich mit der Umsiedlung abfinden mußten, begriffen es ebenfalls nicht.
Bald gab es überall neue Städte und Fabriken auf der Seite der Mauer, die, wie wir glaubten, mehr oder weniger bleiben würde, wie sie war – vielleicht würde es Schnee und sogar Stürme

geben, doch das Leben würde sich nicht allzusehr von dem unterscheiden, was wir kannten.
Wenn wir uns jetzt hoch oben auf der Grenzmauer versammelten, die dem Druck von schiebendem pressenden Eis standhalten sollte, und über das noch immer fruchtbare Land blickten, in dem die Zukunft noch nicht zu sehen war – oder nur am grauen tiefen Himmel –, empfanden wir Trauer; eine lähmende beklemmende Trauer überkam uns, denn endlich konnten wir fühlen, im tiefsten Innern wirklich fühlen, daß für unsere Welt, für unser Leben, für alles, was wir gewesen waren, das Ende nahte, daß es vorbei war – aus und vorbei.
In dieser Zeit der Vorbereitung, während wir damit beschäftigt waren, so viele Menschen in neuen Häusern unterzubringen, während wir versuchten, soviel wie möglich von Johor und den anderen Botschaftern zu erfahren, die sie uns schickten, lastete ein schwerer Schatten auf unserem Denken und Hoffen.
Dann warteten wir. Zusammengedrängt – denn jetzt lebten zu viele zu eng beisammen – im bewohnten Teil unserer Welt, sagten wir uns schließlich: Zumindest die Mauer, die stets sichtbare Erinnerung an unsere Situation, ist ein Beweis, daß wir eine Zukunft haben. Unser Planet hat eine Zukunft!
Wie uns schien, verging eine lange Zeit, und so war es auch; doch sie dehnte sich noch durch die Ereignisse und Gedanken, die sie befrachteten. Unser ehemals unbelastetes Leben war hart geworden. Die Vorstellungen, die wir gehegt hatten, ohne sie je zu hinterfragen, wurden nacheinander überprüft und – so sehr hatte sich bereits alles für uns geändert – größtenteils verworfen.
Die landwirtschaftlichen Erzeugnisse, für die wir auf allen benachbarten Planeten bekannt waren, gab es nicht mehr. Die Tiere, die wir verstanden, und die uns verstanden hatten, wurden weniger und verschwanden schließlich; wir hatten neue Arten, die nicht zutraulich und freundlich waren, denn Entbehrungen und Bedrohungen, denen sie widerstehen mußten, prägten ihr Wesen. Wir hatten nicht gewußt, wie sehr das Glücksgefühl in unserem Leben darauf beruhte, daß uns auf den Feldern und in der Wildnis überall zutrauliche Tiere begeg-

net waren. Ich erinnere mich, daß ich und einige andere Repräsentanten von Provinzen und Kantonen eine Stadt verließen, in der wir uns getroffen hatten, und ein Tal erreichten, in dem wir uns üblicherweise nach den Beratungen ergingen. Wo einst leuchtendes, frisches Grün gewesen war, wo früher plätschernde Bäche geflossen waren und zierliche, verspielte, flinke Tiere sich getummelt hatten, bedeckten niedrige, stachlige grünlichgraue Sträucher die Hänge, und auf den Felsen wuchsen neue Arten von Flechten, grau und dick wie Fell. Unvermittelt standen wir einer Herde Rinder mit massigen Schultern und schweren großen Köpfen gegenüber – die mächtigen Hufe unbeweglich in den Boden gestemmt, starrten sie uns alle mit gesenkten Hörnern an. Wir betrachteten sie und versuchten, nicht allzu bedrückt zu sein, denn wir hatten gelernt, unseren Kummer zu fürchten. Plötzlich überzog ein silbernes Grau das Graubraun ihres zottigen Fells. Gräuliche Krümel fielen durch die Luft. Wir streckten die Hände aus, und sie füllten sich mit dieser grauen, rauhen Substanz. Ein grauer Himmel schien sich herabzusenken; er wurde hinuntergezogen von seinem eigenen Gewicht. Wir standen zitternd da und zogen die neuen Kleider enger um uns, die wir auf Anweisung von Canopus nun trugen – sie waren dick und warm; aber man konnte sich nicht ungehindert darin bewegen. Trotz der Kälte blieben wir lange dort stehen, denn wir wußten, wir brauchten solche Momente enthüllender Klarheit, damit wir uns vielleicht innerlich änderten, um den äußeren Veränderungen gerecht zu werden.

Der Teil der Welt hinter der Mauer war inzwischen grau, kalt, vereist und erstarrt; dort lebten die Geschöpfe der Kälte. Zuerst kamen harte Fröste, unter denen die Steine splitterten und schließlich barsten; ganze Berge veränderten ihr Aussehen, bestanden scheinbar nur noch aus losem Geröll; der Himmel hing tief und düster über dem Land, über das dicke, dunkle Wolken zogen. Dann kam der Schnee, er fiel heftig und dicht; darauf folgten Stürme, die einen Tag und schließlich tagelang tobten. Alles jenseits der Mauer war weiß; die Herden neuer Tiere kamen mit schneeverkrusteten Fellen herbei und starrten uns mit

traurigen Augen in den verschneiten Gesichtern an. Doch der Schnee schmolz, hinterließ das graue und braune Land; dann schneite es wieder – und wieder; nun schmolz der Schnee nicht mehr so schnell und schließlich überhaupt nicht mehr.
Canopus sagte, wir, die Repräsentanten, sollten den Planeten auf der Mauer umwandern, und etwa fünfzig machten sich auf den Weg. Canopus begleitete uns. Diese Aufgabe nahm beinahe ein Jahr in Anspruch. Wir wanderten nicht mit, sondern gegen die Drehung des Planeten, so daß die Sonne immer vor uns aufging. Und wir mußten uns umdrehen, wenn wir sehen wollten, wie sich die Schatten bei Einbruch der Dunkelheit verdichteten. Da die Mauer den größten Teil des Weges schmal war, gingen immer nur zwei oder drei nebeneinander; die hinter uns kamen, vermittelten einen Eindruck davon, wie klein und winzig wir unter diesem Himmel wirkten, an dem zur Rechten dichte Schneewolken hingen. Auf der anderen Seite der Mauer, aber weit unten, in Richtung Pol, war der Himmel oft noch blau; es gab warme Tage, dort lagen die grünen und braunen Farben einer sommerlichen Landschaft, und das Wasser in den Bächen strömte schnell und munter dahin. Zur Rechten verschwand das graue, öde Land immer wieder unter Schnee. Wir sahen, daß die weiße Kälte die fernen Berge auf dieser Seite erobert hatte, die Hänge bedeckte und bis in die Täler vordrang. Unsere Lungen schmerzten vom Wind, der aus dieser Richtung kam, und unsere Augen brannten. Deshalb wendeten wir den Kopf und blickten über den Teil unserer Welt, der uns noch suggerierte: Die Natur ist warm und angenehm wie eure Körper. Aber Canopus brachte uns immer wieder – sanft, doch mit unwiderstehlichem Nachdruck – dazu, so oft wie möglich in die Welt der Kälte zu blicken.
Wir zogen Tag um Tag weiter, und wir schienen durch ein sterbendes Land zu wandern. Denn schon bald wurden die Gräser auch auf der linken Seite der Mauer niedriger und spärlicher, verlor die Vegetation ihre Üppigkeit, und irgendwo hinter dem Blau lag ein weißer Glanz, unter dem sich der Himmel senkte. Rechts drang der Schnee vor; er rückte

immer weiter vor, kam auf uns zu, und es fiel schwer, die vertraute Landschaft zu erkennen.

Es kam ein Tag, an dem wir alle mit Canopus auf der Mauer standen und in die erstarrte Weite blickten, und wir sahen, wie die mächtigen, schweren Tiere, die Canopus von einem seiner Planeten mitgebracht hatte, sich am Fuß der Mauer drängten. Sie sammelten sich dort in riesigen Herden, während der Schnee hinter ihnen vorrückte; sie hoben die Köpfe und starrten mit wilden, entsetzten Augen auf die Mauer, die sie nicht überwinden konnten. Nicht weit von uns entfernt, gab es in halber Mauerhöhe eine Lücke, die wir mit einer Schiebetür verschlossen hatten.

Canopus brauchte uns nicht zu sagen, was wir tun mußten. Einige von uns kletterten die Mauer hinunter bis auf den nackten Boden – die Pflanzen waren seit langem verschwunden, nur eine dünne Schicht Flechten war geblieben – und öffneten das Tor. Die Tiere hoben die Köpfe, warfen sie hin und her und trampelten unschlüssig auf der Stelle. Dann begriffen sie: Dies war ihre Rettung! Ein Tier nach dem anderen stürmte durch die Lücke; bald galoppierten donnernd von überall her aus dem erstarrten Land riesige Herden, und alle kamen drängend und stoßend nacheinander durch die Lücke in der Mauer. Was waren es doch für schwerfällige, unbeholfene Tiere! Wir konnten uns nicht an ihre Masse, ihr Gewicht und ihre Plumpheit gewöhnen. Die Hörner auf ihren Köpfen waren am Ansatz mitunter dicker als unsere Schenkel, und manche Tiere hatten vier, ja sogar sechs Hörner. Ihre Hufe hinterließen Abdrücke, in denen das Wasser wie in kleinen Teichen stand; die Schultern, auf denen diese keulenartigen Knochen und Hörner ruhten, erinnerten an Hügel. Ihre Augen waren rot, wild und argwöhnisch, als sei es ihr Schicksal, unablässig anzuklagen, was immer sie dazu verurteilt hatte, dieses Gewicht von Knochen, Horn, Fleisch und Haar zu tragen, denn ihr Fell hing an ihnen herunter wie ein Zelt.

Es dauerte zwanzig Tage, bis die Herden die Mauerlücke passiert hatten, und bald lebte keines dieser Tiere der Kälte mehr in jenem Teil unserer Welt, der dazu verdammt war, unter Eis

zu erstarren. Sie befanden sich nun alle in den begünstigteren Teilen – und wir wußten, was das bedeutete, auch ohne daß Canopus uns etwas sagen mußte.
Hatten wir wirklich angenommen, unsere Schutzmauer würde all den Schnee, das Eis und die Stürme auf der einen Seite halten, damit die andere Seite warm und angenehm blieb? Nein, aber wir hatten auch nicht richtig begriffen, daß die Bedrohung so weit über das Land hereinbrechen würde, in dem wir jetzt alle lebten ... wo wir uns drängten, ballten, mit so viel weniger Nahrung und Annehmlichkeiten, daß unser früheres Leben, die früheren Bedingungen uns wie der Traum von einem fernen, begünstigten Planeten vorkamen, den wir nur in unserer Vorstellung zu kennen glaubten.
Da standen wir nun, blickten auf die Hügel und Täler, wo das Gras immer noch wuchs, wenn auch spärlicher, und wo das Wasser immer noch schnell und ungehindert floß. Wir sahen, wie die Tiere der Kälte sich in riesigen Herden überall ausbreiteten, und unsere Ohren schmerzten und dröhnten von ihrem wilden, triumphierenden Blöken; hier fanden sie wieder Gras zum Fressen. Wir, eine Gruppe zerbrechlicher, gelber, zartknochiger vogelähnlicher Wesen, standen inmitten der zottigen, langhaarigen Herden und starrten entsetzt in eine Landschaft, die uns nicht länger entsprach. Und wie es inzwischen immer öfter geschah, wanderte unser Blick nach oben; unsere Augen richteten sich auf den Himmel, wo die Vögel mühelos dahinglitten. Nein, es waren nicht mehr die hübschen kleinen Vögel der warmen Zeiten, die in Gruppen, Scharen und Schwärmen wie ein einziger Vogel pfeilschnell durch die Luft flogen, kreisten, in die Tiefe schossen und wieder aufstiegen, die sich so schnell bewegten wie Wasser, dessen Moleküle tanzen. Wir sahen die Vögel dieser kalten Zeit; sie flogen allein; Adler, Falken und Bussarde glitten langsam auf Schwingen dahin, die nicht schlugen, sondern wie Segel ausgebreitet waren. Auch sie hatten mächtige Schultern, und ihre Augen funkelten aus dem dichten Federkleid. Sie kreisten und schwebten durch den Himmel auf dem Atem eisiger Winde; Winde, die die vertrauten Vogelscharen manchmal im Flug hatten erstarren las-

sen. Und wenn die kleinen leuchtend bunten Körper zur Erde gestürzt waren, hatten wir aufgeblickt und uns vorgestellt, auch den eisigen Windhauch sehen zu können, der sie vom Himmel schleuderte. Aber auch diese großen, raubgierigen Geschöpfe waren Vögel; sie konnten fliegen; sie konnten von einem Ende eines Tals zum anderen durch die Luft gleiten, und es dauerte nicht länger, als wir den Atem anhalten konnten. Einst waren wir wie sie, sagten wir uns, während wir schwerfällig und plump in unseren dicken Fellen auf der Mauer standen – auf der Mauer, die auf der dem Eis zugewandten Seite matt und fleckig wirkte. Sie war nicht mehr strahlend und glänzend schwarz, sondern grau in allen Schattierungen. Sie war eisiges Grau.

Nachdem die Herden durch die Mauerlücke gezogen waren, schlossen wir das Tor. Aber Canopus erklärte, sobald wir wieder zu Hause seien, müßten Arbeitstrupps ausgeschickt werden, um diese und die anderen Lücken, die man gelassen hatte, so schnell wie möglich zu schließen, damit sie ebenso fest und massiv wurden wie die massive Mauer. Denn die Öffnungen, die auf Anweisung von Canopus in der Mauer geblieben waren, lange ehe es kalt wurde, ehe es auch nur die ersten Anzeichen von Kälte gegeben hatte, um Tiere zu retten, die damals noch nicht einmal auf unseren Planeten gebracht worden waren, hatten ihren Zweck erfüllt. Die Mauer mußte lückenlos, ganz und ohne eine einzige Schwachstelle sein.

Dann wanderten wir ein paar Tage weiter, ehe wir einen Schneesturm von solcher Gewalt erlebten, wie wir es uns nicht einmal hatten vorstellen können. Wir saßen zusammengedrängt auf der sicheren Seite der Mauer, während der Wind über uns pfiff und heulte und manchmal saugend und zerrend zu uns herunterstürzte. Wir zitterten und duckten uns; wir wußten, wir hatten noch nicht einmal eine Vorstellung von dem, was uns allen bevorstand. Als das Heulen und Toben aufhörte, stiegen wir die kleinen, aus dem Mauerwerk vorspringenden Stufen hinauf – vorsichtig, denn sie waren von Eis überzogen – und sahen, auf der kalten Seite war so viel Schnee gefallen, daß alle Mulden und Erhebungen der Landschaft unter

wattigem Weiß verschwanden. Die Mauer war nur noch halb so hoch wie vorher.
Inzwischen befanden wir uns wieder in der Nähe unseres Ausgangspunktes; und wir sehnten uns nach unseren Häusern zurück, den neuen, festen Gebäuden mit dicken Mauern und spitzen Dächern, von denen der Schnee gleiten sollte – so hatten wir gedacht. Aber jetzt zweifelten wir daran. Würden wir unter Schnee leben müssen wie manche Geschöpfe unter Wasser? Würden wir uns in einer Schneewelt kleine Tunnel und Höhlen graben müssen? Aber auf unserer Seite der Mauer, wo sich Dörfer, Städte und Farmen ausbreiteten, gab es immer noch Grün und glitzerndes, fließendes Wasser. Canopus kannte unser Sehnen, unsere Verzweiflung und unser Verlangen und forderte nicht, daß wir unsere Gesichter von dieser lebenden Welt abwendeten, sondern ließ zu, daß wir, den Blick auf die Wärme gerichtet, vorwärts stolperten und versuchten, die verschneite Wildnis zu übersehen, die uns bedrängte.
In diesen Tagen blieb Johor mit mir zurück und sprach zu mir allein. Ich hörte ihm zu; meine Augen hefteten sich auf meine Gefährten vor uns, auf die Repräsentanten. Als ich begriff, daß alles, was gesagt wurde, für mich bestimmt war und nicht für sie – zumindest noch nicht, denn sie konnten sich dem noch nicht stellen –, entstand in mir eine noch deutlichere Ahnung von dem, was uns erwartete. Aber konnte es überhaupt noch schlimmer kommen?
Vor uns ragte die große Mauer hoch und schwarz über Sumpfland auf, wo der Schnee vom letzten Sturm zum Teil geschmolzen war und nur dünne weiße Streifen und Flecken auf dem dunklen Wasser zurückgelassen hatte. Dort standen wir – Johor und ich – und beobachteten unsere Gefährten, die weitergingen und schließlich nur noch ein undeutlicher, sich bewegender Fleck auf der Mauer waren, die einen Hügelkamm hinaufstieg, dann unseren Blicken entschwand, wieder anstieg und selbst aus dieser Entfernung immer noch mächtig und hoch wirkte. Sie verriet deutlich ihren Sinn und Zweck: Auf einer Seite türmte sich der Schnee, auf der anderen ästen die Tiere Wintergras und niedrige graue Büsche.

Johor berührte mich am Arm, und wir gingen weiter, bis auf beiden Seiten der Mauer Sumpfland lag. Die dunklen, weiß gestreiften Wasser zur Rechten schienen Kanäle zu sein, die in die Welt von Schnee und Eis führten. Doch das Sumpfland auf der anderen Seite gehörte zu einem Flußdelta, das zum »Meer« führte. Wir sprachen vom »Meer«, obwohl es sich in Wirklichkeit um einen großen, landumschlossenen See handelte. Wir hatten von Planeten gehört, manche von uns hatten sie sogar gesehen, auf denen es mehr Wasser als Land gab – wo Brocken, Stücke und sogar große Landflächen inmitten endlosen Wassers lagen. Es fällt schwer, etwas zu glauben, das der eigenen Erfahrung so fern liegt. Bei uns war alles umgekehrt. Unser »Meer« war für uns immer ein Wunder. Es war etwas Kostbares. Unser Leben hing davon ab, das wußten wir, denn das »Meer« trug zur Entstehung unserer Atmosphäre bei. Es schien uns von fernen und wunderbaren Wahrheiten zu sprechen, war ein Symbol dessen, was schwer erreichbar ist und beschützt und gehütet werden muß. Allen von euch, die ihr auf Planeten lebt, auf denen Flüssiges ebenso verbreitet ist wie Erde, Felsen und Sand, wird es ebenso schwer fallen, sich vorzustellen, daß wir unser »Meer« verehrten, wie uns, sich ein Bild von Planeten zu machen, auf denen Wassermassen das Land in einer ununterbrochenen, lebendigen Bewegung umspülen und immer von Ganzheit, Einheit sprechen, von Wechselwirkung, von schnellem und mühelosem Austausch. Denn die Grundlage unseres Lebens, die Materie, die uns Kontinuität verlieh, war Erde. O ja, wir wußten, der Boden und der Fels, aus denen unser Planet bestand, auf dem es nur flaches, stehendes Wasser gab – und selbst das nur an einer Stelle, wenn man von den Strömen und Flüssen absah, die dort mündeten –, waren Dinge, die sich bewegten, wie Wasser sich bewegte. Wir wußten, Felsen hatten Strömungen wie Wasser. Wir wußten es, denn Canopus hatte uns gelehrt, in diesen Begriffen zu denken. Festigkeit, Unbeweglichkeit, Dauer – so konnten nur wir vom Planeten 8 mit unseren Augen die Dinge sehen. Canopus sagte, es gibt keine Dauer, keine Unveränderlichkeit – nirgendwo in der Galaxis oder im Universum. Es gab nichts, was sich nicht bewegte und nicht veränderte. Wenn wir einen Stein betrachteten, mußten wir uns ihn als einen Tanz, als ein Fließen vorstellen. Einen Hügel, einen Berg ebenfalls.

Ich stand mit dem Rücken zu den eisigen Winden, das Gesicht unserem kostbaren See zugewandt, der hinter hohem, fedrigem Schilfgras verborgen lag, und dachte: Eis... müssen wir unseren neuen Feind auch als etwas Fließendes, sich Bewegendes sehen? In diesem Moment kam mir zum ersten Mal der Gedanke, daß unser »Meer« vielleicht zufrieren würde, obwohl es auf der »sicheren« Seite unserer Schutzmauer lag. Diese Vorstellung traf mich wie ein eisiger Windstoß. Ich wußte, es würde so sein, und ahnte bereits etwas von dem, was Canopus mir zu sagen beabsichtigte. Ich wollte mich nicht umdrehen und mich Johor stellen – mich dem stellen, was ich tun mußte.

Wieder spürte ich seine Berührung am Ellbogen, und ich wendete mich um.

Ich sah ihn, wie er mich sah: zerbrechlich und verletzlich in dicken Fellen, die Hände in den Ärmeln vergraben, Augen, die unter einer tief ins Gesicht gezogenen Kapuze hervorspähten.

Es schmerzt, das Gefühl körperlicher Stimmigkeit zu verlieren – und meine Augen richteten sich wieder auf den Himmel, wo direkt über uns ein Adler schwebte.

»Repräsentant«, begann Johor freundlich, und ich zwang mich, den Blick wieder nach unten und dem zuzuwenden, was ich von seinem gelben Gesicht sehen konnte.

»Euer Meer wird zufrieren«, sagte er.

Ich spürte, wie sich meine Knochen unter dem dünnen Fleisch krümmten und zitterten.

Ich versuchte zu scherzen: »Canopus kann uns neue Tiere mit schweren Knochen für die Kälte bringen – aber was kannst du für unsere Knochen tun? Oder werden wir aussterben wie unsere anderen Tiere, um neuen Arten, neuen Rassen Platz zu machen?«

»Ihr werdet nicht aussterben«, sagte er, und seine klaren brau-

nen Augen – allerdings entzündet und überanstrengt – zwangen mich, ihn anzusehen.
Mir kam ein anderer Gedanke, und ich fragte: »Du bist nicht auf Canopus geboren, hast du gesagt. Von welcher Art Planet kommst du?«
»Mein Leben begann auf einem warmen und freundlichen Planeten.«
»Wie Planet 8 es einmal war.«
»Wie der Planet ist, zu dem ihr alle gehen werdet.«
Darauf schwieg ich lange Zeit. Ich mußte Ordnung in meine Gedanken bringen, die unzusammenhängend durcheinanderwirbelten, so daß ich keine vernünftigen Fragen stellen konnte.
Als ich mich etwas erholt hatte, sah ich immer noch Johor an; er stand mit dem Rücken zum Wind, der aus den Schneefeldern wehte.
»Du bist immer auf Reisen«, sagte ich, »und nur selten auf deinem Planeten. Vermißt du ihn?«
Er gab keine Antwort. Er wartete.
»Wenn wir alle in Raumschiffen von unserer Heimat weggebracht werden sollen... wozu dann die Mauer? Weshalb wurden wir nicht weggebracht, als die Schneefälle einsetzten?«
»Es ist das schwerste zu erkennen, und zwar für jeden von uns, gleichgültig wie hoch die Ebene ist, auf der er sich befindet, daß für uns alle ein übergeordneter Plan gilt: eine allgemeine Notwendigkeit.«
»Weil es zu unbequem war?« Meine Stimme klang bitter.
»Hast du auf den anderen Planeten, auf die wir dich zur Ausbildung schickten, je von Rohanda gehört?«
Das hatte ich, und meine Neugier verwandelte sich in Erwartung – in eine warme, freundliche Erwartung.
»Ja, es ist ein schöner Planet... und sogar einer unserer erfolgreichsten Versuche...« Er lächelte. Da sein Mund verhüllt war, konnte ich sein Lächeln jedoch nicht sehen, sondern nur die Veränderung in seinen Augen.
Ich lächelte ebenfalls – natürlich wehmütig, denn es ist nicht leicht zu akzeptieren, daß man nur ein Punkt unter vielen ist.

»Unser bedauernswerter Planet ist kein erfolgreicher Versuch!«
»Niemanden trifft eine Schuld«, erwiderte er, »etwas am Gefüge hat sich geändert... unerwartet. Wir glaubten, dem Planeten 8 sei Stabilität und langsames Wachstum bestimmt. Da es sich anders ergeben hat, beabsichtigen wir, euch nach Rohanda zu bringen. Doch zuerst muß dort eine bestimmte Entwicklungsphase abgeschlossen sein. Eine Spezies auf Rohanda muß erst einen gewissen Entwicklungsstand erreichen, damit sie, wenn ihr dorthin gebracht werdet, mit deiner Art ein harmonisches Ganzes bildet. Noch ist es nicht soweit. In der Zwischenzeit müßt ihr hier vor dem Schlimmsten geschützt werden.«
»Also dient die Mauer dazu, den schlimmsten Schnee abzuhalten?«
»Das schlimmste Eis, das sich in großen Schollen und Platten herunterschieben und gegen die Mauer pressen wird. Dort, wohin wir jetzt blicken...«, er drehte mich um und lenkte meinen Blick von der Kälte in Richtung des warmen Pols, »wird die Kälte noch schlimm genug sein. Ihr werdet vielleicht schwere Zeiten durchmachen, doch ihr werdet überleben. Wir glauben, daß die Mauer dem Druck des Eises lange genug widerstehen wird.«
»Und nicht alle sollen erfahren, daß wir unseren Heimatplaneten verlassen und nach Rohanda gehen müssen?«
»Es genügt, wenn einer von euch es weiß.«
Es dauerte eine Weile, bis ich diese Bemerkung richtig verstand. Es erforderte Zeit und Beobachtung, denn ohne daß ich jemandem etwas gesagt hätte – auch nicht den anderen Repräsentanten –, wurde bekannt, daß wir alle mit Raumschiffen auf einen anderen schönen Planeten gebracht werden sollten, wo unser Leben wieder so sein würde, wie es einmal gewesen war – in einer Vergangenheit, die fern zu sein schien, obwohl sie nicht fern war; sie lag nur auf der anderen Seite der äußeren Veränderungen unseres Lebens, die so drastisch und unvermittelt eingesetzt hatten, daß wir kaum glauben konnten, daß unser Leben einmal anders gewesen war.
Johor und die anderen Canopäer verließen uns, nachdem sie

sich davon überzeugt hatten, daß alle Lücken in unserer Mauer fest und solide geschlossen waren und kein Lebewesen auf der kalten Seite der Mauer zurückblieb.
Dort schien jetzt ein totes Land zu sein, in dem beinahe ununterbrochen Schneestürme tobten, Winde pfiffen und heulten, wo der Schnee sich höher und höher türmte, bis es aussah, als würden selbst die Berge bald unter den Schneemassen begraben sein. Und wenn wir jetzt auf unserer Mauer standen und hinüberblickten, während wir die tränenden Augen mit den behandschuhten Händen schützten, sahen wir, daß die Berge glasig wirkten und Eiszungen bis in die Täler vordrangen. Ein paar von uns hüllten sich in dicke Pelze, bauten kleine Karren, die auf Kufen glitten, und wir wagten uns in das kalte schreckliche Land hinaus, um soviel wie möglich darüber herauszufinden. Es war wie eine Reise in einen anderen Teil unserer selbst. So langsam und schwerfällig waren unsere Bewegungen, und jeder Atemzug schmerzte so sehr! Sehen konnten wir nur, daß der Schnee sich immer höher türmte – hinauf und hinauf in den Himmel – und das Packeis immer weiter vordrang. Nach dieser Expedition standen wir zusammengedrängt auf unserer Mauer, blickten dorthin, wo wir gewesen waren, und sahen, daß Schneewolken von den weißen Feldern aufstoben und hoch oben durch den harten kalten blauen Himmel wirbelten.
Wir hatten sehr viel zu tun – alle von uns und ganz besonders wir Repräsentanten. Die äußeren Probleme waren zwar schlimm genug, aber eigentlich das geringste. Nachdem der Gedanke auf alle übergesprungen war, daß uns eine Heimat in einem begünstigten Teil der Galaxis erwartete, wo wir wieder im Einklang mit unserer Umgebung stehen würden – wir, eine lebhafte, glänzend braunhäutige gesunde Rasse unter einem blauen Himmel –, nachdem dieser Traum uns beherrschte, schien uns die Wirklichkeit noch mehr zu betäuben und abzustumpfen. Und wenn wir hinüberblickten und sahen, daß der Schnee sich in glitzerndes Packeis verwandelt hatte, mit Rissen und Spalten, die manchmal über den ganzen Horizont liefen, erschien uns dieser augenblickliche Schrecken weniger wirklich als Rohanda, unser Ziel, unsere Zukunft. Wann? Schließ-

lich sehnten wir uns nach unserer Rettung und wünschten sie herbei. Ich und die anderen mußten dagegen ankämpfen. Denn wenn wir zuließen, daß wir uns Tagträumen und Sehnsüchten hingaben, würde niemand mehr am Leben sein, um schließlich die Reise zu dem schönen Planeten anzutreten.

Eine unserer Schwierigkeiten lag darin, daß alle Gebäude, die errichtet worden waren, um unsere Bevölkerung und die Tiere vor Einbruch der Kälte aufzunehmen, sich nur nach der den Schneestürmen abgewandten Seite öffneten. Wenn wir auf der Mauer standen, fiel uns unweigerlich ins Auge, wie die Dörfer und Städte sich zusammendrängten, duckten und versteckten. Es schien in den Gebäuden keine Fenster und Öffnungen zu geben, denn sie befanden sich auf der anderen Seite. Früher hatten sich unsere Städte ausgebreitet, und man mochte glauben, sie seien zufällig entstanden, wie das bei Städten der Fall ist, die sich einen leicht zugänglichen Hang zunutze machen oder günstige Luftströmungen. Wenn man jetzt hinunterblickte, schien eine Stadt aus einem einzigen Gebäude zu bestehen, das in einem Tal lag und in dem man von einem Zimmer zum nächsten gehen konnte. Wenn wir auf der Mauer standen und spürten, wie der Wind an uns zerrte und riß, wirkten unsere neuen Behausungen so ungeschützt und zerbrechlich, denn wir kannten die Gewalt dessen, was kommen würde – und doch *war es dort unten in den Städten so leicht, die Bedrohung zu vergessen.* Dort waren wir geschützt, und die Stürme tobten über die Stadt hinweg. Aus Fenstern und Türen sah man auf Hügel, die immer noch grün waren, und Berge, an deren Flanken sich die Vegetation weit hinaufzog. Man sah das Glitzern und Glänzen von Wasser; und zwischen den dicken grauen Wolken tauchten dunstig blaue Flecken auf. Dort unten erwarteten uns Fruchtbarkeit, Wärme und Annehmlichkeiten… dort, gerade noch sichtbar, lag alles, was unser Herz begehrte.

Was sollten wir also tun – wir, die Repräsentanten? Diese Leute, für die wir verantwortlich waren, zwingen zurückzublicken – nach oben zu blicken? Hinter ihnen lag der Schutzwall, die Mauer. Sie ragte so hoch über die niedrigen, dichtgedrängten

Häuser auf, in denen sie lebten, daß sie ein Drittel des Himmels verdeckte. Eine Mauer wie eine Klippe, eine glatte, steile, schwarzglänzende Klippe. Auf dieser Seite war sie immer noch schwarz, doch wenn man dicht davorstand und in den Glanz blickte (in dem sich früher einmal der blaue Himmel eines, wie es inzwischen schien, endlosen Sommers gespiegelt hatte, an dem weiße Wolken träge und müßig dahinsegelten), konnte man auf dem glatten Schwarz einen schwachen grauen Schimmer entdecken. Man sah, daß winzige Linien wie Kratzer den Glanz trübten. Frost! Und früh am Morgen wirkte die glatte Oberfläche bröckelig grau.

Sollten wir fordern, daß ausnahmslos jeder die Stufen bis zum Kranz der Mauer hinaufsteigen und ins Eis blicken, die Drohung der Stürme spüren und wissen sollte, was ständig dort auf der anderen Seite der Mauer lag? Sollten wir vielleicht ein Ritual daraus machen?

Oft genug kletterten wir, die etwa fünfzig, auf die Mauer und blickten über das Land bis hinauf zum kalten Pol auf der Suche nach neuen Veränderungen und Drohungen – und wir sprachen darüber, wie wir die herrschende Stimmung bekämpfen konnten, die das Volk schwächte.

Vielleicht hielt uns das Ausmaß der Veränderungen davon ab, etwas zu unternehmen. Eine Welt aus Schnee – so hatten wir es uns vorgestellt. Doch inzwischen war alles Eis. Der Schnee hatte sich gesetzt, war zusammengepreßt, hart und schwer geworden. Eine hallende Welt – selbst der Aufschlag eines Steins rief ein Echo hervor. Während wir dort oben standen und der Wind in unsere Gesichter blies, glaubten wir, ein vorüberfliegender Vogel könne das Eis zum Singen und Dröhnen bringen. Wenn die Schneestürme tosten, riß der Wind Schneemassen in die Luft, wirbelte sie durch den metallisch klirrenden Himmel, ließ sie wieder fallen und trieb und peitschte sie zu neuen Verwehungen und Schneebergen zusammen, die schnell gefroren und neues Packeis bildeten, das sich durch die Täler zu uns hinunterschob. Wenn wir jetzt hinausblickten, mußten wir uns an die tatsächliche Höhe der Schutzmauer erinnern, indem wir auf die geschützte Seite blickten, denn mehr als die Hälfte der Mauerhöhe verschwand inzwischen auf der anderen Seite im Schnee. Sehr bald, so scherzten wir, würden wir von der Mauerbrüstung geradewegs über den Schnee – oder über das Eis – gehen können.

Wir beschlossen, keine Rituale zu schaffen, keine Rituale der Schneebetrachtung und Mauerbesteigung, oder mit erhebenden Liedern den leise klagenden, sehnsuchtsvollen Gesängen entgegenzutreten, die man jetzt Tag um Tag und halbe Nächte lang hören konnte. Wir konnten die Wirkungen einer solch erzwungenen Konfrontation mit der Realität nicht abschätzen.

Früher konnten wir die Ergebnisse dieser oder jener Entscheidung genau voraussehen.

Es lag im Wesen der neuen Ordnung, daß die Repräsentanten, deren Obhut die Tiere anvertraut waren, größeres Gewicht bekamen als jeder andere von uns. Nur unten in der Nähe des warmen Pols konnten wir noch Landwirtschaft betreiben – und auch das nur mit neuen, kälteunempfindlichen Pflanzenarten. Wir konnten nicht genug anbauen, um die Bevölkerung mit Getreide zu versorgen wie früher.

Unsere Nahrung hatte sich verändert, und zwar sehr schnell. Die Herden mächtiger zottiger Tiere schienen bei dem Futter, das die neuen spärlichen Gräser und Flechten boten, zu gedeihen. Sie lieferten uns Fleisch, Felle für unsere Kleidung, versorgten uns mit Käse und Produkten aus gesäuerter Milch, die herzustellen wir uns früher keine Mühe gegeben hatten. Man entwöhnte die kleinen Kinder jetzt mit Fleisch und Käse. Vor noch nicht allzu langer Zeit hätte man ihnen gekochtes Getreide zu essen gegeben – wir ernährten uns früher hauptsächlich von Früchten, Getreide und Gemüse. Wir überlegten, wie diese neue Ernährungsweise sich auswirken mochte. Canopus besaß genug Erfahrungen, um es uns zu sagen. Doch Canopus hatte uns schon seit einiger Zeit nicht mehr besucht. Wir würden sie danach fragen…

Die Tierhalter und die Tierzüchter riefen uns alle zusammen und erklärten, wir seien von dieser einen Tierart abhängig. Wir hatten gelernt – oder etwa nicht? –, wie schnell und rigoros Tierarten sich ändern... verschwinden... entstehen konnten. Wer garantierte uns, daß diese neuen Tiere einer weiteren Klimaverschiebung nicht ebenso schnell zum Opfer fielen, wie es bei unseren früheren Tieren der Fall gewesen war?

Wir befanden uns in einem unserer neuerbauten Häuser. Dikke Wände umgaben uns, und über uns breitete sich ein schweres Dach. Unser Leben verlief jetzt sehr still und zurückgezogen, nachdem wir uns früher jedem Windhauch und jeder Veränderung des Lichtes überließen.

Wir saßen in dieser tiefen Stille zusammen und beurteilten unsere Situation danach, wie die Verantwortungsbereiche sich verlagert hatten.

Die Zahl der Repräsentanten der Repräsentanten, zu denen ich manchmal gehörte, änderte sich nicht. Wir waren fünf. Doch manchmal mußten wir auch andere Aufgaben wahrnehmen. Jetzt gab es einen Kornverwalter und einen Kornzüchter. Die Obst- und Gemüsezüchter waren, wie angedeutet, zu Tierzüchtern geworden. Die Nahrungszüchter waren schon immer die unentbehrlichsten Züchter und Verwalter, gefolgt von denen, die bauten und die Gebäude instand hielten. Ihre Zahl hatte nicht ab-, sondern zugenommen. Fünfzehn von uns fünfzig beschäftigten sich jetzt damit, in dieser harten Zeit unserer Bevölkerung Unterkünfte zu beschaffen. Es gab die Instandhalter der Mauer. Die Aufgabe der anderen bestand in der Herstellung von Werkzeugen und allen möglichen Geräten, die zum Teil von Canopus eingeführt, zum Teil von uns entwickelt worden waren. Vor nicht allzu langer Zeit hatte es einen Repräsentanten des Gesetzes gegeben, inzwischen waren es mehrere, denn als Folge der Spannungen und Schwierigkeiten stritten sich die Leute, die früher gutmütig gewesen waren. Vor der Zeit der Kälte wurde ganz selten jemand getötet. Jetzt rechneten wir mit Mord. Wir hatten uns nicht gegenseitig bestohlen, jetzt war das allgemein üblich. Früher kannten wir keinen bürgerlichen Ungehorsam. Jetzt konnte es geschehen, daß Banden hauptsächlich junger Leute umherstreiften und Stöcke und Steine nach allem warfen, was sie herauszufordern schien – häufig die Mauer.

Aber diese Beratung beschäftigte sich ausschließlich mit Nahrung. Es war notwendig, neue Nahrungsquellen zu entdecken, zu entwickeln oder zu planen.
Was hatten wir übersehen oder bewußt unbenutzt gelassen? Da gab es unser Meer. In ihm lebten Geschöpfe aller Art. Doch selbst jetzt ließ das Gefühl, daß das Meer etwas Geheiligtes war, uns zögern, es als Nahrungsquelle in Betracht zu ziehen. Ich muß sagen, Canopus schwieg immer nur, wenn wir von unserem Heiligen See sprachen. So reagierten sie immer auf Haltungen, über die wir ihrer Erwartung nach hinauswachsen sollten. Ein paar wenige von uns hielten die Verehrung des Heiligen Sees insgeheim schon seit langem für albern. Doch wir tauschten solche Gedanken nur untereinander aus. Durch Canopus hatten wir begriffen, daß Kinder oder die Unreifen aus Argumenten nichts lernen. Nur Zeit und Erfahrung verhelfen zu Erkenntnissen.
Deshalb schwiegen wir, wie Canopus es bei solchen Gelegenheiten tat, als einige aus unserer Gruppe erregt auf den Vorschlag reagierten, man möge doch unseren See auf Nahrung untersuchen.
Es blieb nur das Land, dem wir den Rücken zugekehrt hatten und das wir so sehr fürchteten: die kalte Einöde. Auf unseren Beobachtungsgängen entlang der Mauer war uns aufgefallen, daß die großen Vögel, die wir so gerne beobachteten, schneeweiß geworden und nicht länger grau und braun waren. Auf weichen, fedrigen Schwingen schwebten sie weiß wie eine Art Schnee in den feindseligen Luftströmungen. Manchmal sahen wir sogar sehr viele Vögel; doch es fiel schwer, sie in den Schneemassen auszumachen; oft jagten Schneegestöber und Stürme über den Himmel, und dann wirbelten Vögel und Schnee durch die Luft. Aber sie mußten sich von irgend etwas ernähren... Wenn wir in der weißen Landschaft keine Lebewesen sahen, bedeutete das nicht, daß es sie nicht gab.
Es wurde beschlossen, eine Gruppe zum kalten Pol zu schikken; und man bestimmte neben anderen auch mich dafür, denn ich hatte auf anderen Planeten – allerdings nicht aus solcher Nähe – Landschaften der Kälte gesehen. Zwei der Gruppe hat-

ten ähnliche Reisen hinter sich. Ich, Doeg, Schaffer der Erinnerungen und Bewahrer der Vergangenheit, Klin, früher unser bester Obsterzeuger, und Marl, einst ein Hüter der inzwischen ausgestorbenen Herden, waren die drei, die Canopus auf andere Planeten mitgenommen hatte. Und wir gehörten zu jenen, die manchmal fanden, unsere Gefährten seien allzu anfällig für schlichte Emotionen, wie etwa im Fall unseres Meeres. Wir waren seit langem gut befreundet. Die beiden anderen der Gruppe waren jung; ein Mädchen und ein Junge, deren Lehre gerade begann. Wenn man früher alt genug war, um sich für eine Lehre zu qualifizieren, war das ein Anlaß zu Festen und Feiern. Es bedeutete, erwachsen zu werden... Aber inzwischen waren unsere vielfältigen und sich ständig entwickelnden handwerklichen Fähigkeiten und Techniken nur noch in geringem Ausmaß anwendbar; es gab so viel Schwieriges, Unangenehmes und manchmal Barbarisches zu lernen, was wir statt dessen tun mußten. Deshalb blieben uns wenige Freuden und zu wenige Möglichkeiten zum Feiern. Deshalb sahen alle jungen Leute in dieser Reise etwas Großartiges. Die Konkurrenz war groß, denn jeder wollte daran teilnehmen. Unsere Befürchtungen ließen uns zögern, die Besten zu wählen; doch schließlich entschieden wir uns für die Besten. Sie hießen Alsi und Nonni, tapfere und gute Kinder, und sie waren schön... beziehungsweise wären es früher gewesen. Aber jetzt verschwanden ihre wie unsere gelblichen Körper in weiten, unförmigen Gewändern, die auf uns wie dicke, plumpe, sich bewegende Zelte wirkten.

Es war höchst problematisch, daß wir uns die Realität der grausamen Kälte nicht vorstellen konnten, obwohl wir kurze Vorstöße in diese Region unternommen hatten, obwohl wir unsere Erinnerungen nach allem durchforschten, was wir von anderen Planeten und ihren Methoden, mit extremen Situationen fertig zu werden, gelernt hatten.

Wir beluden kleine gleitende Karren mit Vorräten von getrocknetem Fleisch – das wir alle verabscheuten. Wir waren jedoch hungrig genug, um es zu essen. Außerdem nahmen wir zusätzliche Fellmäntel mit, für den Fall, daß wir unsere verloren oder

daß sie unbrauchbar wurden, außerdem eine Art Zelt aus Tierhäuten. Wir glaubten alle, wir würden die Reise mit dieser spärlichen Ausrüstung sicher überstehen.
An einem ruhigen Morgen brachen wir auf; wir glitten über den Mauerrand, anstatt die Stufen zu benutzen, die inzwischen glatt und gefährlich waren, und landeten in einer Schneewehe, aus der wir uns herauskämpfen mußten. Den ganzen Tag lang arbeiteten wir uns mühsam durch hüfthohen, lockeren Schnee vorwärts; bei Anbruch der Dunkelheit hatten wir unser Ziel nicht erreicht – ein bestimmter Hügel, wo wir hofften, eine Höhle zu finden. Die reflektierten Strahlen unserer Sonne, die in dieser Zeit nur noch sehr schwach schien, verbrannten uns das Gesicht, und uns schmerzten die Augen. Um uns herum war alles weiß, weiß, weiß. Bald füllten weiße Schneemassen den Himmel; das Weiß war ein Schrecken und eine Qual, denn nichts in unserer Geschichte als Rasse und deshalb auch nichts in unseren Körpern und Köpfen hatte uns darauf vorbereitet. Die Dunkelheit brach herein, als wir uns in einer endlosen Ebene befanden, wo der Schnee weich und locker lag und in Wolken und Schleiern durch die Luft wirbelte. Unser Zelt fand keinen Halt auf dem Boden, sondern sank wie in Wasser ein. Wir drängten uns zusammen, öffneten unsere zottigen Mäntel, um die Wärme unserer Körper miteinander zu teilen, und schützten uns gegenseitig Arme und Köpfe. In dieser Nacht fiel kein Schnee, und es gab keinen Sturm; deshalb überlebten wir, was sonst nicht der Fall gewesen wäre. Am nächsten Morgen kämpften wir uns durch die weiche, erstickende Masse weiter und kletterten dann über einen Gletscher. Das harte Eis war so glatt, daß wir nicht schneller vorankamen, obwohl es besser war als der dicke weiche Schnee, in dem wir fürchteten, völlig zu verschwinden. Wir schlitterten und stolperten über das Eis, ohne auf die Prellungen und Schmerzen zu achten. An diesem Abend erreichten wir den Hügel, wo es eine Höhle gab, wie wir wußten. Doch eine Wand aus Eis versperrte den Zugang. Es gelang uns, das Zelt in einer Schneemulde aufzurichten. Es bestand aus zehn großen Häuten, die mit den Fellhaaren nach innen zusammengenäht worden waren. Wir breiteten auch

Felle auf den eisigen Boden und lagen dort bis zum nächsten Morgen. Wir froren weniger als in der Nacht zuvor, aber das zottlige Fell auf der Innenseite des Zeltes sog sich mit den feuchten Ausdünstungen unserer Körper voll, und die Haare waren am Morgen zu Eis erstarrt – spitze Zapfen und Zacken drohten, uns zu verletzen, als wir mit dem Gesicht nach unten in den neuen Tag hinauskrochen. Der Himmel war klar und wolkenlos.

Inzwischen begriffen wir, wie schlecht wir auf diese Reise vorbereitet waren; ich war der Ansicht, wir sollten aufgeben. Wir drei Älteren wollten umkehren, doch die beiden Jungen baten uns, es nicht zu tun, und schließlich willigten wir ein. Sie beschämten uns – nicht so sehr durch ihre tapferen leuchtenden Augen, ihre Kühnheit, sondern durch etwas Subtileres. Wenn eine Generation beobachtet, wie die Jugend heranwächst, ihre Zukunft, ihre Verantwortung vor Augen hat, und wenn das, was sie einmal erben soll, so jämmerlich, so wenig ist, überfällt die Älteren eine Scham, gegen die man mit Vernunft nicht ankämpfen kann. Nein, es war nicht unsere Schuld, daß unsere Kinder solche Härten erfahren, auf so viel verzichten mußten, was wir, die Älteren, zu unserem Erbe gezählt hatten. Es war nicht unsere Schuld, aber wir *empfanden* es so. Wir, die Alten, lernten, daß sich in einer Spezies, einer Rasse, die einer Bedrohung ausgesetzt ist, Triebe und Notwendigkeiten zu Wort melden, die in uns, in unseren Körpern liegen, und die uns unbekannt geblieben wären, wenn die Extremsituation diese Wahrheiten nicht aus uns herausgepreßt hätte. Eine ältere, eine vergehende Generation muß ihren Kindern etwas Gutes, etwas Schönes und Hohes übergeben – und sei es auch nur potentiell. – Und wenn man den Jungen kein solches Vermächtnis in die Hände legen kann, stellen sich Bitterkeit und Schmerz ein, und es fällt schwer, in die jungen Augen und Gesichter zu blicken.

Wir, die drei Repräsentanten, erklärten uns bereit, weiterzugehen.

An diesem dritten Tag war der Himmel klar und blau, deshalb konnten wir überall die großen weißen Vögel sehen, die über

Schnee und Eis dahinglitten und nach unten blickten. Sie suchten ... was für eine Beute? Zuerst sahen wir nichts. Doch dann, nachdem unsere Augen sich an die gleißende Helligkeit gewöhnt hatten, bemerkten wir gewisse Bewegungen. Etwas schien zu kriechen, zu rennen und sich von dem Schnee zu unterscheiden, den der Wind in Wolken und Schleiern vor sich hertrieb. Dann entdeckten wir kleine schwarze Flecken im Weiß. Es war Kot. Und danach größere schwarze Flecken, den Kot der weißen Vögel. Er enthielt Fell und Knochen; so gelang es allmählich, uns ein Bild von kleinen Schneetieren zu machen, ehe wir tatsächlich das erste sahen: Wir traten beinahe darauf; es saß vor unseren Füßen, und es legte sich vertrauensvoll bittend, beinahe spielerisch auf den Rücken. Es handelte sich um eine Art Nagetier, war völlig weiß und hatte sanfte blaue Augen. Nachdem wir diese Tiere erst einmal gesehen hatten, konnten wir beobachten, wie sie im Schnee umherliefen; allerdings waren es nicht viele – ganz bestimmt nicht genug, um als Nahrungsquelle zu dienen. Es sei denn, man züchtete sie in Gefangenschaft. Aber wovon ernährten sie sich? Wir entdeckten, daß ein Tierchen am Kot der großen Vögel nagte ... wenn die Vögel sie fraßen, und sie ihrerseits die Überreste der Artgenossen im Kot der Vögel, war das ein geschlossener, schwer vorstellbarer Kreislauf – aber es schien sonst nichts Freßbares zu geben. Wir sahen ein paar, aber nur sehr wenige Schneekäfer oder eine Art Insekten; auch sie waren weiß – aber wovon ernährten *sie* sich, wenn sie die Nahrung der kleinen weißen Tiere darstellten?

Da wir beabsichtigten, noch einige Tage in Richtung des Pols zu wandern, verzichteten wir darauf, einzelne Exemplare mitzunehmen. Wir marschierten weiter. Ich wußte, vor uns lag eine Hügelkette, und dort gab es tiefe Höhlen. Wir hofften, sie würden nicht alle vom Eis verschlossen sein. An einem Nachmittag, der Himmel funkelte metallisch dunkelblau, bewegten wir uns rutschend und stolpernd einen Flußlauf entlang, den wir nur deshalb kannten, weil das Wasser hier früher zwischen grünen, fruchtbaren Ufern dahingeflossen war, und sich die Menschen und Boote dort getummelt hatten. Jetzt bestand das

Ufer aus steil aufragenden Eisklippen. Um die Höhlen zu erreichen, mußten wir Stufen hineinhacken; dabei stürzte Nonni, der Junge, und verletzte sich schwer am Arm, obwohl er vorgab, kaum etwas zu spüren.

Es würde bald dunkel werden, und wir wollten unter allen Umständen für die Nacht einen geschützten Platz erreichen. Doch wir mußten ihm Zeit geben, um sich von seinem Sturz zu erholen. Wir lagerten mit dem Rücken zu den Klippen in einer Eismulde. Vor uns breitete sich eine kaltglänzende Szenerie aus. Der harte blaue Himmel erschien uns grausam; er unterstrich das tote Weiß der Landschaft. Wir atmeten flach und vorsichtig, denn unsere Lungen stachen bei jedem Atemzug. Unsere Glieder schmerzten. Die Augen wollten sich immer wieder schließen. Doch wir wußten, was wir empfanden, war nichts im Vergleich zu den Schmerzen, unter denen Nonni sich krümmte. Er holte nur in langen Abständen unter schwerem Keuchen Luft; seine Augen schienen nichts von dem leuchtenden Blau und Weiß, dem Glitzern und Funkeln wahrzunehmen, das uns umgab. Er war nahe daran, das Bewußtsein zu verlieren. Alsi setzte sich hinter ihn und legte die Arme um ihn – vorsichtig, wegen seiner gebrochenen Schulter. (Wegen der dicken Kleider wußten wir nicht, ob es die Schulter oder der Arm war.) Sie umschloß ihn mit ihrer Vitalität und Kraft. Auf uns drei Beobachter wirkte der Gegensatz zwischen den beiden jungen Gesichtern alarmierend: Trotz der Strapazen sah sie lebendig und energisch aus, er dagegen fahl, gelblich, benommen und apathisch.

»Nonni«, redete sie auf ihn ein, und wir begriffen sofort, daß sie bewußt versuchte, ihn aufzurütteln. »Nonni, wach auf. Sag etwas, du mußt wach bleiben, du mußt reden...«

Auf seinem Gesicht spiegelte sich der Widerwille; er wirkte gereizt und verdrießlich. Aber sie ließ nicht locker: »Nein, nein, Nonni. Ich möchte, daß du redest! Du hast hier in der Nähe gewohnt, nicht wahr? Nicht wahr? Komm schon, sag es uns!« Er bewegte den Kopf hin und her und wich dann dem Druck ihrer Wange auf seinem Gesicht aus. Doch er öffnete die Augen, und sie waren klar; er begriff, was sie für ihn tat.

»Wo hast du gewohnt?«
Mit einer schwachen Kopfbewegung wies er die Richtung, dann fiel sein Kopf sofort an ihre Schulter. Es mußte irgendwo vor uns gewesen sein.
»Und wie? Was hast du getan?«
»Du weißt es doch!«
»Sprich weiter!«
Wieder wehrte er sich gegen sie mit einer unfreiwilligen Bewegung, die verriet, daß er nur einschlafen wollte. Doch sie ließ es nicht zu, und er stieß hervor: »Es war dort... dort. Aber vor dem Eis.« *Dort* erstreckte sich nur der Schnee, sanft gewellt und durchschnitten von Spalten, über denen Schneeflocken tanzten und wirbelten.
»Du hast dort unten in einer Stadt gelebt, und zwar in einer unserer größten Städte. Von überall her kamen die Leute, um sie zu besuchen, denn diese Stadt hatte auf unserem Planeten nicht ihresgleichen. Es war eine neue Art Stadt.«
Mit gereizten Kopfbewegungen und geschlossenen Augen versuchte er, sich ihr zu entziehen. Doch sein Lebenswille kehrte schließlich zurück.
»Die Stadt wurde dort gebaut, weil es in diesen Hügeln Eisen gab. Unter dem Eis hier befinden sich die Bergwerke. Eine Straße führt von hier nach dort – die beste Straße auf dem ganzen Planeten. Denn auf ihr wurden die schweren Ladungen Erz transportiert, aus dem wir Fahrzeuge herstellten, die noch mehr Erz befördern konnten...«
Er schien wieder einzunicken, und Alsi sagte: »Bitte, Nonni.«
»Ehe unsere Stadt entstand, und wir mit dem Erzabbau begannen, gab es kein Zentrum der Eisenherstellung, obwohl es überall in geringem Umfang gewonnen wurde. Canopus forderte uns auf, hier nach Eisen zu suchen. Canopus zeigte uns dann, wie man es verarbeitet und mit anderen Metallen mischt. Wir begriffen, daß die Metalle, die wir herstellten, unser aller Leben ändern würden. Einigen gefiel nicht, was geschah. Manche verließen unsere Stadt wieder und suchten Orte auf, an denen sich das Leben noch nicht verändert hatte.«

»Und du, gefiel es dir?«
»Es muß mir gefallen haben, denn ich wollte wie meine Eltern Metall verarbeiten. Sie kannten beide die neuen Methoden. Kurz vor dem Eis besuchte ich mit ihnen eine Stadt, die nicht weit von unserem Meer entfernt liegt. Und zum ersten Mal im Leben sah ich etwas anderes.«
»Und wie wirkte die Stadt auf dich?« fragte Alsi neckend, denn sie kannte die Antwort.
»Sie erschien mir reizend«, erwiderte er, wieder ganz erfüllt von der jugendlichen Geringschätzung, die er dafür empfunden hatte, und wir lachten alle. Auch er lachte, denn nun konnte er auf diesen Besuch zurückblicken. Er sah die Stadt wieder vor sich. »Ja, sie war so *hübsch* und so *weich*. Bei uns war alles so viel härter. Jeder Tag brachte uns eine neue Erfindung oder Entdeckung. Wir lernten, Metalle herzustellen, an die wir vorher nicht im Traum gedacht hätten. Etwas völlig Neues schien mit uns zu geschehen. Wir mußten einfach neue Dinge herstellen und neue Gedanken denken. Ich freute mich, wieder zurückzukehren. Und um diese Zeit kam auch Canopus wieder. Wir hatten erlebt, wie anders die Menschen in anderen Teilen des Planeten lebten und konnten deshalb Vergleiche anstellen. Wir fragten Canopus, wie das Leben auf anderen Planeten aussah. Etwas Neues schien plötzlich unseren Geist zu erfüllen... wir schienen uns auszudehnen... wir waren sehr viel größer als vorher... wir wußten, wie viele unterschiedliche Lebensweisen es gab. Wir sprachen darüber, wie Arten entstanden, wuchsen, sich veränderten und ausstarben...« Er brach ab und schwieg einen Augenblick. Dunkelheit zog über sein Gesicht.
»Nonni, wir werden nicht aussterben. Canopus sagt es.«
»Einige von uns nicht«, erwiderte er. Es war die schlichte Feststellung einer Sache, die er spürte, die er wußte, und uns fröstelte. Da wußten wir, zumindest wir Älteren, daß Nonni nicht überleben würde.
»Heute scheint mir das die eigentliche Veränderung gewesen zu sein. Das Leben auf unserem Planeten würde sich ändern. Wir wußten es. Es lag nicht nur daran, weil wir neue Metalle und

alle möglichen Maschinen herstellten, sondern weil wir zum ersten Mal überhaupt in dieser Richtung dachten – und dann begannen wir, darüber nachzudenken, wie viele verschiedene Lebensweisen es geben mochte. Dann stellten wir uns natürlich die Frage, ob wir wählen konnten, wie wir uns entwickeln würden. Konnten wir die Richtung wählen, die wir einschlagen würden? Heute erscheint es mir, daß damals zum ersten Mal der Gedanke einer Wahl aufkam... Und dann kam das Eis!«

Er lachte heftig und zornig, wie nur sehr junge Leute lachen können. Der Zorn verlieh ihm neue Energie. Er erhob sich mühsam, und Alsi stützte ihn. »Weshalb sitzen wir hier herum? Es wird bald dunkel. Wir müssen einen geschützten Platz finden.«

Er ging voran, und wir folgten ihm. Wir behielten ihn im Auge, damit wir ihn festhalten konnten, wenn er ausglitt. Aber seine Kräfte hielten vor, bis wir einen Lagerplatz erreichten; dies war jedoch die letzte Anstrengung, zu der er in der Lage war.

Unter einem weit überhängenden Vorsprung aus blauem Eis entdeckten wir eine teilweise mit gefrorener Erde bedeckte Felsplatte und dahinter eine Höhle mit einem weichen, staubigen Boden. Es schien schon so lange her zu sein, daß wir Erde gesehen hatten; wir griffen voll Freude und Bestätigung suchend danach. Durch die Berührung stiegen Gerüche auf, und wir wußten, es handelte sich um Vogeldung oder Kot. In der Erwartung, Fledermäuse zu sehen, blickten wir zur Decke hinauf. Doch es gab keine Fledermäuse. Die Kälte hatte sie alle getötet. In dieser Höhle mit dem ungefrorenen weichen Boden gab es etwas, das uns beunruhigte, und wir warfen immer wieder verstohlene Blicke nach rückwärts über die Schulter.

Wir breiteten die Felle auf dem Höhlenboden aus und entfachten mit dem Vogeldung als Brennmaterial im Eingang der Höhle ein großes Feuer. Als die Flammen loderten und der Rauch aufstieg, hörten wir im Innern der Höhle Geräusche, als seien Lebewesen aufgeschreckt, die sich weiter und tiefer in den Berg zurückzogen. Wir hielten die ganze Nacht Wache, obwohl wir an diesem relativ warmen Platz gut schliefen. Wir lösten uns gegenseitig ab und hatten alle den Eindruck, daß wir beobachtet wurden – man hatte das Gefühl, angestarrt zu werden. Am nächsten Morgen vermißten wir etwas, woran wir bei Zusammenstellung unserer Ausrüstung nicht gedacht hatten. Wir brauchten eine Fackel. Es gab keinen Zweig, keinen Stock, nichts, was man als Fackel benutzen konnte; und das Tageslicht fiel nicht weit in die Höhle hinein. Als starke, geschlossene Gruppe drangen wir fünf so weit in das Innere vor, so weit wir es wagten, und wußten, daß sich nicht weit entfernt von uns Lebewesen befanden. Wir spürten eine Masse lebender Wärme. Handelte es sich um viele kleine Wesen oder um ein paar große? Und was konnten das für große Tiere sein? Die Pflanzenfresser der Vergangenheit hatten bestimmt nicht überlebt...

Sammelten sich die kleinen Nager in Höhlen, die das Eis noch nicht erobert hatte? Nisteten die großen Vögel in den Höhlen? Gab es Vögel oder andere Tiere, die wir uns nicht vorstellen konnten?

Im schmerzlichen Gefühl, etwas verloren zu haben, ließen wir diese Lebewesen zurück. Natürlich beruhte unsere Niedergeschlagenheit darauf, daß wir uns mit ihnen identifizierten. Wie hätte es in unserer Bedrängnis auch anders sein können, durch die unser Leben immer beschränkter, immer enger wurde? Unser Mitgefühl galt diesen bedauernswerten, unbekannten Tieren, die in dieser vom Eis umschlossenen Höhle überlebten.

Wir zogen weiter in Richtung Pol, kamen aber wegen Nonnis verletztem Arm nur noch langsamer vorwärts. Er konnte uns nicht beim Ziehen der Kufenkarren helfen, und Alsi übernahm seine Aufgabe. Während wir uns mühsam weiter und weiter voranarbeiteten, verloren wir jedes Gefühl für Zeit und Entfernung; unsere Augen brannten; die unbedeckte Haut unserer Gesichter schmerzte, und sogar die Knochen in unseren Körpern bäumten sich gegen die Anstrengungen auf – unsere zarten feinen Knochen, die uns die Natur zu leichten anmutigen Bewegungen geschenkt hatte. Über uns tobten die Stürme und uns umtosten heulende Winde, die sich nie legten. Schließlich glaubten wir, die tobende, brausende Luft sei etwas ganz Normales, und Stille, sanfte Brisen oder laue Winde seien Produkte unserer Vorstellung, mit denen wir versuchten, im gegenwärtigen Schrecken den Verstand zu bewahren. Und als die Stürme vorüber waren und der Neuschnee unser mühsames Vorwärtskommen noch mehr behinderte, während Schneemassen über unsere Köpfe wirbelten, schien unser Platz in der Welt auf die Gruppe kleiner zitternder Körper geschrumpft zu sein; wir schienen uns in einem weißen Raum zu befinden, dessen Wände sich mit uns bewegten und sich immer enger um uns zu schließen schienen, während wir uns bewegten. Als die Wolkendecke aufriß und der Himmel klar wurde, befanden wir uns in einem hochgelegenen Tal, umgeben von hohen eisigen Gipfeln. Außer uns gab es hier kein Leben; unsere kleine Gruppe drängte sich eng zusammen. Wieder konnten wir auf dem harten Eis unser Zelt nicht aufschlagen. Die Nacht brach herein; wir fanden keinen Schlaf, denn dieser Ort erfüllte uns mit Staunen, Bewunderung und Schrecken. Über uns wölbte sich ein schwarzer Himmel, an dem nur ein paar wenige Sterne leuchteten. Kein Wind, keine Wolken, nur Stille. Wir kauerten uns zusammen und starrten zitternd nach oben – auf diesen strahlenden Stern und dann auf jenen. Wir überlegten, ob dieser oder ein anderer Stern die Sonne von Rohanda, des fruchtbaren Planeten, war. Wir sprachen von der Rasse, die Canopus auf einen höheren Entwicklungsstand brachte, und fragten uns, ob diese Menschen, die in unserer Vorstellung tapfer, stark und gut waren, uns willkommen heißen und uns eine Heimat bieten würden... und wir sprachen davon, wie die beiden Rassen, die Schützlinge von Canopus und wir, ebenfalls Kinder von Canopus, ihr Werk, zusammen arbeiten, zusammen leben und noch stärker und besser werden würden. Wir, die drei Älteren, spürten die vibrierende Erwartung und Sehnsucht der beiden jungen Leute; und wir alle empfanden für sie die warme, schützende Liebe, die eine scheidende Generation für ihre Schützlinge empfinden muß.

Wie schön, wie still war es in dieser langen Nacht! Es herrschte ein so tiefes Schweigen, daß wir das leise, kristalline Flüstern der Sterne vernahmen. Vor Tagesanbruch wurde die Kälte so durchdringend, daß unsere dicken Fellmäntel zu bersten und von uns abzufallen schienen. Wir schienen nackt zu sein. Plötzlich ertönte von einem der hohen glitzernden Gipfel, die uns umgaben, ein heftiges, durchdringendes Krachen, als der eisige Wind ihn traf; ein zweiter Gipfel fiel ein, und im nächsten Augenblick schienen alle Berge brüllend und stöhnend gegen die Kälte zu protestieren. Dann herrschte wieder Stille, und die Sterne funkelten lockend. Wir glaubten, wir würden diese Nacht nicht überleben. Im frühen Morgenlicht, in dem alles gleißend erstrahlte, so daß unsere Augen schmerzten, entdeckten wir, daß Nonni schwer und reglos dalag. Wir befreiten sein Gesicht aus dem umhüllenden Fell, um uns von seinem Zustand zu überzeugen: Das dünne Fleisch spannte sich gelblich über den Knochen; in seinen dunklen Augen regte sich nichts. Wir waren immer noch weit vom Pol entfernt. Ich erinnerte mich, daß es in der Nähe dieser Stelle eine Höhle gab, und dorthin trugen wir ihn. Er lag leicht wie ein Kind in meinen Armen. Die Höhle hatte nur eine kleine Öffnung, ein Loch im Schnee; dort gab es keinen Vogelkot. Der Boden bestand aus einer harten grauen Mischung, aus Erde und Eis. Hier hatten wir nicht das Gefühl, aus den Tiefen der Höhle von Tieren beobachtet zu werden. Wir entdeckten Strohhaufen – vermutlich handelte es sich um die frühere Behausung eines Einsiedlers oder Eremiten – und entzündeten ein kleines Feuer. Aber es verbreitete nicht genügend Wärme, um Nonni zu retten. Er starb. Wir konnten ihn nicht begraben, der Boden war zu hart. Wir ließen ihn, eingehüllt in die dicken Felle, zurück und überlegten, wer von uns der nächste sein würde, während wir uns wieder auf unsere Reise machten, die wir für nutzlos, vielleicht sogar verbrecherisch hielten. Plötzlich ragte vor uns etwas Hohes, Schwarzes, Spitzes auf. Es war die Säule, die wir auf Anweisung von Canopus am Pol errichtet hatten! Doch sie war nicht mehr so hoch, wie wir sie in Erinnerung hatten, denn mehr als die Hälfte ihres Schafts verschwand inzwischen im Eis. Die Säulen an den Polen dienten den Raumschiffen von Canopus als nützliche Markierungen, wenn sie unseren Planeten besuchten.

Hier am Scheitelpunkt unserer Welt schien die Sonne heißer zu brennen als auf der ganzen Reise. Ihr werdet euch erinnern, ich erwähnte am Anfang, daß die Achse unseres Planeten eine kaum merkliche Neigung aufwies, was in der guten Zeit keinerlei Auswirkungen hatte; aber jetzt, unter diesen extremen klimatischen Bedingungen überlegten wir, ob diese leichte Neigung vielleicht eine Veränderung bewirkte, die spürbar genug war, um sie *Sommer* nennen zu können, wenn der andere Pol sich der Sonne zuwendete. Wie sich herausstellen sollte, war das der Fall: Es gab eine sehr kurze Jahreszeit, in der es wärmer wurde. Es war dann möglich, Getreide zu pflanzen und ein paar Gemüsesorten zu ziehen. Aber dieses bißchen Sommer konnte unsere Situation nicht verbessern.
Hier am Scheitelpunkt des Planeten umgab uns nichts als glitzerndes Eis, auf dem wir kaum einen Halt fanden. Wir mußten uns eingestehen, daß wir nichts gefunden hatten, was als Nahrungsquelle dienen konnte – ausgenommen vielleicht die kleinen weißen Schneetiere. Hier oben in diesen Breiten lebten sie nicht mehr – hier lebte nichts. Unser winziges Leben, unsere langsamen, durch die Kälte verwirrten Gedanken schienen uns fehl am Platz, beinahe ein Affront gegen die Natur zu sein. Die Natur verfügte, daß es hier nur die Stille des Eises und das Heulen der Stürme gab.
Auf dem Rückweg wurde das Mädchen krank, und wir mußten es auf einem der Kufenkarren ziehen – es gab Platz genug, denn wir hatten das getrocknete Fleisch beinahe aufgegessen. Als wir wieder die Täler erreichten, wo sich die kleinen Schneetiere unter den Schatten der großen Vögel bewegten, die auf weißen Schwingen über ihnen kreisten, fingen wir mehrere. Das fiel nicht schwer, denn sie waren zu unwissend, um uns zu fürchten. Es waren zutrauliche kleine Geschöpfe. Sie kuschelten sich an das Mädchen, das halb bewußtlos auf den Fellen lag. Ihre Zärtlichkeit und Wärme wirkten belebend; zum ersten Mal weinte Alsi über den Tod ihres Freundes Nonni.
Über den Rückweg kann ich nur berichten, daß er schrecklich war. Jeder Schritt erinnerte uns daran, wie töricht wir uns Gefahren ausgesetzt hatten, gegen die wir nicht gewappnet waren.

Als wir schließlich die Stelle erreichten, von der aus wir die schwarze Mauer zu sehen hofften, sahen wir nichts. Es war an einem blendenden, gleißend hellen Morgen nach einer Nacht, in der es so heftig geschneit hatte, daß wir glaubten, im Schnee zu ersticken. Wir stolperten mit zusammengekniffenen Augen vorwärts und stürzten beinahe über eine Klippe – unsere Mauer. Eis und Schnee hatten inzwischen ihre Höhe erreicht. Wir standen dort, blickten hinunter und sahen, daß der Schnee von der kalten Seite sich am Fuß der Mauer sammelte. Es handelte sich noch nicht um tiefe Wehen; doch er bedeckte schon ziemlich viel Erde.

Vorsichtig kletterten wir die glatten, gefährlichen Stufen hinunter in die Sicherheit. Alsi erholte sich bald und brachte die kleinen Tiere, die mit ihr auf dem Karren gesessen hatten, zu den Tierzüchtern. Nach vielen Versuchen fand man schließlich heraus, daß sie Flechten und das niedrige Gebüsch der Tundra fraßen. Aber wovon hatten sie sich in der Einöde des gefrorenen Wassers ernährt? Am Ende kam man zu der Ansicht, daß in den Höhlen Stroh oder Laub gelegen haben mußte oder daß es dort vielleicht sogar eine Art Vegetation gab. Wir züchteten diese Tiere wegen ihres Fleisches; aber das Problem bestand darin, daß wir nicht genug Futter anbauen konnten, um Tiere zu ernähren. Die großen Herden, die anfänglich trotz der spärlichen, kümmerlichen Vegetation zu gedeihen schienen, durchstreiften inzwischen ruhelos die Täler und Hänge, erkletterten sogar die hohen Berge auf der Suche nach Futter. Wenn die Kälte über unseren Schutzwall vordrang, würden die Gräser und Büsche verschwinden und mit ihnen auch die Herden …

Dieser Druck bewog auch unsere zartbesaiteten Repräsentanten, wieder an den Heiligen See zu denken, an unser Meer. Wir machten eine Zeremonie daraus. Die gesamte Bevölkerung der umliegenden Täler und Delegationen aus allen Teilen des Planeten standen am Ufer unseres Meeres. Es war ein düsterer grauer Morgen; auch die Menschen waren schweigsam und grau. Von unserem Platz am Fuß der niedrigen Hügel auf der einen Seite des Sees sahen wir in der Ferne am anderen Ufer bräunlichgrau eine dichtgedrängte Menschenmenge. Wir Repräsentanten befanden uns an der Stelle des Meers, die der Mauer am nächsten lag, und sahen hoch über den Bergen auf der anderen Seite des Wassers einen hellen, bläulichgrauen Himmel, der immer noch zu lächeln schien. Bedrohte Völker kennen ein Schweigen, von dem sie in unbeschwerten Zeiten nichts wissen. Man konnte beobachten, wie die Leute um mich herum die Köpfe wendeten, um in die Gesichter der anderen zu sehen. Alle schwiegen oder sprachen höchstens leise miteinander. Mir kam der Gedanke, daß die allgemeine Aufmerksamkeit entstand, weil sie, weil wir alle *lauschten.* Alles, was wir tun mußten, fiel uns schwer und war uns verhaßt. Selbst die kleinsten und gewöhnlichsten Dinge des täglichen Lebens, die sich ständig wiederholten – angefangen beim Überziehen der schweren Mäntel bis zur Zubereitung des fetten Fleischs, das inzwischen unsere Hauptnahrung bildete –, bereiteten uns Unbehagen; selbst im Schlaf ließ uns dieses Unbehagen nicht mehr los, denn immer drohte von allen Seiten Kälte. Das schwere Gewicht der Kälte schien in uns einzudringen und zu durchtränken wie Wasser ein Stück Ton. Dieses Unbehagen schwand selbst dann nicht, wenn wir die Hand ausstreckten und lächelten, denn unsere Gesichter und Körper schienen immer zu leicht, zu zerbrechlich zu sein für das, was sie tun und ausdrücken mußten. Uns schien nichts Instinktives und deshalb nichts Fröhliches oder einfach Angenehmes geblieben zu sein. Wir waren uns selbst ebenso fremd wie unserer Umgebung. Deshalb versanken Gruppen und Menschenansammlungen so oft und schnell in Schweigen, als sei dieser eine Sinn – das Hören – gezwungen, andere Sinne zu ersetzen, die uns fehlten und die wir brauchten. Wir *lauschten* – an den Augen jedes einzelnen konnte man erkennen, daß wir ständig darauf warteten, Neuigkeiten, Nachrichten oder Informationen zu erfahren.

Einige der Repräsentanten hatten angeregt, aus dem Anlaß der Freigabe unseres Sees zur Nutzung und Nahrungsbeschaffung eine Zeremonie mit Liedern und Gesängen zu machen, die unsere Vergangenheit mit der bedrückenden Gegenwart verglichen. Unsere jüngste Vergangenheit... nur die kleinen Kinder erinnerten sich nicht an unseren leuchtendblauen See inmitten der unendlichen Vielfalt grünen und gelben Blattwerks. Wozu brauchten wir ein förmliches Ritual der Erinnerung? Unser großes, glitzerndes Wasser war blau, war grün gewesen, und kleine weiße Wellen kräuselten es. Überall entlang der Ufer mit der erstaunlichen und wunderbaren Farbenpracht gab es braune Felsen, von denen man ins Wasser springen konnte... Wenn man nur von dunklen, grauen und schmutzigen Farben umgeben ist, erscheint einem der Farbenreichtum eines warmen, fruchtbaren Landes erstaunlich und beinahe wie ein Wunder. Standen wir wirklich einmal hier an diesem Ufer, wir, die Bewohner unseres heimgesuchten Planeten – standen wir hier und sahen flinke und geschmeidige braune Körper im Wasser schwimmen und tauchen, in dem sich der Himmel spiegelte? Hatten wir tatsächlich in warmen Nächten an diesen Ufern getanzt und gesungen... in warmen Nächten, in denen sich unzählige Sterne im weichen dunklen Wasser zu tummeln schienen? *Hatten* wir das wirklich getan? Wir wußten, daß wir es getan hatten, und wir erzählten all das unseren kleinen Kindern... ihre Augen hingen verwundert an unseren Gesichtern, und ihre Blicke verrieten deutlich, daß sie unsere Geschichten ebenso glaubten wie die Legenden, die Canopus uns gebracht hatte, um sie den Kindern zu erzählen. Canopus hatte uns Repräsentanten Hunderte von Geschichten erzählt. Sie sollten unser Volk auf unsere Rolle als ein Planet unter vielen Planeten vorbereiten. Durch sie sollten unsere Kinder erfahren, daß Canopus sie liebte, ernährte und behütete. Ich erinnere mich, daß ich als kleines Kind zusammen mit anderen Kindern von den Repräsentanten jener Zeit in einer milden warmen Nacht auf einen Hügel geführt wurde. Dort zeigten sie uns einen strahlenden Stern tief am Horizont und erklärten, dies sei Canopus, der Stern, der über uns wachte und uns nährte. Ich erinnere mich, wie schwer es mir fiel, das alles zu begreifen. Ich bemühte mich, das raschelnde Gras zu meinen Füßen, die vertraute Wärme der Hände meiner Eltern und den angenehmen Geruch ihrer Körper mit dem Gedanken in Einklang zu bringen, daß dieses leuchtende Ding dort oben, dieses kleine Licht, eine Welt wie unsere Welt, wie unser Planet ist.

Und wenn ich zu diesem Stern aufblicke, muß ich mich erinnern, daß es eine Welt ist: mein Schöpfer.
Ich weiß noch, daß ich es halb verstand, und es zum Teil glaubte. Die Legenden und Geschichten erfüllten meinen Verstand und boten ihm Nahrung. Sie schufen einen Platz in mir, den ich jederzeit betreten konnte, um mich aufzurichten und an Ganzheit und Größe zu stärken. Doch diese langsame Veränderung, die Canopus überwachte (wie ich wußte, obwohl es mir schwerfiel, es zu glauben), war keineswegs leicht gewesen.
Als wir an diesem grauen Tag über das graue Wasser blickten, standen wir vor der schwierigen Aufgabe, uns gegenseitig zu sagen (und es zu begreifen), daß dieses unberührte Wunder des Planeten, dieses Heiligtum, in dem wir geschwommen waren, in dem wir gespielt, das wir aber nie entweiht hatten, zur Nahrungsgewinnung genutzt werden sollte, wie wir einmal beinahe den ganzen Planeten genutzt hatten... wie wir ein kleines Gebiet um den Pol immer noch nutzten, das sich dem fruchtbaren Licht unserer Sonne kaum merklich zuneigte. (Ja, wir nutzten unseren kurzen, beinahe nicht spürbaren »Sommer«!) Wir wollten die Geschöpfe ernten, die in unserem »Meer« lebten. Wir wollten es vorsichtig tun, denn von uns gab es viele und von ihnen nicht so viele, daß wir hätten so viele nehmen können, wie wir brauchten.
Die Repräsentanten, deren Obhut der See unterstand, seine Hüter, *Rivalins* genannt, lösten sich aus der schweigenden Menge. Sie bestiegen ein geschmücktes Boot; es sollte so fröhlich wie möglich aussehen, und deshalb hatten wir es mit den wenigen Dingen, die unsere Vegetation noch bot, dekoriert – mit Girlanden aus Flechten und Ähren. Das Boot entfernte sich vom kalten Ufer – allerdings nicht weit. Die Männer standen auf Deck und hielten die neuen Geräte hoch, damit alle sie sahen. Es waren Netze, Speere und Harpunen und alle Arten Leinen mit Haken. Die Speere nahmen sie mit wegen der Geschichten über Ungeheuer, die angeblich in der Mitte des Sees in der Tiefe hausten. Manchmal waren Leute ertrunken – allerdings nicht oft. Man erzählte, sie seien von den großen Wesen, die niemand je gesehen hatte, mit in die Tiefe genommen

worden. Aber es gab keine Ungeheuer – zumindest hatten wir sie nie gesehen.
Als die Repräsentanten die neuen Waffen hoch über die Köpfe hoben und hin und her bewegten, um sie uns allen zu zeigen, geschah etwas Unerwartetes: Ein Stöhnen oder Schrei stieg aus der Menge auf. Dieser Laut, der wie aus uns herausgepreßt wurde, erschreckte uns alle. Es war eine heftige Klage. Weshalb? Weil die Notwendigkeit uns zwang zu entweihen, was uns einmal heilig gewesen war? Nicht nur an unserem Ufer entrang sich den Menschen dieser heftige, stöhnende Aufschrei. Um den ganzen See fuhren Leute in Booten auf den See hinaus, um mit den neuen Geräten die Geschöpfe des Wassers zu fangen. Und an jedem Ufer ertönte diese durchdringende Klage.
Der kurze Moment der Klage ging vorüber, und es herrschte wieder Stille – eine tiefe, lauschende Stille.
Manche Leute warteten, um zu beobachten, wie die ersten Tiere aus dem Wasser gezogen wurden. Beim Schwimmen hatten wir sie natürlich oft genug gesehen. Die Beobachtung der langen, schmalen, flinken Wasserwesen, die an Vögel ohne Flügel erinnerten – obwohl manche sich kleiner, zarter Flügel zu bedienen schienen –, hatte uns ursprünglich einmal zu dem Gedanken geführt, daß Lebewesen die Gestalt ihrer Umgebung annahmen. Sie waren ein Plan, eine Karte, an dem sich ihr Lebensraum ablesen ließ. Vögel – die einzelgängerischen Wesen unserer neuen Zeit und die munteren Schwärme von früher – zeichneten für uns die Luftströmungen nach. Und die Wassertiere – die ungeselligen – schienen immer die größeren zu sein, die anderen schwammen in Gruppen, Schulen oder Schwärmen, glitten und flohen pfeilschnell in jede beliebige Richtung – zeichneten ein sichtbares Bild der Strömungen des Wassers, die wir ebensowenig sehen konnten wie die Bewegungen der Luft. Wir beobachteten die Geschöpfe von Luft und Wasser und erkannten so den Lauf, das Drehen, Kreisen und Wirbeln dieser Elemente.
Doch die meisten Leute machten sich auf den Heimweg. Wir Repräsentanten standen auf einer Anhöhe und beobachteten,

wie diese armen Leute, unsere Schützlinge, schnell, beinahe verstohlen in ihren Behausungen verschwanden, als fürchteten sie, gesehen oder sogar kritisiert zu werden. Weshalb kritisiert? Leider ist es eine Tatsache, daß Völker sich in Zeiten großen Unheils schuldig fühlen. Schuldig weshalb? Ach, was nützen solche rationalen, kühlen Fragen angesichts der plötzlichen, nicht für möglich gehaltenen, unerwarteten Grausamkeiten der Natur! Unsere Bevölkerung hatte das Gefühl, bestraft zu werden... und doch hatte sie kein Unrecht getan... und doch wurde sie das Gefühl nicht los. Wir mußten die Leute nur ansehen, um es zu erkennen – wie sie sich bewegten, beieinanderstanden und im Gesicht des anderen Bestätigung oder Beruhigung suchten. Eine unsichtbare Bürde schien auf ihnen zu lasten, unter der sie die Schultern krümmten, und die ihrer Kopfhaltung etwas trotzig Leidendes verlieh. Sie drängten sich zusammen und warfen beim Gehen verstohlene Blicke um sich, als lauerten Feinde auf sie. Und dabei hatten wir nie Feinde gehabt. Bis vor kurzem kannten wir noch nicht einmal Verbrechen oder Verbrecher. Diese Menschen, diese vom Schicksal begünstigten, glücklichen Menschen waren vor kurzem noch so fröhlich, lebhaft und spontan gewesen. Sie hatten sich gegenseitig und der Erde, in und auf der sie lebten, vertraut, und jetzt konnten sie keine Geste, keine Bewegung mehr machen, ohne daß darin Furcht oder ein Unrecht zum Ausdruck kam - und das war ein großes Unrecht an ihnen.

Wir hatten darüber beraten, wie man dem abhelfen könne. Sollten wir an sie appellieren, mit ihnen sprechen, ihnen erklären, mit ihnen diskutieren und rechten... Weshalb solltet ihr, unser tapferes und mutiges Volk, das diese schwere Zeit so gut und aufrecht erträgt, diese schwere Zeit, die alles, was wir kannten, auf so schreckliche Weise verändert hat... *weshalb soll es den Anschein haben, man hätte euch verurteilt, für ein Verbrechen zu büßen? Es ist kein Verbrechen begangen worden! Euch trifft keine Schuld! Bitte, macht eine Sache, die schon schlimm genug ist, für euch und andere nicht noch schlimmer. Bitte, denkt daran, wie diese neue Haltung oder Einstellung – als würdet ihr in jedem Augenblick damit rechnen, daß ein*

*Richter eine Strafe über euch verhängt – euch schwächen und uns alle, in unserem tiefsten Wesen, langsam zerstören muß...*

Das war die Stimme der Vernunft, und wir dachten daran, sie zu erheben. Aber wir taten es nicht. Die Vernunft kann die Quellen der Unvernunft nicht erreichen, sie kann sie nicht heilen oder kurieren. Nein, in unserem Volk arbeitete etwas, dessen Ursache und Quelle sehr viel tiefer lagen; und dorthin konnten wir, die Repräsentanten, nicht vordringen. Natürlich arbeitete es auch in uns, denn wir gehörten zu ihnen und lebten unter ihnen. Waren wir deshalb notwendigerweise ebenfalls davon betroffen? Vielleicht nicht in dem Bereich, den wir bei unseren Leuten deutlich sahen, sondern vielleicht tiefer und möglicherweise schlimmer? Wie sollten wir es wissen? Wie sollten wir entscheiden, was wir richtigerweise tun und sagen sollten, wenn wir dem mißtrauten, was in unseren eigenen Köpfen vorging, und wenn wir uns auf unser Urteil nicht mehr verlassen konnten?

Welche Worte konnten wir überhaupt finden, die alles aufwogen, womit jeder Tag und Nacht zu leben hatte: Das Wissen, daß infolge uns unbekannter Ereignisse gewisser Bewegungen der Sterne (kosmische Kräfte, wie Canopus es nannte – obwohl diese Worte unsere Bestürzung keineswegs verringerte) unser Heimatplanet, der schöne Planet 8, erstarrte und starb. Wir konnten nichts tun, nichts denken oder sagen, um an dieser grundlegenden Wahrheit etwas zu ändern. Wir alle mußten damit leben, so gut wir es vermochten. Wir mußten uns Gefahren stellen, die wir nicht verstanden. Doch irgendwann in der Zukunft in langer oder vielleicht auch kurzer Zeit – denn wir wußten nicht, was wir zu erwarten hatten – würde Canopus kommen und uns alle auf das fruchtbare Rohanda bringen – Rohanda, der milde Planet, der uns freundlich aufnehmen würde...

Wir, die Repräsentanten, machten uns auf den Weg zu unserem Versammlungsplatz. Dort saßen wir den Rest des Tages zusammen – meist schwiegen wir. Früher versammelten wir uns im Freien. Wir trafen uns am Hang eines Hügels oder nachts unter den Sternen. Nun saßen wir in unsere Mäntel gehüllt unter einem niedrigen Dach eng beisammen. Es war sehr kalt. Inzwischen gab es auch kein Feuer und keine Heizung mehr. Alles Pflanzliche, Dung, Flechten, ja sogar die Erde, die langsam brannte, mußte man jetzt unter dem Aspekt einer Eignung als Tierfutter betrachten. Wir hatten beobachtet, wie die großen Herden halb wahnsinnig vor Hunger auf der Suche nach Freßbarem diese Erde aufscharrten, die zum großen Teil aus abgestorbenen Pflanzen bestand, und sie fraßen. Weil sie dieses Futter nicht mochten, spien sie die Erde oft wieder aus – aber nur, um sie von neuem ins Maul zu nehmen.

Die Repräsentanten, die am Seeufer entlanggefahren waren und die neuen Methoden zum Nahrungserwerb demonstriert hatten, kamen ebenfalls und setzten sich zu uns. Wir berieten, wie diese neue Quelle der Ernährung am besten zu nutzen sei.

Ich will hier nur so viel sagen, daß unser hartes Los von der Nahrung im See etwas gemildert wurde. Doch wir fingen nicht viel, und es genügte nicht für alle. Im Vergleich mit anderen Planeten, deren Bevölkerung, wie wir wußten, nach Millionen zählte, konnte man unser Volk nicht als groß bezeichnen. Aber es war nicht klein genug, um sich lange aus einem See von bescheidener Größe ernähren zu können. Wir wußten diese Nahrung zwar zu schätzen, aber sie schmeckte uns nicht. Oh, wie wir uns nach dem Gemüse, dem Obst und Getreide der alten Zeit sehnten... inzwischen lebten wir nur noch von tierischer Nahrung, wenn wir nicht die Flechten von den Felsen schabten. Wir verrohten, wurden robuster und sahen speckig und schwerfällig aus. Es fiel nicht leicht, sich an unser früheres Aussehen zu erinnern. Unsere Haut schien stumpf zu werden und sich dem vorherrschenden Grau anzupassen. Das Grau, Grau, Grau, das wir überall sahen. Ein grauer Himmel, graue oder bräunliche Erde, ein grünlichgrauer Belag auf den Felsen, dunkelgraue Herden, und auch die großen Vögel in der Luft waren grau und braun... doch wenn sie über die Mauer segelten, aus der der Frost inzwischen nicht mehr wich und die deshalb ebenfalls grau vor uns aufragte, waren sie immer öfter weiß...

leichte, schwebende Vögel mit einem weißen Federkleid kamen aus der weißen Einöde jenseits unserer Mauer.
Wenn wir zur Mauer aufblickten, sahen wir, wie sich das Eis bis über den Mauerkranz preßte und schob. Eine schmutziggraue, weißliche Platte ragte über die Mauer – die Zunge eines Gletschers. Wenn die Mauer nachgab... was stand dann noch zwischen uns, dem Eis und dem Schnee des ewigen Winters dort oben, der uns mit heulenden Winden und Stürmen nachts nicht schlafen ließ, wenn wir uns unter zahllosen Fellen zusammendrängten? Doch die Mauer würde nicht einstürzen, nein, das konnte sie nicht... Canopus hatte sie angeordnet. Wir hatten sie auf Anweisung von Canopus gebaut. Deshalb würde sie halten...
Aber wo blieb Canopus?
Wenn man uns rechtzeitig genug befreien wollte, um alle zu retten, dann war es bereits zu spät.
Ich habe bereits erwähnt, daß wir unter Verbrechen und Gewalttätigkeiten litten, die neu für uns waren. Sie forderten nicht viele Opfer. Aber jedes Verbrechen erschien uns als eine Ungeheuerlichkeit und als etwas Entsetzliches, denn früher gab es das bei uns nicht.
In einer verhängnisvollen Zeit, in der das Unheil so viele Leute heimtückisch überfällt, ist es nicht leicht, sich angebrachtem Kummer oder Selbstvorwürfen zu überlassen. Es war nicht angemessen, daß uns die vereinzelten Opfer eines Mordes oder ein Raubüberfall mehr bedrückten und in Zorn versetzten als der Tod von zwanzig Leuten infolge eines unerwarteten Schneesturms. Hing es damit zusammen, daß wir uns für die Gewalttätigkeiten verantwortlich fühlten, obwohl es vor dieser neuen Zeit, in der die Natur uns so grausam behandelte, keine Gewalt und keine Gewalttätigkeiten gab? So gesehen war niemand für diese Morde verantwortlich. Offensichtlich gingen sie mit der allgemeinen Verschlechterung auf allen Gebieten einher. Früher bot jeder Todesfall Anlaß zu aufrichtiger, öffentlicher Trauer. Wir kannten uns alle. Kein Gesicht blieb unbekannt, auch wenn die Namen es sein mochten.
Aber die Veränderung hatte schon vor einiger Zeit eingesetzt.

Als Nonni in der Kälte starb, litten wir nur wenig. Wir froren viel zu sehr, und uns drohte selbst der Tod. Alsi trauerte um ihn, aber nicht, wie sie es früher wahrscheinlich getan hätte. Nein, der Tod besaß einen neuen Stellenwert, der uns beschämte. Wir konnten nicht mehr soviel Anteil nehmen, wie wir es einmal getan hatten... das war die Wahrheit. Ließ die Kälte unsere Herzen erstarren, floß unser Blut langsamer, machte sie uns weniger liebevoll und aufgeschlossener füreinander? Ein Kind starb, und alle wußten, daß wir insgeheim vielleicht dachten: Wie gut! Welche Schrecken bleiben diesem bedauerlichen Wesen erspart! Es ist beinahe mit Sicherheit weniger bedauernswert als wir, die Überlebenden! Und wir wußten, daß wir dachten: Ein Mund weniger zu füttern. Und: Es wäre besser, es würden in dieser schrecklichen Zeit überhaupt keine Kinder mehr geboren. Ich habe bereits angedeutet, wenn eine Spezies beginnt, so über die kostbarste, natürlichste Fähigkeit zu denken, Kinder zu gebären und ein Erbe weiterzugeben, dann ist sie wirklich in ihrem Wesen getroffen. Was sind wir, wenn nicht Kanäle für die Zukunft? Was sind wir, wenn diese Zukunft nicht besser sein wird, als wir es sind... besser als die Gegenwart?

Wir wußten, was wir einmal gewesen waren: Als die Nachricht von Kämpfen in einem anderen Tal eintraf, Kämpfe um Lebensmittel, vielleicht sogar aus keinem erkennbaren Grund, blickten wir zu unserem düsteren Himmel auf und dachten: *Wann wirst du kommen, Canopus? Wann wirst du dein Versprechen erfüllen, das du uns gegeben hast?*

Canopus kam, aber anders als wir es erwartet hatten. Eine große Flotte Raumschiffe überflog den warmen Pol und landete auf der Tundra. Wie es schien, war eine ganze Armee von Canopäern damit beschäftigt, die Raumschiffe zu entladen. Zuerst wußten wir nicht, was sie uns alles brachten, denn wir schwelgten in den Lebensmitteln, die wir so lange nicht gesehen hatten – alle Arten getrockneter und konservierter Früchte und Gemüse. Aber in erster Linie stapelten sich auf dem Boden Container mit einer Art biegsamer Substanz. Die Canopäer erklärten, wir sollten damit unsere Häuser isolieren.

Hatten sie keine andere Botschaft für uns? Eine Nachricht von Johor zum Beispiel? Teilte man uns nicht mit, wann wir endlich gerettet würden?
Nein, nichts von alldem – die Raumflotte hatte Anweisung, uns diese Materialien zu bringen, und dies war geschehen. Danach stiegen die Raumschiffe wieder in den Himmel auf und verschwanden.
Wir kannten das Material für die Ummantelung unserer Häuser nicht. Es war dick, weich, leicht zu handhaben, und wir sollten daraus Hüllen, Hauben und Einschalungen für unsere Behausungen anfertigen. Das Material war so leicht, daß wenige Leute genügten, um es zu schneiden, anzupassen und die fertige Hülle über die Gebäude zu stülpen. Wir berieten, ob wir in die Verschalungen Fenster einschneiden sollten, entschieden uns aber dagegen. Als Belüftung mußte das Öffnen und Schließen der Türen ausreichen. In den überfüllten Häusern herrschte jetzt beinahe völlige Dunkelheit, denn sie wurden nur schwach von Elektrizität erhellt und wenn möglich durch in Talg getauchte Flechten, die lange brannten. Unsere Welt war jetzt dunkel. Sie wurde dunkler und immer dunkler, während der Himmel über uns undurchdringlicher und grauer wirkte. Wir erwachten in der dumpfen Dunkelheit, die die zusammengedrängten Körper etwas wärmten. Wir entzündeten unsere kleinen, glimmenden Lampen oder genehmigten uns das schwache, nur glühende elektrische Licht. Wir traten in eine Welt hinaus, in der sich nur weit unten in der Nähe des Pols eine Spur Helligkeit und am Himmel manchmal ein blauer Fleck zeigte. Über die graue Mauer trieben die schneebeladenen Wolken. Mittlerweile tanzten und wirbelten die Schneeflocken auf unserer Seite am Fuß der Mauer; Stürme waren an der Tagesordnung. Und jeder Ansturm heulender Winde schien uns mehr an die Erde zu pressen. Nicht alle unsere Gebäude waren mit dem Isolationsmaterial umhüllt worden. In manchen Städten gab es Häuser mit fünf, ja sogar sechs Funktionsebenen. (Mir ist natürlich bewußt, daß dies all jene nicht beeindrucken wird, die auf Planeten mit Gebäuden leben, die so hoch wie Klippen oder Berge sind. Ich habe solche Gebäude

mit eigenen Augen gesehen.) Sie waren zu hoch, um sie isolieren zu können. Einige abgehärtete Leute beschlossen, dort zu bleiben. Aber nach jedem Sturm leerte sich eine Ebene nach der anderen. Schließlich lebten nur noch ein paar Menschen auf der untersten Ebene, vielleicht auch eine darüber. Alle, die aus ihren hochliegenden Wohnungen und Arbeitsplätzen vertrieben worden waren, drängten sich weiter unten zusammen. Unter dem Druck der ständig wachsenden Zahl mußten sie sich schließlich einer Familie, Gruppen oder Clans anschließen, die möglicherweise etwas mehr Raum zur Verfügung hatten, und trugen so noch mehr zu der allgemeinen Überfüllung bei... zu den Spannungen... zu den ständig sich verschlechternden Stimmungen und der Reizbarkeit von allen. Jetzt verschlimmerte sich die allgemeine Lage sehr schnell. Der Zwang, unsere Häuser mit den schweren Hüllen zu umgeben, schien zu einem neuen Höhepunkt der Explosivität geführt zu haben. Von überall her kamen Nachrichten, die es bewiesen.

»Auf der anderen Seite des Planeten ist es zu Kämpfen gekommen.«

»Zu Kämpfen? Hat es Tote gegeben?«

»Viele... sehr viele.«

»Viele Menschen sind umgekommen? Weshalb? Sind so viele Streitigkeiten gleichzeitig ausgebrochen?«

»Ganze Gruppen haben gekämpft.«

»Gruppen... haben gegeneinander gekämpft?«

»Ja, Gruppen. Die Bewohner eines Dorfes kämpften gegen ein anderes Dorf.«

»Aber weshalb?«

»Jedes Dorf beschuldigte das andere, sich schlecht zu benehmen.«

»Das verstehe ich nicht.«

Ja, so nahmen wir die Nachrichten unserer ersten gewalttätigen Auseinandersetzungen auf. Und diese Fassungslosigkeit hielt an.

»Sie kämpfen dort drüben in den Bergen.«

»Sie kämpfen? Wer? Weshalb? Hat es eine Invasion gegeben? Sind Feinde vom Himmel eingefallen?«

»Nein, nein, es sind die Leute in der Gegend um das Vorgebirge. Früher gingen unsere jungen Leute dorthin, um sich Männer und Frauen zu suchen, erinnerst du dich?«
»Wie können sie kämpfen? Weshalb?«
Und dann hieß es: »Im nächsten Tal ist Krieg ausgebrochen.«
»Krieg?«
»Ja, die Leute in den Dörfern haben sich dort in zwei Parteien aufgespalten und stehen sich bewaffnet gegenüber.«
»Ist jemand getötet worden?«
Und so ging es weiter... lange Zeit. Es ging selbst dann weiter, als solche Dinge bei uns geschahen. Familien, die es immer noch auf der untersten Ebene eines ungeschützten Gebäudes ausgehalten hatten, stellten fest, daß die Öffnungen alle zugeschneit waren. Sie verließen ihre Wohnungen und gingen von einem Nachbarhaus zum anderen. Man schickte sie weg. Man schickte sie von einem Platz zum anderen – und wies sie überall ab. Schließlich griffen diese Leute zu allen möglichen Waffen, Steinen, Stöcken und selbst zu den Geräten, mit denen die Lebewesen des Sees gefangen wurden, und erzwangen sich den Zugang in eine Wohnung. Dort blieben sie in einem Teil des Hauses: ein feindseliger, verteidigungsbereiter Clan, der Wachen aufstellte, um beim ersten Anzeichen von Vergeltungsmaßnahmen die anderen zu alarmieren. Sie schliefen dort, kochten und führten ihr Leben als Einheit weiter. Sie hausten in einem großen Zimmer, nur durch eine Wand von ihren Feinden getrennt. Die so bedrohten Leute versuchten, sie mit Waffengewalt hinauszuwerfen, und es gelang ihnen schließlich, sie zu vertreiben. Der heimatlose Clan zog erneut von einem Platz zum anderen und hoffte, sich irgendwo den Zutritt zu erzwingen. Im dichten Schneetreiben, das es schwierig machte, Freund und Feind zu unterscheiden, kam es zum Handgemenge und zu Kämpfen. Als sich die Eindringlinge den Zugang erzwangen, kämpften die Überfallenen in der Finsternis der dunklen Räume weiter. Man rief uns Repräsentanten. Der Repräsentant für Behausung und Unterkunft ging zu den Streitenden und bestand darauf, daß der Clan sich auflöste; er wies die Leute einzeln oder zu zweit in viele Hausgemein-

schaften ein. Niemals zuvor hatten wir einen Clan aufspalten müssen, von einer Familie ganz zu schweigen. Wir alle betrachteten dies als einen weiteren Schritt nach unten, der Unannehmlichkeiten und sogar Gefahren mit sich brachte. Der Clan bildete unsere elementare Einheit; wir sahen darin unsere Kraft, das Fundament unseres Volkes. Doch es gab keine Alternative. Wir konnten keine neuen Häuser bauen; wir besaßen nicht die erforderlichen Materialien. Wir konnten die vorhandenen Wohnungen nur so gut wie möglich nutzen.
Nicht nur die Auflösung einiger Clans bedrohte uns auf eine neue Weise. Es kam beinahe zu einer Rebellion: Der Clan fügte sich dem Befehl des Repräsentanten, aber höchst widerwillig. Es fehlte nicht viel, und die Leute hätten sich geweigert. Wir besaßen kein Mittel, um anderen unseren Willen aufzuzwingen. Wir hatten uns nie als etwas anderes als die Stimme der Allgemeinheit gesehen; wir hatten nie daran gedacht, daß wir Individuen oder Gruppen einmal etwas aufzwingen müßten, gegen das sie sich heftig zur Wehr setzten. Unsere Stärke beruhte nur auf unserer Wahl durch die Allgemeinheit; wir führten, wie wir wußten, den Willen aller aus, also das, worin wir übereinstimmten. Wenn keine Einigkeit herrschte, konnten wir nicht funktionieren. Hätte unsere Gruppe unserem Repräsentanten erklärt: Nein, das tun wir nicht! hätten wir nichts dagegen unternehmen können; es wäre das Ende unserer Lebensweise als Volk gewesen.
Das wußten wir alle. Und schließlich bewog die Furcht vor der allgemeinen Anarchie den Clan, sich zu trennen, und die einzelnen gingen zwar widerwillig, aber ohne sich aufzulehnen in getrennte Wohngemeinschaften.
Trotzdem war damit ein Abschnitt zu Ende, auf den wir sehr bald als eine Zeit der Unschuld zurückblicken sollten, in der wir uns unseres Glücks nicht bewußt waren.
Aber unsere Hauptsorge galt nicht der sich verschlechternden Stimmung unserer Leute, sondern der Bedrohung durch das Eis. Es stöhnte und kreischte, während sich die immer höher werdenden Massen näher schoben und auf der Mauer türmten, so daß es uns vorkam, als blickten wir auf einen wandernden

Berg. Wir Repräsentanten suchten zusammen einen Platz an der Mauer auf, wo es eine Lücke im Packeis darüber gab, und kletterten vorsichtig die gefährlichen, bröckelnden Stufen nach oben. Die Oberfläche der Mauer wirkte porös, sie löste sich in winzige, frostige Krümel auf, die wir zwischen den Fingern verreiben konnten. Aber wir hofften, daß es sich nur um die Oberfläche handelte. Einer von uns glitt aus und stürzte beinahe von ganz oben ab; doch die Schneewehen waren inzwischen sehr tief, und er verletzte sich nicht. Die Stufen endeten an einem kleinen Platz zwischen den Eiszungen, die sich auf beiden Seiten vorschoben. Dort standen wir dicht zusammengedrängt und hielten uns gegenseitig fest, denn es fiel schwer, das Gleichgewicht zu halten. Ein schneidender Wind umtobte uns heulend; er wirbelte Wolken kleiner weißer Kristalle durch die Luft, und wir konnten den Horizont nicht erkennen. Tief unten lag unsere kleine Stadt, die früher einmal weiß inmitten von Parks und Alleen geleuchtet hatte; inzwischen konnten wir sie kaum noch ausmachen, denn die grauen, schützenden Umhüllungen verschmolzen mit der Tundra, und wir blickten auf eine Ansammlung von Buckeln und Höckern hinunter, die aus der Erde herausgewachsen zu sein schienen. Ein paar der höheren Gebäude ragten klar und dunkel auf, die oberen Teile waren in den Stürmen eingestürzt und wirkten zersplittert. Auf den Straßen regte sich kaum etwas; nur noch wenige Leute verließen ihre Häuser, wenn es nicht unbedingt sein mußte. Wir waren ein passives Volk geworden, das sich verdrießlich vom Nichtstun, verdrießlich vor erzwungener Geduld in den Wohnungen zusammendrängte. Alle warteten.

Sie warteten auf den Augenblick, in dem wir aus unserem trostlosen kalten Land in das Paradies Rohanda gebracht werden würden. Die Menschen kauerten im Innern der niedrigen, dunklen, schlechtriechenden Häuser, in denen die Kälte jede Bewegung langsam und mühsam machte, und warteten. Wir standen auf der Eisklippe hoch über ihnen, starrten in den grauen Himmel und hielten Ausschau nach Canopus, suchten die wunderbaren Raumschiffe unseres Retters und Schöpfers Canopus.

Wo war Canopus? Weshalb zögerten die Canopäer so lange, ließen uns warten, leiden und an unserer Rettung zweifeln? Weshalb weckten sie Zweifel an uns selbst und an ihnen? Welchen Grund gab es dafür? Ja, sie hatten uns gewarnt und dafür gesorgt, daß wir uns vorbereiteten. Sie hatten die Schutzmauer angeordnet und uns gelehrt, wie wir unsere Gewohnheiten, unser Leben ändern konnten – manchmal erschien es wie eine Veränderung unseres Wesens, unseres innersten Ichs –, und sie hatten dieses erstaunliche Material eingeflogen, mit dem man Städte bekleiden konnte, als seien es Menschen. Aber man evakuierte uns *nicht*, rettete uns nicht, und überall degenerierten unsere Leute. Sie wurden zu Dieben und manchmal zu Mördern, und es schien noch immer kein Ende in Sicht zu sein.
Wir äußerten unsere Gedanken an diesem bitterkalten Morgen auf der Eisklippe, wir Repräsentanten... wir waren fünfzig, und jede Tätigkeit, jede Pflicht und jede Arbeit, die unser Volk ausübten und die uns jetzt noch blieben, waren durch uns dort vertreten. Wir standen auf dem Eis und blickten in Gesichter, die in den großen zotteligen Pelzen kaum noch sichtbar waren, und sahen die vielfältigen Aufgaben und Funktionen der alten Zeit, aber jetzt – immer und immer wieder – einen Repräsentanten für Wohnen und Unterkunft, einen Repräsentanten für Nahrungsmittel, einen Repräsentanten für die Verteilung von Wärme bzw. die Varianten dieser Grundbedürfnisse.
Wir bewahrten in einer bewußten Anstrengung das Wissen um unsere Möglichkeiten, das Potential für die Zukunft, das in der Vergangenheit so reichlich angewendet worden war. Wir waren nicht nur zitternde Tiere, deren einzige Sorge um Wärme und Nahrung kreiste – wir waren nicht nur das, was wir sahen, während wir uns zusammendrängten und versuchten, den Halt nicht zu verlieren, während der Wind an uns zog und zerrte. Nein, wir waren immer noch, was wir gewesen waren und wieder sein würden... Aber wo blieb Canopus, der uns wieder zu uns selbst machen würde?
Noch einmal umwanderten wir den Planeten – diesmal am Fuß der Mauer oder Klippe und nicht auf dem Mauerkranz, denn das vordrängende Eis machte das unmöglich. Wir stapften und

stolperten durch Schneewehen und über gefrorenen Grund und wendeten den Blick immer nach rechts, denn wir bemühten uns, die Sonne so gut wie möglich vor uns zu haben – unsere arme, schwache, fahle Sonne. Sie schien inzwischen beinahe Wärme von uns aufzunehmen, anstatt uns zu nähren und zu wärmen. Unsere Augen glitten ständig aufmerksam über die Mauer oder Klippe, denn wir fürchteten, sie würde nachgeben. Doch bis jetzt zeigten sich keine großen Risse, obwohl die ganze Oberfläche bröcklig und gesprungen war. Die Mauer hielt stand. Die Reise dauerte doppelt so lange wie die erste, auf der Canopus uns begleitet hatte; wir froren, schienen zu erstarren und hatten das Bedürfnis zu schlafen. Schlafen... Schlafen... unser Geist fand darin seine Zuflucht; das Bedürfnis, uns im Vergessen zu verlieren, quälte und folterte uns. Sobald das Licht schwand, setzten wir uns dicht zusammengedrängt an einen Platz, an dem der Schnee nicht so tief war. Dort saßen wir mit dem Rücken zur großen Mauer und aßen unser geschmackloses, unappetitliches, getrocknetes Fleisch oder kauten die Wurzeln der halbgefrorenen Binsen. Wir schliefen, als seien wir ein einziger Organismus und nicht viele Menschen – als sei unsere getrennte, einmalige Individualität nur eine weitere Last geworden, die man abwerfen, auf die man verzichten mußte wie auf eine unnötige Bewegung. Und doch waren wir in Bewegung... als einzige unseres Volkes empfanden wir eine Art Ruhelosigkeit; sie hatte uns zu dieser Reise getrieben. Während die anderen die lange Zeit des Wartens verschliefen und verträumten, während sie zusammengedrängt in ihren dunklen und kalten Häusern saßen, empfanden wir immer noch das Bedürfnis, von einem Platz zum anderen zu eilen, als könnten wir woanders auf etwas stoßen, das uns vielleicht helfen würde.
Auf dieser Reise, während wir uns bei Einbruch der Dunkelheit zusammenkauerten, schloß sich einer von uns einmal der Gruppe nicht sofort an. Es war *Marl,* früher der erfahrene Züchter inzwischen ausgestorbener Tiere. Er machte sich daran, eine Schneewehe mit seinen Händen zu erhöhen, um einen Windschutz zu schaffen, hinter dem wir bequemer lagern konnten. Marl war immer ein starker, kräftiger Mann gewesen,

und selbst jetzt gelang es ihm, sich mit einer gewissen Leichtigkeit und Zielstrebigkeit zu bewegen; es war ein Vergnügen, seinem geschickten Vorgehen zuzusehen. Wir beobachteten ihn; wir sahen in diesem Gesicht, das ebenso hager war wie alle unsere Gesichter, eine Konzentration und eine Energie, die uns wieder auf die Füße brachte – sie verlieh uns Entschlossenheit und Selbstdisziplin. An diesem und den folgenden Abenden bauten wir alle Schneemauern, die immer höher wurden, und wir fanden Schutz in einem Kreis hoch aufgeschichteten Schnees, der sich nach innen wölbte. Bald verbrachten wir die Nächte in Kuppeln aus Schnee. Bei ruhigem Wetter wölbten sie sich fest und sicher über uns, doch die Stürme bliesen sie davon. Aber wir lernten, den Schnee festzustampfen und die Stücke aufeinanderzuschichten: Wir wußten, wir hatten eine Methode gefunden, um für die Heimatlosen, die nicht mehr in den hohen Gebäuden leben konnten und in den überfüllten Häusern nur ungern aufgenommen wurden, eine Art Behausung zu schaffen. *Masson,* der Führer der Repräsentanten für Unterkunft und Behausung, beschäftigte sich die ganze Reise über – meist von Marl unterstützt – damit, Schnee auf alle mögliche Weise aufeinanderzuschichten. Dabei benutzten sie Eisbrocken zur Verstärkung ihrer Bauten, experimentierten mit Öffnungen, die sie hoch oder niedrig anbrachten – schließlich bauten sie kleine Tunnel, durch die wir in die Schneehäuser krochen, damit unsere Körperwärme nicht entwich.
Diese Reise brachte uns mehr als die Sicherheit, daß unsere Mauer immer noch fest und unversehrt stand. Wir wurden daran erinnert, daß eine Bemühung oft durch Erfolge und Erkenntnisse belohnt wird, die man nicht vorausgesehen hat. Wir kehrten in unsere Heimatstädte und Siedlungen mit dem Entschluß zurück, die lethargische Bevölkerung zu irgendwelchen Anstrengungen zu ermuntern.
Ich, Marl und *Klin,* der früher so viele köstliche Obstsorten gezüchtet hatte, und das Mädchen Alsi machten regelmäßig Besuche in den Häusern. Wir sprachen mit den Bewohnern, ermunterten und beschworen sie, etwas zu tun.
Wie oft betrat ich ein dunkles Gebäude und fand dort im

schwachen Licht einer winzigen Lampe scheinbar eine Herde schlafender Tiere. Doch es handelte sich um unsere tief in Fellen vergrabenen Leute; sie hoben unwillig die Arme, die schützend über den Gesichtern lagen, oder schoben die Pelzkapuzen zurück. Ihre Blicke folgten mir, wenn ich energisch hin und her ging und versuchte, ihnen den Eindruck zu vermitteln, daß zielstrebiges Handeln immer noch möglich war. Die Augen bewegten sich langsam; ihr Glanz erlosch immer wieder, wenn der Schlaf sie verschloß, doch dann sah ich sie wieder glänzen ... es erinnerte mich an eine Herde der großen Tiere, die in der Dämmerung an einem Hang lagerten und beim Näherkommen die Köpfe hoben, einen anstarrten und offensichtlich überlegten, ob man diesmal eine Gefahr darstelle, die dann aber ruhig liegenblieben. Das Leuchten vieler Augenpaare verschwand wieder, während sie die großen Köpfe mit den schweren Hörnern abwendeten. Oh, es war jetzt so stickig und unangenehm in unseren Häusern! Ich verabscheute es, hineingehen zu müssen, dort zu stehen und dabei zu versuchen, munter und wach zu wirken, obwohl die dumpfe Atmosphäre, die allgemeine Lethargie und die Kälte sich auf mein Gemüt legten, so daß mich nur noch der eine Gedanke beherrschte, mich zu ihnen zu legen, mein Leben zu verschlafen – bis Canopus kam.
»Ist Canopus gekommen?« – diese Frage hörte ich überall in den dunklen, stinkenden Häusern, und der angstvolle Hilferuf schien mir ständig in den Ohren zu dröhnen, wenn ich meiner Arbeit nachging.
Es gelang uns, genügend junge und kräftige Leute zu aktivieren, um die Schuppen und Gehege erweitern zu können, in denen Alsi die Schneetiere hielt. Sie erstreckten sich über ein großes Gebiet in der Nähe unserer Stadt; man wendete das von Alsi erarbeitete System auch in allen anderen Städten an. Als Geschöpfe der Kälte brauchten sie wenig Schutz. Wir hielten sie in einer Art Höhlen aus Steinen, die wir mit Flechten und Moosen polsterten. Denn wir vermuteten, daß sie in der Freiheit in solchen Höhlen lebten. Wälle aus der halbgefrorenen Erde der Tundra dienten als eine Art Zaun. Diese Tiere stellten inzwischen eine ebenso wichtige Nahrungsquelle dar wie die

großen Herden. Ihre Ernährung war ein Problem, das wir nicht hoffen konnten zu lösen. Wir mußten die Tiere mit etwas Pflanzlichem ernähren, das wir ebenso dringend brauchten wie sie. Sie hatten sich daran gewöhnt, Flechten, Moose und die verschiedenen neuen Arten niedriger, zäher Pflanzen zu fressen, aus denen die Vegetation des Planeten inzwischen hauptsächlich bestand. Aber wir aßen diese Pflanzen ebenfalls in Form von Suppen und Eintöpfen, wenn wir das ständige Fleisch keinen Augenblick lang länger ertragen konnten. Die Tiere lieferten uns Fleisch – nichts anderes als Fleisch; doch da sie mit so wenig Futter auszukommen schienen, brachten sie uns größeren Nutzen, als wenn wir die Flechten und bitteren, holzigen Pflanzen selbst gegessen hätten.
Es war ökonomisch und vernünftig, sie zu züchten. Aber wir mochten sie nicht; wir brachten ihnen keine Zuneigung entgegen.
In der Gefangenschaft waren sie zu plumpen, langsamen Tieren geworden. Der unvermeidliche und unumgängliche Schmutz in ihren Ställen und Höhlen legte sich über ihr weißes Fell. Ich stand oft mit Alsi dort, um sie zu beobachten. Diese fähige und einfallsreiche Tierpflegerin mochte ihre Arbeit nicht. Oft genug verzog sich ihr freundliches, breites Gesicht zu einer kläglichen Grimasse, und ihre glänzenden Augen blickten entschuldigend aus der großen, dicken Kapuze. Weshalb? Ich wußte es sehr wohl! Wir alle wußten es. Alsi, Klin, Marl oder auch ich wirkten manchmal verächtlich und trotzig, weil wir das, was wir tun mußten, ablehnten.
Die Gefangenschaft veränderte auch das Wesen dieser Geschöpfe: Sie waren unangenehm und unzugänglich; sie starrten uns mit ihren hellen, ausdruckslosen blauen Augen in den schmutzigen Gesichtern an. Alsi hielt in ihrer Wohnung, die sie mit Brüdern und Schwestern teilte, zwei dieser kleinen Geschöpfe als Haustiere. Dort spielten und hüpften sie munter herum; sie waren liebenswert und zärtlich; wenn sich ihnen jemand näherte, stießen sie leise, vergnügte Triller aus; sie schmiegten sich an uns oder krochen in die Falten eines Mantels oder Schals; sie blickten uns zufrieden aus halbgeschlossenen,

sanften blauen Augen übermütig und freundlich an. An ihnen zeigte sich das wahre Wesen dieser Tiere, die wir zu unerfreulichen Gefangenen gemacht hatten.
Wenn der weiche Schnee fiel, ging ich manchmal allein hinaus und blieb regungslos stehen. Dann sah ich bald schnelle, weiche Bewegungen, die nichts mit den tanzenden Schneeflocken zu tun hatten. Wenn ich lange genug angestrengt in die weiße Landschaft blickte, stellten sich meine Augen auf das ein, was ich zu sehen hoffte. Die kaum wahrnehmbaren, schattenhaften Bewegungen verdichteten sich, und ich sah die kleinen Schneetiere – die wilden Schneetiere. Sie schienen sich aufzurichten, sich zu ducken, durch die weißen Flocken zu rennen und dann im Schnee durch die Luft zu schweben. Ja, das habe ich gesehen: Sie rannten und erhoben sich in die Luft; manchmal flogen sie weite Strecken, als seien sie Vögel, die sich von der Luftströmung tragen ließen. Sie landeten weicher als Vögel; und im nächsten Moment tauchte eine flauschige, weiße Gestalt auf; sie schwebte hoch über dem Boden, in Augenhöhe. Einen kurzen Augenblick lang erwiderten muntere und freundliche, glänzende blaue Augen meinen Blick. Das Tier machte eine flinke Wendung, es geschah so schnell, wie ein Tier im Wasser die Richtung ändern kann, und das weiße, weiche Wesen schwebte inmitten der wirbelnden weißen fedrigen Flocken davon. Manchmal traf ich auch Alsi dort draußen; sie tat dasselbe wie ich: Dieses entzückende, sanfte, übermütige Spiel im Schnee ließ uns wiederaufleben. Es gab uns Kraft und erinnerte uns an das wahre Wesen der bedauernswerten Tiere, die wir ihrer Freiheit beraubt hatten. Doch wovon ernährten sie sich? Es gab den Kot der großen Vögel, die sie fraßen. Doch das war wenig und wurde meist beinahe augenblicklich im Neuschnee begraben. Die Flechten an den Felsen und die Pflanzen mußte man unter dem Schnee herausholen. Schließlich glaubten Alsi und ich, daß diese Geschöpfe sich vom Schnee ernährten. Wenn wir es auch nicht wirklich glaubten, so spielten wir mit dieser Vorstellung. Wir schufen in unseren Köpfen einen kleinen Raum, in dem wir uns genußvoll Phantasien und Unwahrscheinlichkeiten überlassen konnten. Hier ruhten wir uns aus

und erholten uns von einem Leben in zermürbenden Notwendigkeiten, die uns reduzierten und niederdrückten.
Und dann kam Canopus. Endlich kam Canopus. Johor erschien. Aber ich sah zunächst eine große, in dicke Kleider gehüllte Gestalt in der Nähe der Verschläge und Höhlen unserer Schneetiere. Dieser Mensch blickte so aufmerksam und interessiert auf unsere Stadt, daß ich mir sofort sagte: Das ist ein Fremder, denn jede Art Vitalität mußte mir ungewöhnlich erscheinen. Dann wendete er mir den Kopf zu, und ich sah sein gesundes, braunes Gesicht, das durch die Schneeflocken auf der Haut und in den Augenbrauen bereits grau wirkte. Ich sagte: »Johor!« Er erwiderte: »Doeg!«
Inzwischen schlief ich in einer Schneehütte, um anderen etwas von der bedrückenden Enge zu nehmen. Aber sonst hielt ich mich dort nicht viel auf. Johor sagte: »Oh, es ist kalt! Wohin können wir gehen?«
In der Nähe der Tiergehege stand ein langer niedriger Schuppen, in dem Alsi Futter und Streu für die Tiere lagerte. Ich sagte: »Dort hinein...« Ich ahnte bereits, daß meine großen Hoffnungen auf Rettung alle enttäuscht werden würden, denn nichts an seinem Verhalten signalisierte mir: Ja, jetzt ist alles vorbei. Eure Prüfung ist zu Ende, und ihr werdet bald erlöst sein! Im Gegenteil, aus seinem Verhalten sprach Verschlossenheit und Zurückhaltung. In seinen Augen lag ein Ausdruck, den ich gut kannte, denn ich sah ihn oft genug bei uns, bei den Repräsentanten. Johor spürte die Last der Geduld, die einen bedrückt, wenn man sieht, wie andere leiden, und man weiß, daß nichts, was man sagt, etwas an den Leiden ändern wird, da man weiß, daß man selbst ein Teil der Qual ist, die sie empfinden. Denn natürlich trafen wir Repräsentanten schwierige Entscheidungen, die unerfreuliche Folgen hatten; und deshalb empfanden uns die Leute als eine Last. Wir erklärten: »Nein, noch nicht.« Wir sagten: »Wartet!« Wir forderten: »Verschlaft nicht den ganzen Tag in euren dunklen Wohnungen. Rafft euch auf, tut irgend etwas – stellt euch eurem Bewußtsein, eurem Wissen. Vergeßt nicht alles im Schlaf.« Wir sagten: »So ist es, und so muß es sein... zumindest eine Zeitlang.« Das alles hatte

nichts mit uns als Individuen zu tun, denn jeden, den sie wählten, um sie in dieser oder jener Funktion zu repräsentieren, mußte sagen: »Nein.« Und: »Mehr gibt es nicht.« Und: »Ihr müßt darauf verzichten.«

Also sah ich in Johors Augen, was ich jeden Tag sah, und andere, wie ich wußte, in meinen Augen sahen. Ich wußte bereits, daß keine rettenden Raumschiffflotten irgendwo in der Tundra warteten, wo ich sie nicht sehen konnte. Ich wußte, er war allein gekommen.

Ich kannte seine Antwort bereits, als ich fragte: »Wo ist dein Raumschiff?«

Er antwortete freundlich: »Ich habe es weggeschickt. Ich werde einige Zeit bei euch bleiben...«

Ich wendete mein Gesicht schnell ab und wußte, daß er es im tiefen Pelz nicht sehen konnte, denn ich konnte meine Gefühle nicht verbergen.

Wir gingen in den Schuppen. Es war ein langer, niedriger Bau mit Öffnungen in einer Mauer zu den Ausläufen der Tiere. Das Futter wurde durch die Öffnungen durchgeschoben. Hier lagerten die sperrigen zähen Pflanzen aus der Tundra in Säcken. Sie verbreiteten einen durchdringenden, angenehmen Geruch. Ich setzte mich auf einen Sack und genoß den frischen Duft. Johor ließ sich mir gegenüber nieder. Aus seinen Taschen zog er kleine rote Früchte hervor, die ich nicht kannte; er hielt sie mir entgegen. Meine Hände streckten sich instinktiv aus, als wollte ich gierig danach greifen und sie ihm entreißen. Als ich mich dabei ertappte, überlief mich unwillkürlich ein Schauder, und ich mußte den Kopf abwenden. Diese Geste, die ich nicht unterdrücken konnte, sagte deutlich genug, wie weit es inzwischen mit uns allen gekommen war. Natürlich begriff Johor das alles.

Er schob die Kapuze zurück, und ich sah ihn deutlich. Er hatte sich nicht verändert. Es war ein Genuß, die gesunde, glänzende, braune Haut und seine schnellen, wachen Augen zu sehen. Ich wußte, meine Augen weideten sich an diesem Anblick: Ich begriff, was diese Worte bedeuteten, sich an einem Anblick »weiden«. Ich hob den Kopf, öffnete den schweren Mantel,

und er nahm alles in sich auf, was er von meinem Gesicht ablesen konnte.
Er nickte seufzend.
Ich sagte: »Wenn du keine Raumschiffflotte bei dir hast, gibt es auch keinen Nachschub an frischer Nahrung.«
Er schüttelte kaum merklich den Kopf.
»Trotzdem sollen wir nicht sofort von hier weggebracht werden?«
Ich wußte, daß ich mich vorbeugte, um forschend sein Gesicht zu betrachten. Er blieb still sitzen und ließ mir Zeit, seine Augen und sein Gesicht zu studieren.
»Wir werden nicht weggebracht«, erklärte ich schließlich und hörte, wie meine Worte durch das kalte Schweigen hallten. Jedes Wort schien durch die Luft hindurchzufallen, als wehre sich selbst die Luft gegen sie. Die Luft wehrte sich gegen den Inhalt meiner Worte, und ich hatte das Gefühl: Wenn meine Worte wahr sind, *was* weist sie dann zurück!
»Was ist geschehen?« fragte ich, und meine Stimme klang aufgebracht und zornig.
Er wollte sprechen, aber schwieg.
Ich sagte: »Irgendwo gibt es ein Paradies. Wir sehen es, wenn wir in dieser trostlosen Welt den Kopf heben. Wir sehen es an unserem kalten Himmel glänzen, vielmehr sehen wir seine Mutter, einen fruchtbaren Stern. Rohanda wird unsere Heimat sein. Das reiche Rohanda. Rohanda, der Planet, auf dem alles gedeiht, und wo eine Menschenrasse heranwächst wie besonders vielversprechende Pflanzen, die Canopus züchtet, damit sie eines Tages uns, die armen Bewohner des Planeten 8, bei sich aufnehmen, die ebenfalls von Canopus aufgezogen wurden. Canopus schuf und nährte sie, damit sie und wir uns eines Tages verbinden und Rohanda zu einem Planeten machen, den selbst Canopus bewundern und über den es staunen wird. Auf diesem schönen Planeten erwarten uns warme Meere, sonnige Felder und angenehme Wälder. Dort gedeihen viele Früchte, und an den Hängen der Hügel wogt das Getreide gold, weiß und grün im Wind. Auf Rohanda stapeln sich in Lagerhäusern weiche, leichte Kleider, in die wir uns hüllen, und die frische,

leichte Nahrung, die wir essen werden. Alles, alles, alles, was wir sehen, wird bunt sein, und wir werden wieder inmitten der Farben des Lebens sein. Wir werden die unerschöpflichen Schattierungen von Grün, Gelb und Rot sehen ... unsere Augen werden sich wieder an Scharlach, Gold und Purpur weiden. Und wenn wir hinauf in die Weite des Himmels blicken, wird sie Blau, Blau, Blau erfüllen. Und wenn wir uns dann in die Augen sehen, liegt darin nicht länger der irre Widerschein von Weiß, von einem Weiß, aus dem das Weiß die Farbe herausgebleicht hat. Weiß, weiß, immer nur weiß oder grau oder braun ... ja, Canopus? Bist du gekommen, um uns das zu sagen?«

»Nein«, erwiderte er schließlich.

»Was dann? Wie sieht es auf Rohanda aus? Habt ihr vor, eine andere Spezies dorthin zu bringen? Soll eine andere eurer genetischen Schöpfungen das schöne Rohanda besitzen?«

»Canopus hält sein Wort«, sagte er, aber seine Stimme klang sehr seltsam.

»Wenn es kann?« fragte ich.

»Wenn es kann.«

»Also?«

»Rohanda hat ... das gleiche Schicksal erlebt wie Planet 8 ... allerdings nicht in diesem schrecklichen Ausmaß und nicht so plötzlich.«

»Rohanda ist nicht länger schön und fruchtbar?«

»Rohanda ist ... Shikasta, der zerrissene, leidende Planet.«

Jetzt erst begann ich zu begreifen, was er sagte. Mein ganzes Wesen nahm es in sich auf, und meine Empörung, meine heftige Auflehnung gegen das, was er mir sagte, legte sich. Ich saß dort in meinen dicken Fellen und hörte, wie sich mir ein durchdringender Schrei entrang – eine Klage, wie sie sich unseren Leuten entrang, als wir am See standen, an unserem heiligen Ort, und wußten, daß wir ihn zerstören würden.

Ich konnte diese Klage nicht ersticken – nicht sofort –, aber nicht, weil ich es nicht wollte, sondern weil ich an die vielen tausend niedrigen dunklen Häuser unserer kleinen Welt dachte, in denen wir uns wie Tiere zusammendrängten und von son-

nigen Tagen und sanften Winden träumten – von Rohanda und unserer Erneuerung.
Johor bewegte sich nicht, schonte weder mich noch sich. Er blieb dicht neben mir sitzen und bot sein Gesicht meinen Blikken dar.
Und als ich schließlich ruhig wurde, sagte er: »Canopus hält sein Wort.«
»Wenn ihr könnt.«
»Wenn nicht auf die eine, dann auf die andere Weise.«
Ich wußte genau, es war zu schwierig, um diese Antwort in ihrer ganzen Tragweite begreifen zu können. Die Worte klangen, wie Worte es tun, wenn sie einen zum ersten Mal mit Wahrheiten konfrontieren, mit denen man sich anfreunden muß – ob man es nun will oder nicht! O ja, ich hörte und wußte es, daß mir neue Möglichkeiten der Entwicklung angeboten wurden. Sie sollte ich anstreben... in diese Richtung mußte ich wachsen... sie begreifen.
Aber die schmerzliche Empörung erfüllte mich immer noch und ließ mich nicht los. Ich sagte zu ihm: »Auf der anderen Seite des Planeten, in Mandel, in der großen Stadt, in der wir auftauchen würden, wenn wir einen Tunnel von hier geradewegs durch den Planeten hindurchgraben könnten, herrscht Bürgerkrieg. Die Leute bringen sich gegenseitig um. Überall in der Stadt liegen Berge von Toten, denn man kann sie in der gefrorenen Erde nicht begraben. Und um sie zu verbrennen, fehlt uns der Brennstoff. Die Lebenden – wenn man sie als Lebende bezeichnen kann – gehen ihren täglichen Pflichten inmitten der zahllosen Toten nach. Und diese Menschen kannten bis vor kurzem noch nicht einmal ein Wort für Mord oder Krieg.«
Er seufzte – und litt, aber er wendete nicht das Gesicht ab.
»Wie sollen wir es ihnen sagen, Johor?«
Er gab keine Antwort.
»Wirst du es ihnen sagen... du, Canopus? – Nein, das ist nicht eure Art. Du bleibst eine Weile bei uns, und bald werden wir, die Repräsentanten, feststellen, daß jeder es bereits weiß, jedoch ohne zu begreifen, wie es dazu gekommen ist.«

Ich schwieg lange, denn mein Geist schien etwas aufnehmen zu wollen – ich spürte den Druck einer Wahrheit, die im tiefsten Innern sich regte.

»Johor, was soll ich begreifen?«

»Hast du je darüber nachgedacht, was es bedeutet, ein Repräsentant zu sein?«

»Glaubst du, ich hätte nicht nächtelang deshalb wach gelegen, darüber nachgedacht und mich gefragt? Natürlich habe ich es getan. Das war mein Leben! Tue ich, was zum Wohl aller ist, treffe ich gute und gerechte Entscheidungen, arbeite ich ordentlich und richtig mit den anderen Repräsentanten zusammen, verkörpere ich sie wie sie...«

Mein Geist verlor sich wieder in den Tiefen, ein Platz, wo die Wahrheit auf mich wartete.

»Wie sie mich verkörpern?« fragte ich schließlich.

»Wie bist du ein Repräsentant geworden? Wann? Kannst du dich daran erinnern?«

»Merkwürdigerweise hatte ich mir diese Frage vor kurzem selbst gestellt. Und ich kann nicht genau sagen, wann das war. Vermutlich könnte man sagen, es geschah, als ich mit mehreren anderen jungen Leuten zur Arbeit an einem neuen Abschnitt an der Mauer eingeteilt wurde. Wir mußten die Erde für die Fundamente ausheben. Wir waren etwa zwanzig. Nun ja, ich wurde der Sprecher für sie alle.«

»Ja, aber wie kam es dazu?«

»Genau das ist schwer zu sagen. Ich glaube... vermutlich war es einer Reihe von Zufällen zu verdanken. Jeder von ihnen hätte Sprecher werden können... und zu verschiedenen Zeiten waren sie es alle.«

»Jeder von ihnen hätte die anderen repräsentieren können?«

»Ich denke ja.«

»Und du warst in dieser Zeit Masson?«

»Nein, noch nicht... Masson unterwies uns. Damals waren sehr viele Masson, denn die Mauer mußte gebaut werden. Wir Jungen gingen bei Masson in die Lehre. Auch Klin und Marl gehörten dazu. Doch das war, ehe sie Klin und Marl wurden. Damals trugen wir noch unsere Familiennamen. Wir waren noch nicht in die Welt der Erwachsenen hineingewachsen. Wir standen noch nicht unter dem Druck, unsere Erwachsenennamen zu wählen. Das nächste Mal repräsentierte ich die anderen bei der Ernte. Doch damals wechselten wir uns als Sprecher für alle ab und wiesen den anderen auch abwechselnd die Arbeit zu. So ging es weiter. Wie die anderen verrichtete ich alle möglichen Arbeiten. Zu verschiedenen Zeiten war jeder von uns Repräsentant.«

»Und doch wurden einige dieser jungen Leute schließlich Repräsentanten und andere nicht?«

»Ja, ich habe darüber nachgedacht. Es ist merkwürdig, denn ich sehe nicht, daß jene, die es nicht wurden, so anders waren. Und ich, ich hielt mich damals nicht für einen künftigen Repräsentanten. Ich glaube, erst als ich *Doeg* war, wurde ich wirklich ein Repräsentant. Canopus brachte Klin, Marl und mich auf den Planeten 10. Wir erhielten keinen Unterricht, sondern wurden überall hingebracht, damit wir sahen, wie die Menschen dort lebten, und wie anders man die Dinge dort tat. Du hast gesagt, daß Leute vom Planeten 10 die Rohandaner unterwiesen – ehe dort alles schiefging. Aber bei unserem Besuch auf dem Planeten 10 wußten wir nicht, daß zwischen uns und diesen Menschen ein besonderes Band bestand oder hätte bestehen können. Natürlich sahen wir, daß sie sehr viel weiter entwikkelt waren als wir. Als wir von Planet 10 zurückkehrten, waren wir alle Doeg, denn wir reisten kreuz und quer über unseren Planeten und erzählten, was wir gesehen hatten. Alle staunten – denn noch nie zuvor war jemand von uns auf anderen Planeten gewesen. Ich frage mich, weshalb du uns gewählt hast, Johor. Ich weiß noch, daß ich mir diese Frage auch damals stellte. Wir unterschieden uns in keiner Weise von allen anderen. Vielleicht hatten wir alle drei öfter unterschiedliche Arbeiten verrichtet als die anderen, aber nicht sehr viel öfter. Nein, als wir darüber sprachen, denn natürlich taten wir das, kamen wir zu dem Schluß, daß wir wegen unserer Durchschnittlichkeit gewählt worden waren. An diesem Gedanken hielten wir auch fest, als wir mit unseren erstaunlichen Geschichten zu Hause großes Aufsehen erregten... Damals fiel mir zum ersten Mal auf, wenn man über etwas spricht, das man getan, gesehen oder erlebt hat, wird eine Geschichte daraus, eine Erzählung… jedenfalls hörten unsere Leute zu, als erzählten wir Märchen oder Legenden. Man muß nur anfangen: ›Wir wurden in diese oder jene Stadt gebracht. Es war morgens oder abends, und wir trafen…‹, und sofort hat alles etwas Wunderbares an sich, und die Zuhörer wollen unter allen Umständen wissen, was als nächstes geschah! Das gilt sogar, wenn man etwas Gewöhnliches erzählt, natürlich von einem neuen Planeten ganz zu schweigen. Seit dieser Zeit bin ich beinahe die ganze Zeit über Doeg geblieben, Klin und Marl jedoch nicht. Allerdings war ich, wenn erforderlich, Klin, Marl, *Pedug* und Masson. Aber ich vermute, Doeg ist mein Wesen.«

»Und als du einer der fünf Repräsentanten der Repräsentanten warst?«

»Oh, das war Routine, Zufall… man wird beinahe blindlings gewählt.«

»Jeder Repräsentant kann die anderen repräsentieren?«

»Ja! Das weißt du! Du weißt alles, was ich dir sage… ja, ich begreife, daß ich mir vorsagen muß, was ich weiß… aber wir sitzen hier und reden… du und ich, wir beide. Du drängst mich und bringst mich dazu, Dinge zu sagen, die, wie ich annehme, wichtig sind…«

»Erwartest du denn, daß ich dich nicht ernst nehme, wenn du mir Fragen stellst? Soll ich sie nicht beachten, weil du die Antwort bereits kennst? Wen repräsentierst du, Repräsentant Doeg? Und was bist du?«

Er beugte sich vor und sah mir direkt in die Augen. Doch in mir stieg etwas auf und beendete einen Augenblick, der mir viele Fragen und viel Schmerz hätte ersparen können. Aber wir können gewisse Prozesse in uns nicht beschleunigen. Sie müssen ihren Lauf nehmen, und zwar oft genug ohne unsere bewußte Unterstützung.

Ich dachte an unsere arme Bevölkerung; der Schmerz über ihr Schicksal überfiel mich; welch eine Verschwendung…

Johor erklärte trocken: »Dieses Universum ist verschwenderisch und großzügig.«

»Du meinst, es kann sich den Tod von ein paar Millionen Menschen leisten?«
»Ist der Tod etwas Neues für dich? Fängst du jetzt erst an, über den Tod nachzudenken? Und darüber, was er bedeutet?«
»Willst du mir sagen, der Tod alter Menschen, die ihr Leben gelebt und genutzt haben, ist dasselbe wie der Tod, dem wir jetzt entgegensehen müssen?«
»Sind bei euch nie Kinder, junge Leute, ja sogar Säuglinge gestorben? Habt ihr euch nur mit dem Tod der Alten abfinden müssen?«
»Du kannst nicht im Ernst behaupten, daß es gleichgültig ist, wenn die Bevölkerung eines ganzen Planeten sterben muß... eine Spezies?«
»Ich habe nicht behauptet, es sei gleichgültig. Ich habe auch nicht gesagt, daß uns, Canopus, nicht schmerzt, was geschieht, auch nicht, daß wir nicht alles getan hätten, um es zu verhindern, nicht, daß wir nicht...«
Ich fiel ihm empört ins Wort: »Aber ihr seid nicht in der Lage, die zum Untergang verurteilten Millionen von diesem Planeten zu evakuieren? Habt ihr nicht irgendwo einen kleinen, unwichtigen Planeten, den ihr uns geben könntet, damit wir ihn nutzen, entwickeln und fruchtbar machen? Ihr könnt uns nicht gebrauchen!«
»Sind das wirklich Fragen, Doeg? Nun gut, ich werde sie als Fragen behandeln. Doch frage dich selbst... bedient sich Canopus nach deiner Erfahrung rhetorischer Mittel? Nein, wir sind nicht in der Lage, die gesamte Bevölkerung vom Planeten 8 wegzubringen. Wir haben dazu nicht die Möglichkeiten...«
Wieder empörte sich alles in mir. Ich konnte ihn nicht weitersprechen lassen und erklärte: »Ihr habt nicht die Möglichkeiten! Oder willst du damit sagen, daß einige von uns weggebracht und die anderen ihrem Schicksal überlassen werden? Wenn es so ist, werde ich mich auf jeden Fall weigern! Ich lasse mich nicht auf Kosten anderer retten. Ich weiß, daß alle Repräsentanten dasselbe sagen werden! Wir haben nicht unser Leben lang für unser Volk gearbeitet, unser Volk verkörpert, sind

nicht unser Volk *gewesen,* um es am Ende im Stich zu lassen...« An dieser Stelle schwand mir das Bewußtsein, und zwar lange. Ich wußte, daß es lange gewesen war, sobald ich zu mir kam und feststellte, daß ich in dem kalten Schuppen Johor gegenübersaß, der geduldig wartete.

Er sah mir durchdringend in die Augen und ins Gesicht.

In dieser langen Dunkelheit war etwas in mir vorgegangen, und das machte es mir unmöglich, ihn ebenso heftig und ungestüm anzugreifen wie vorher. Es dauerte eine Weile, und dann hörte ich, wie ich leise sagte: »Es ist merkwürdig, daß du gesagt hast, Canopus hat nicht die Möglichkeit, um dies oder jenes zu tun... Wir hielten euch immer für allmächtig und in der Lage, alles zu tun, was ihr tun wollt. Wir haben nie daran gedacht, daß euch Grenzen gesetzt sind. Was setzt euch Grenzen, Johor?« Und ich gab mir selbst die Antwort: »Ihr seid die Schöpfung und die Geschöpfe eines anderen, eines Wesens, zu dem ihr in derselben Beziehung steht wie wir zu euch... Ja, so muß es sein. Aber ich habe noch nie in diese Richtung gedacht... Ihr könnt eure Grenzen ebensowenig überschreiten wie wir unsere...« Wieder stieg Zorn in mir auf. »Aber Canopus ist nicht plötzlich Opfer eines kosmischen Unfalls! Euer Planet – oder sind es Planeten? Nährt euer Stern mehr als einen abhängigen Planeten? *Euer* Planet ist nicht plötzlich und beinahe von einem Tag auf den anderen durch eine Bewegung von Sternen in seinem Lebensnerv getroffen und dem Untergang geweiht worden. Und diese Sterne sind so fern, daß ihr nicht wußtet, daß es sie gab... und ihnen noch nicht einmal Namen gegeben habt.«

Er erwiderte freundlich und belustigt: »Noch nicht. Aber es könnte uns ebenso widerfahren, wie es euch widerfahren ist.«

»Und Rohanda.«

»Und Rohanda.« Bei diesem Namen stieß er einen so tiefen und schmerzerfüllten Seufzer aus, daß ich ausrief: »O Johor, ich frage mich, ob du um uns, den Planeten 8, ebenso seufzst und leidest wie um Rohanda. Liegt dir so viel daran? Ist es dort so viel schöner, als es hier ist... war? Wenn du mit anderen

sprichst, vielleicht mit deinen Kollegen auf Canopus, seufzst du dann ebenso, wenn jemand sagt: ›Planet 8‹, wie du es gerade eben bei dem Wort ›Rohanda‹ getan hast?«
Er erwiderte: »Es stimmt, zur Zeit macht mich der Gedanke an Rohanda sehr niedergeschlagen. Ich komme gerade von dort. Es ist schwer, mitanzusehen, daß etwas so Gutes und Vielversprechendes – wie Rohanda es war – seine Antriebskraft und seine Richtung verliert.«
»Schlimmer, als zu sehen, daß es uns ebenso ergeht?«
»Du vergißt, die Zukunft eures Planeten sollte die Zukunft Rohandas sein! Wir haben besonders geschickte und vortreffliche Kolonisten vom Planeten 10 nach Rohanda geschickt, um eine Synthese mit einer Spezies herbeizuführen, die wir auf eine bestimmte Ebene bringen wollten, damit ihr von diesem Planeten eine Synthese mit ihnen eingehen und etwas höchst Außergewöhnliches werden würdet – wie wir hofften...«
Ich sagte: »Ihr hattet vor, unsere Bevölkerung nach Rohanda zu bringen. *Dafür* standen Mittel zur Verfügung, und dafür gab es Pläne... aber nicht, um uns jetzt zu retten.«
»Es gibt keinen Platz, an den wir euch bringen könnten. Unsere Ökonomie ist in allen Aspekten ausgewogen. Unser Reich ist kein Zufallsprodukt oder durch die Entscheidungen egoistischer Herrscher oder ungeplanter Entwicklungen unserer Technologien entstanden. Nein, solche barbarischen Zeiten liegen schon lange hinter uns. Unser Wachstum, unsere Existenz, *alles, was wir sind*, ist eine Einheit, ein Ganzes, eine Ganzheit... und zwar auf eine Weise, wie sie sonst nirgends in unserer Galaxis anzutreffen ist, soweit wir das wissen.«
»Also sind wir Opfer eurer Vollkommenheit!«
»Das Wort Vollkommenheit haben wir im Zusammenhang mit uns nie benutzt – auch nicht in Gedanken... dieses Wort ist... etwas Höherem vorbehalten.«
»Trotzdem sind wir Opfer.«
Ich sagte das nachdrücklich, kalt und mit Entschiedenheit. Ich fühlte mich nicht in der Lage, diese Unterredung fortzuführen. Mich erfaßte eine Müdigkeit, die ich nur allzugut kannte

– als sei jede Bewegung, jedes Wort, selbst ein Gedanke, der mir kam, zu schwer und zu schwierig. Ich mußte schlafen.

»Wenn du dich zurückziehen willst, kannst du meine Eishöhle benutzen«, sagte ich, »ich muß schlafen... ich muß... ich muß...«

Und während ich in meinen zottligen Pelzen zusammensank, schob ich ihm einen Streifen getrocknetes Fleisch hin. Ich sah, wie er ein Stück abbrach, und es versuchte. Er aß es nicht mit Genuß, aber eindeutig mit Interesse – Canopus interessierte sich für alles, was geschah. Canopus mußte das tun, denn sein Wesen forderte das – selbst wenn es sich um den Tod eines Planeten handelte...

Ich erwachte mit dem Bewußtsein, wach zu sein: *Ich bin hier in dieser schweren Wärme von Pelzen und Fellen.* Ich begriff, in glücklicheren Tagen war ich zwar mit dem Gedanken erwacht: *Wachsein, das ist mein augenblicklicher Zustand; der andere war mein Schlaf. Ich werde jetzt dieses oder jenes tun.* Doch das war nie in dieser Klarheit, mit dieser Dringlichkeit geschehen.

Unser früheres, unbeschwertes, sinnliches Leben verlangte von uns nie eine besondere Art Selbstwahrnehmung. Jetzt tauchte ich aus Schichten von Schlaf auf, und mein Körper wurde getragen von Wärme, wie er früher auf dem warmen Wasser trieb. Auch mein Geist war frei und unbeschwert, obwohl ich wußte, die Mühe und Pein unseres neuen Lebens mußten beinahe augenblicklich einsetzen. Ich fragte mich, ob unsere riesigen, zottigen Tiere so an einem halbgefrorenen Hügel erwachten; Muskeln und Knochen lagen entspannt unter der schützenden Hülle aus zottigem Fell. Wenn sie die Köpfe hoben, und die Augen öffneten, und der Schnee um sie herumwirbelte, hatten sie dann das Gefühl, daß im nächsten Moment die Anstrengung kommen würde, die schwerfälligen Glieder in Bewegung zu setzen, sie zwingen würde aufzustehen und sich an die Aufgabe zu machen, zu fressen und zu trinken... aber solange sie noch dort lagen, trieben sie im Schlaf und auf den schönen Erinnerungen dahin, die der Schlaf ihnen brachte... doch sie mußten sich mühsam aufrichten, über eisglatte Felsen

und Geröll steigen; ihre Zähne fuhren schabend über bitterkalte Steine, um die Flechten darauf abzulösen; sanfte, weiche Mäuler schoben den lockeren Schnee beiseite, um zur Erde vorzudringen, die zum großen Teil aus abgestorbenen Pflanzen bestand – Erdfutter, das schwer und unangenehm im Magen liegt. Ich war ein Tier wie sie, lag in einer Tierhülle, dachte an Tierfutter. Ich identifizierte mich so stark mit ihnen, daß ich spürte, wie kalte Luft durch das verfilzte Haar auf meinen Schultern drang, und ich glaubte beinahe, es sei Wind. Ich wendete den Kopf und sah, wie Johor leise durch eine Tür hereinkam, die er nur so weit wie nötig öffnete und wegen der Kälte sofort wieder schloß.
Er setzte sich auf einen Haufen halbtrockenen Heidekrauts und sah mich an. Ich schloß schnell die Augen, denn ich fühlte mich noch nicht zu der Anstrengung bereit, meinen Verstand zu zwingen, sich ihm zu stellen.
»Draußen tobt ein Schneesturm«, erklärte er, denn er wußte, daß ich wach war. »Niemand ist unterwegs..., ich bin in der ganzen Stadt von Haus zu Haus gegangen, und überall liegen sie wie du schweigend und still in ihre vielen, dicken Felle gehüllt.«
Ich blickte zum Dach hinauf: eine dicke Schicht Heidekraut, und darüber Grassoden und Erde. Reif lag auf dem Heidekraut und auf den Steinen der Mauer.
»Und wenn du in die Häuser hineinkamst«, sagte ich, »hoben sie die Köpfe... einer nach dem anderen. Ihre Augen leuchteten dir entgegen, erloschen dann, die Köpfe sanken zurück, und die Menschen fielen wieder in Schlaf.«
»Ja, sie fielen wieder in Schlaf.«
»Zurück in die Dunkelheit, aus der wir alle kommen.«
»Zurück in das... Licht, aus dem wir alle kommen.«
»Ich habe nicht von Licht geträumt, Johor! Ich erwachte aus...«
»Woraus?«
»Es war angenehm und wunderbar... das weiß ich. Danach sehne ich mich.«
»Das Licht. Eine Welt aus blendendem Licht, ein glänzendes,

schimmerndes Wunder... dort leuchten die Farben, nach denen du dich sehnst... aus dieser Welt bist du gekommen.«
»Das sagst du, Johor.«
»Und dorthin wirst du zurückkehren.«
»Oh, aber wann, wann, *wann...?*«
»Wenn du es verdienst, Doeg«, sagte er freundlich, aber entschieden genug, damit ich mich in meinen Fellen bewegte, streckte und die Last meiner Glieder auf mich nahm, die mein Gewicht nicht spüren wollten... das Gewicht des Lebens. Das Gewicht der Gedanken...
Aber ich zwang mich, ihn anzusehen und mich aufzusetzen.
»Und sie«, sagte ich, »diese armen Leute, die dichtgedrängt in ihren Häusern liegen und von Paradiesen träumen, die ihnen fälschlicherweise versprochen wurden... wie werden sie es verdienen? Wie sollen sie am Ende das Licht erreichen... wo immer es auch sein mag, denn das hast du mir nicht gesagt, Johor.«
Er sah mich eindringlich an und erklärte: »Repräsentant Doeg, wenn du dort liegst und träumst, glaubst du dann, daß die Träume nur deine Träume sind... glaubst du, daß du die Träume aus dir hervorholst und sie einzig und allein dir gehören? Wenn du aus einer Traumwelt erwachst, die, wie du annimmst, niemand mit dir teilt, glaubst du dann, deine Selbstwahrnehmung, dieses Gefühl: *Ich bin hier. Doeg ist hier* – gehört nur dir, und kein anderer teilt dieses Gefühl? Wenn du mit dem Gefühl erwachst: *Dies ist Doeg. So nehme ich mich wahr, ich: Doeg, wie viele andere erwachen überall auf deinem Planeten und denken: Dies bin ich. So nehme ich mich wahr?*«
Es war bitter, diesen kleinen Platz aufgeben zu müssen, wo ich mich ausruhen konnte, wohin ich flüchten konnte, flüchten in den Gedanken: *Das bin ich... ich, Doeg* – und ich wehrte mich dagegen.
Ich sagte: »Es ist noch nicht lange her, da war ich ein flinkes, schlankes, braunhäutiges Geschöpf. Ich wachte morgens mit dem Gedanken auf: Bald trete ich hinaus in die Sonne. Ihre Strahlen werden meine braune Haut mit winzigen, schimmernden Punkten überziehen; weiche, sanfte Luft wird durch meine

Lunge strömen... das war ich damals. Das war Doeg. Jetzt bin ich ein dickes, plumpes, fettiges Geschöpf mit fahler, graubrauner Haut. Aber ich bin immer noch Doeg, Johor. Das Gefühl ist geblieben... und nun sagst du, ich muß auch das aufgeben. Nun gut, ich bin nicht mehr das grazile, hübsche Tier, das ich einmal war, und ich bin nicht dieser schwerfällige Klotz. Aber ich erwache immer noch mit dem Gefühl: *Hier bin ich. Ich erkenne mich wieder. Ich liege hier nach all den vielen Reisen und Abenteuern in meinem Schlaf.*«

»Deinem geteilten Schlaf.«

»Mein geteiltes Wachsein... also gut, Johor, woran soll ich mich dann festhalten in diesem... Schneesturm, der alles davontreibt, alles, alles, alles...«

»Erinnerst du dich daran, wie wir, Canopus, zu euch allen kamen und euch erklärten, woraus ihr, woraus eure Welt gemacht ist?«

»Ja, nicht lange danach seid ihr gekommen, um uns zu sagen, wir sollten... die Mauer bauen, die uns vor dem Eis schützen würde.«

»Die euch vor dem Eis geschützt hat und noch immer schützt.«

»Sie wäre besser schon lange geborsten und hätte dieser endlosen Trostlosigkeit und Qual ein Ende gesetzt.«

»Nein.«

»Weil noch etwas getan werden muß? Was? Du bist den weiten Weg von deinem Platz in der Galaxis hierhergekommen. Du hast dein Raumschiff weggeschickt, und jetzt sitzt du mit mir hier in diesem Schuppen...«

»Ja, Repräsentant?«

»Was repräsentiere ich, Johor?«

»Erinnerst du dich daran, was wir euch gelehrt haben?«

Ich richtete mich in meinem Lager auf, zog die dicken Decken um mich, bis über den Kopf, und schließlich blieb nur noch mein Gesicht frei. Dicht vor mir befand sich Johors Gesicht unter der Kapuze.

»Ich weiß noch, wie wir plötzlich begriffen, daß ihr uns etwas lehren wolltet, und zwar nach einer Methode, die keiner von uns kannte – direkt. Ihr habt uns aufgefordert, zu den Hügeln auf der anderen Seite der Mauer zu gehen und dort einen Platz zu suchen, wo das Gelände nach allen Seiten anstieg. Dort versammelten wir uns. Alle Leute kamen – aus der Stadt und aus der nahen und ferneren Umgebung. Auf euer Geheiß nahmen wir eines der Tiere mit, die inzwischen ausgestorben sind, und die uns zur Nahrung dienen sollten. Ihr wolltet, daß wir das Tier schlachteten, ehe die Leute sich versammelten. Wir, die Repräsentanten, waren froh darüber, daß der Akt des Tötens nicht mit eurer Anwesenheit in Verbindung gebracht wurde. Wir verheimlichten zwar nicht, was Fleischessen mit sich brachte, vermieden aber, uns damit zu beschäftigen – Schlachthäuser, die Vorbereitungen. Denn wenn wir Repräsentanten zusammenkamen, um über dieses Thema zu sprechen, spürten wir immer ein gewisses Zögern, eine Furcht, wenn es um das Töten von Tieren ging. Uns schien das ein gefährliches Gebiet zu sein, etwas, das sich festsetzen und ausbreiten konnte – und doch erinnerten wir uns nicht daran, daß Canopus je etwas darüber gesagt hätte.«

»Eine der vier Arten, aus denen ihr entstanden seid, ließ sich leicht zum Töten hinreißen. Einige von uns auf Canopus wollten diese Erbmasse nicht benutzt sehen, aber andere sprachen dafür, denn dies war – und ist immer noch – eine physisch starke Spezies, die große Härten ertragen kann.«

»Wir standen alle an den Hängen, blickten auf die tote Antilope hinunter, und als mein alter Freund Marl zum Messer griff, um sie aufzuschneiden, durchlief mich eine heftige Erregung – ich fürchtete mich, es als Genuß zu bezeichnen, doch ich wußte, nichts anderes war es. Als der Leib von der Kehle bis zum Schwanz aufgeschnitten war und die Innereien herausfielen, wußte ich, es würde mir leichtfallen, mit den Händen in diese Masse zu greifen und dann...« Ein roter Nebel legte sich über mein Bewußtsein, und als er schwand, wirkten die bereiften Zweige am Dach, der graue Felsen und Johors hageres Gesicht noch abgezehrter und häßlicher.

»Ja«, sagte er, »ihr hattet recht, so vorsichtig zu sein.«

»Und doch hattet ihr uns zusammengerufen, damit wir sahen,

wie das Tier ausgeweidet wurde. Wir standen in der warmen Sonne, der Wind trug aromatische Düfte vom See herüber, und wir sahen die Eingeweide dort liegen: das Herz, die Leber und die anderen Organe, Kopf, Schwanz und das Fell; die Knochen wirkten so kahl wie die Äste eines Baumes. Wir wurden unruhig, liefen auf den Hängen hin und her; der Blutgeruch stieg uns in die Nase. Er schien zu unseren Erinnerungen zu gehören. Dann hast du deinen Platz unter uns verlassen; du hast dich zwischen das blutige Fleisch und die Knochen gestellt. Du hast gesagt: ›Ihr fragt euch, jeder von euch fragt sich, wo das Tier geblieben ist... wo ist das eigentliche Tier, das ihr kennt. Wo ist sein Charme, seine Freundlichkeit, seine Anmut? Wo sind seine Bewegungen, die euch entzücken? Jeder von euch weiß, hier liegt nicht das Eigentliche des toten Tieres. Wenn wir über die Hügel blikken, wo die Gräser sich im Wind wiegen, der durch die Blätter streicht und sie hell aufleuchten läßt, sehen wir denselben Geist, der die Wahrheit über dieses tote Tier ist... wir sehen Lebendigkeit, Frische und Entzücken. Und wenn wir jetzt aufblicken und das Spiel der Wolken beobachten, sehen wir die – Wirklichkeit des Tieres. Wenn wir uns gegenseitig betrachten und sehen, wie schön wir sind, sehen wir ebenfalls das Tier, seine Liebenswürdigkeit und Richtigkeit...‹ Johor, du hast lange und ausführlich über Schönheit und Anmut gesprochen. Danach hast du dich über den Haufen Fleisch und Knochen gebeugt und das Herz in deinen Händen hochgehalten. Du hast uns gesagt, daß jeder von uns ein Paket mit Herz, Leber, Nieren, Eingeweiden, Knochen ist. Jeder dieser Teile ist ein Ganzes, hast du erzählt, und hat ein Bewußtsein von sich. Ein Herz weiß, es ist ein Herz, und es empfindet sich als Herz. Und so ist es mit einer Leber und allen anderen Teilen in einem Tier, in uns. Wir sind ein Bündel, ein Paket kleinerer Stücke, Ganzheiten, Gebilde, und jedes spürt seine Identität und sagt sich: *Hier bin ich!* Genau wie wir es in Augenblicken tun, in denen wir spüren, was wir sind. Aber diese Ansammlung von Herz, Lunge, Haut, Blut, die so dicht und ordentlich in eine Haut verpackt ist, bildet ein

Ganzes: ist ein Geschöpf... Und du hast uns zum Lachen gebracht, Johor, an diesem schönen Morgen. In meiner Erinnerung besteht er nur aus Farben, Farben – Blau- und Grün-, sanfte Rot- und Gelbtöne –. Wir mußten lachen, als du sagtest, daß sich eine Leber vermutlich für das beste und wichtigste Organ eines Körpers hält, das Herz ebenfalls und auch das Blut. Sie glauben vielleicht sogar, ein Körper bestehe nur aus Herz oder Leber oder Blut... ja, ich weiß noch, wie wir alle lachten. Und so endete die Lektion. Als Canopus uns das nächste Mal besuchte, brachtest du die Instrumente mit, mit denen man das Winzige sehen kann. Lange Zeit betrachtete jeder von uns – auch die Kinder – durch die Instrumente das Winzige.«

»Was ist dir von diesem Morgen am stärksten im Gedächtnis geblieben? Der unerfreuliche Anblick der blutigen Organe, die auf dem Boden lagen, und dein Mitleid mit dem Tier?«

»Nein, sondern daß du uns gelehrt hast, die Anmut und die Lebendigkeit des Tieres überall zu suchen – im Fließen des Wassers, in den Figuren, die die Vogelscharen an den Himmel zeichneten, während sie dort kreisten, durch die Luft glitten, auf und nieder schwebten.«

Alsi schob sich schnell in den Schuppen und öffnete dabei die Tür nur so weit wie unbedingt nötig. Sie wirkte schwerfällig und plump in den Fellhüllen. Sie lächelte uns beiden zu und machte sich daran, Heidekraut, Flechten und Rinden durch die Öffnungen in die Gehege der Schneetiere zu schieben. Es dauerte lange, und ich dachte daran, wie flink sie einmal gewesen war. Nach getaner Arbeit stand sie vor uns, öffnete ihren Mantel, und wir entdeckten darunter das kleine zutrauliche Köpfchen eines ihrer Lieblingstiere. Die hellen blauen Augen glänzten munter. Alsi streichelte das Tier und verriet damit, wie sehr sie den Kontakt mit Vitalität und Vertrauen brauchte. Sie erklärte: »Die Repräsentanten des Sees sagen, daß dort nur noch wenige Tiere leben.«

»Mach dir keine Sorgen«, erwiderte ich, als Johor schwieg, »wir werden nicht mehr viel Nahrung brauchen.«

Sie nickte, denn sie begann bereits zu verstehen, was geschah.

Sie sagte: »Aus vielen Städten und Dörfern kommt die Nachricht, daß die Leute beschlossen haben, nichts mehr zu essen. Sie warten nur noch auf den Tod.«
Johor sagte: »Bitte, suche so viele Leute wie möglich, die noch willens sind, es zu tun. Geht in diese Orte und sagt den Leuten, Canopus fordert euch auf, so lange wie möglich am Leben zu bleiben. Erklärt, es sei notwendig.«
»Notwendig?«
»Ja.«
»Obwohl wir alle bald sterben?«
In dieser Frage lag nur der Anflug eines Vorwurfs, aber Alsi fiel es schwer, ihn anzusehen. Doch sie tat es, und auf ihrem Gesicht lag eine solche Bestürzung, daß es ihn betroffen machte – ich sah, wie er sich unter den Fellen bewegte, als bereite er sich darauf vor, eine Last zu tragen. Alsi besaß ein so aufrichtiges, offenes Wesen. Sie war so stark und schön – sie überließ sich nicht der allgemeinen Trägheit und Gleichgültigkeit.
»Es gibt mehr als eine Art des Sterbens«, sagte er freundlich. Er blickte ihr in die Augen. Sie erwiderte den Blick. In diesem Moment schienen sich unsichtbare Türen öffnen zu wollen, um Wahrheiten und neues Wissen einzulassen ... Ich spürte diesen Druck auch in mir. Ich beobachtete, wie ihre Augen so tapfer und forschend an Johor hingen. Dabei streichelte sie immer wieder den Kopf ihres kleinen Freundes, der vertrauensvoll zu ihr aufblickte.
»Also gut«, sagte sie, »ich werde dafür sorgen, daß alle die Botschaft erhalten.«
Johor nickte und gab damit stumm zu verstehen: Ja, ich kann mich auf dich verlassen. Als sie sich aus der Tür schob, wirbelten unter dem Heulen des Sturms weiße Flocken herein, die nicht schmolzen, sondern auf dem Steinboden vor der Tür als ein weißer Fleck liegenblieben.
Ich sagte zu Johor: »Es ist leichter, die Nachricht vom Tod einer Million Menschen zu ertragen, als sich vorzustellen, daß Alsi in einem Berg stinkender Felle verhungern wird. Das hasse ich an mir, Johor. Ich habe mich nie damit abfinden können, daß wir alle im Grunde parteilich sind.«

»Du beschwerst dich, daß wir euch unzulänglich geschaffen haben«, bemerkte er nicht ohne Humor.
»Ja, vermutlich tue ich das. Ich kann nicht anders. Ich habe nie ertragen können, mitanzusehen, wie jemand über den Tod eines ihm Nahestehenden weint und leidet, aber gegenüber einer allgemeinen Gefahr oder einem Unglück gleichgültig bleibt. In mir entstand dann immer das Gefühl, mit einem schrecklichen Mangel, einem grundlegenden Versagen konfrontiert zu sein.«
»Du vergißt, daß wir nicht erwartet haben, euch würden solche Prüfungen auferlegt.«
»Ah, Canopus, ihr erwartet tatsächlich sehr viel von uns armen Wesen, die einfach nicht zu dem fähig sind, was erforderlich ist.«
»Doch als Alsi gerade hier bei uns stand und so gefaßt und tapfer die Aufgabe übernahm, die ich ihr stellte, erschien es mir, als Spezies seid ihr sehr wohl in der Lage, das Notwendige zu tun.«
»Wieder wird eine Person, ein Individuum, als Beispiel angeführt, um so viele zu repräsentieren!«
Während ich sprach, spürte ich den inzwischen so vertrauten Druck, der mir verkündete, daß ich etwas verstehen sollte.
Und da ließ ich mich in Schlaf sinken, denn ich hatte aufgenommen, soviel ich diesmal konnte. Als ich erwachte, saß Johor geduldig neben mir und wartete darauf, daß ich das Gespräch wieder aufnahm. Ich hatte kaum mehr getan, als zu registrieren: Hier bin ich! und fügte den Gedanken hinzu: Aber mein »Ich« gehört mir nicht. Es kann mir nicht gehören. Es muß ein allgemeines, geteiltes Bewußtsein sein... und in diesem Moment bat mich Johor: »Doeg, sag mir, was du in dieser Zeit alles gelernt hast, als du das Material deines Planeten durch die neuen Instrumente betrachten konntest.«
Es war sehr still. Das Heulen und Toben des Windes hatte sich gelegt. Ich stellte mir vor, daß sich draußen der frische, weiße Schnee hoch auftürmen würde. Durch diesen hüfthohen Schnee bahnte Alsi sich den Weg in Begleitung all jener, die sie hatte aufrütteln können. Andere machten sich auf den mühseli-

gen Marsch in nahe gelegene Städte und Dörfer und überlegten, ob sie dort ankommen würden, ehe der Sturm wieder einsetzte und die Luft mit Weiß, Weiß, Weiß erfüllte...

»Wir lernten, daß alles aus kleineren Dingen besteht. Und sie wiederum aus kleineren und feineren... unsere Organe, ein Herz oder eine Leber, an die wir überhaupt nicht denken, von denen wir jedoch wissen, daß sie da sind und daß sie arbeiten, setzen sich aus allen möglichen Teilen zusammen, Teilen in allen möglichen Formen: Stränge, Klumpen, Streifen, Schichten und Schwämme. Diese Stückchen und Teilchen bestehen aus allen möglichen Zellen, und sie... von denen jede ein vitales und befriedigendes Leben führt und sogar einen Tod hat, denn man kann ihr Sterben wie das unsere beobachten... setzen sich aus vielen kleineren lebenden Einheiten und Molekülen zusammen, die ihrerseits aus ebenso vielen Einheiten bestehen, und auch sie...«

Im Geist sezierte ich ein Stück Fleisch, ein Herz und sah, wie es sich in ein Gewimmel winzigen Lebens verwandelte; doch nun blickte ich wieder auf Johor – ein Berg Felle, in dem sich ein fahles Gesicht abhob. Trotzdem war es unverkennbar Johor, der dort saß, eine Gestalt, eine Kraft – ein fester Körper.

»Johor«, sagte ich, »ich sitze hier und empfinde mich als etwas Festes, als ein Gewicht dichter Materie in einer Gestalt, deren Rundungen und Oberfläche ich genau kenne. Mein Verstand sagt mir, das ist nichts – denn das weiß ich, nachdem ich durch eure Instrumente geblickt habe.«

»Was hast du denn gesehen, als du bis zu der kleinsten, für uns wahrnehmbaren Einheit vorgedrungen bist?«

»Es gibt einen Kern, der aus irgend etwas besteht. Doch auch er teilt sich und teilt sich wieder. Und um den Kern gibt es eine Art Tanz von... Schwingungen? Die Räume zwischen diesem... Kern und den Schwingungen sind so unendlich groß, so unendlich groß, und deshalb weiß ich, die Körperlichkeit, die ich empfinde, ist nichts. Ich bin eine Nebengestalt, ein farbiger Lichtfleck, wie wir ihn sehen oder *sahen,* denn jetzt sehen wir nur noch Schnee, der die vom Sonnenlicht erfüllten Räume erfüllt, wenn ein Lichtstrahl auf die Erde fällt, in dem die Falter schweben. Aus einer Perspektive, die weit von meinem normalen Sehvermögen entfernt ist, bin ich überhaupt keine dichte oder feste Masse... Ich kann zwar sehen, wohin du meine Gedanken gelenkt hast, nämlich, daß dieses Gewicht... und ich bin so schwer, so schwer, so massig und schwer, daß ich es kaum ertragen kann... daß dieses Gewicht überhaupt nichts ist. Ich bin eine Lichtgestalt mit etwas dichteren Partikeln an manchen Stellen. Doch was mein Verstand weiß, Johor, nützt mir in meiner Schwerfälligkeit nichts. Ich kann mir vorstellen, was du mit deinen Augen von mir siehst, die zu einem anderen Planeten, zu einem Stern mit einem anderen Gewicht gehören – ich kann es mir vorstellen, denn ich habe gesehen, wie Zellen und Moleküle in einer Art Tanz verschwinden. Aber...«

»Ein Tanz, den du dadurch beeinflußt, wie du ihn betrachtest. Oder wie du ihn denkst«, bemerkte er.

Das lauschende Schweigen, das uns umgab, vertiefte sich. Doch mein Unbehagen und meine Ungeduld meldeten sich, und ich brach es. »Trotzdem, Johor, arbeitest du mit diesem Nichts, diesem Gewicht und der beschwerlichen Materie, die so quälend auf uns allen lastet. Denn du sitzt hier, du sitzt in diesem eiskalten Schuppen und sagst: Versucht doch, noch nicht zu sterben, nehmt die Anstrengung auf euch, am Leben zu bleiben – und du möchtest, daß wir diese Körper, dieses Fleisch am Leben erhalten, das sich auflöst, wenn man es mit anderen Augen betrachtet und den Faltern ähnelt, die die Sonne bescheint.«

Ja, danach schlief ich ein, ich sank in Schlaf, ging davon, kam zurück und erklärte: »Wenn ich die winzigen Oszillationen und Schwingungen betrachte, aus denen wir bestehen, frage ich mich oft, wo eigentlich unsere Gedanken sind, Johor. Wo ist das, was wir fühlen? Denn es ist unmöglich, daß Gedanken und Gefühle nicht ebenso Materie sind wie wir. Dieses Universum besteht nur aus allen erdenklichen Abstufungen der Materie – von grob zu fein, von fein zu feiner –, und das führt schließlich so weit, daß alles, woraus wir bestehen, ein Gitter, ein Raster, ein Netz, ein Nebel ist, in dem Partikel und Bewegungen so klein sind, daß wir sie nicht wahrnehmen können, die aber trotzdem in einem festen, exakten Gewebe gehalten werden, obwohl es für die Augen, die wir im normalen Leben benutzen, nicht existiert. Und so findet sich in diesem System von fein zu feiner die Substanz eines Gedankens?

Ich beobachte mich, Johor... ich spüre mich... in dieser Masse von Flüssigkeiten, Gewebe, Knochen und Luft, die so schwer ist, so furchtbar schwer ist, aber trotz allem nichts ist und kaum existiert. – Wenn ich Zorn empfinde, weht dann Zorn durch die Zwischenräume des Gewebes, das ich bin, wie ich weiß? Wenn ich Schmerz empfinde oder Liebe... oder... Ich spreche diese Worte aus, und jeder weiß, was ich mit Zorn, mit Sehnen, mit Verlust und alldem meine. Aber besitzt ihr auf Canopus Instrumente, mit dem ihr sie sehen könnt? Kannst *du* sie mit deinen anderen Augen sehen, Johor? Siehst du, wie ich hier sitze, dieses arme Tier Doeg? Bin ich für dich ein getönter Lichtfleck, der die Farbe wechselt, wenn Zorn oder Angst in mir aufsteigen? Woher kommen sie, Johor? Die Substanz unseres Körpers, die Materie, aus der wir bestehen, zerfällt in... riesige Räume, die durch die Bewegungen eines Tanzes festgelegt sind. Doch wir haben Angst oder Einsamkeit noch nicht durch Instrumente gesehen.«

Ich sank wieder in Schlaf – sank in einen Traum. Er war so lebendig, befriedigend und detailliert, daß er eine so klare und deutliche Welt war wie alles, was ich in wachem Zustand auf unserem Planeten oder auf anderen erlebt hatte. Ich bewegte mich in einer Landschaft, die an unseren Planeten erinnerte, aber trotzdem nicht unser Planet war. Ereignisse, Menschen, Gefühle... ich kannte sie alle, doch nicht von meinem gewöhnlichen Leben. Ich hatte diesen Traum schon einmal geträumt, und ich erkannte ihn wieder, vielmehr den Ort. Als der Traum begann, sagte ich mir: Ja, ich kenne diesen Ort, *denn ich kenne sein Flair.* Ich erwachte nach einer Zeitspanne und wußte nicht, ob sie lang oder kurz war, und die Atmosphäre des Traums war so stark, daß ich sie mitbrachte. Sie schimmerte in verführerischen Farben, die für uns nur noch Erinnerungen waren, da es in unserer Welt keine Farben mehr gab. Und sie legten sich glänzend über die frostigen Grau- und Brauntöne im Innern des Schuppens. Dann verblaßte der Traum, und ich sagte: »Ich habe geträumt.«

»Ich weiß. Du hast gelacht und gelächelt. Ich habe dich beobachtet.«

»Johor, ich könnte dir meinen Traum erzählen, denn er hatte eine Form, einen Anfang, eine Entwicklung und ein Ende, ganz wie die Geschichten von Doeg, dem Geschichtenerzähler. Ich könnte dir die Ereignisse, die Abenteuer und die Menschen in diesem Traum beschreiben, von denen ich einige kannte, andere nicht – aber die *Atmosphäre* des Traums könnte ich dir nie beschreiben, obwohl die Atmosphäre dieses Traums, dieser Folge von Träumen, so stark und einmalig ist, daß ich sie mit nichts verwechseln könnte. Sobald ich diese Traumlandschaft betrete oder mich ihr aus einem anderen Traum kommend nähere, kenne ich sie. Ich kenne die Luft, das Gefühl, den Geschmack. Trotzdem könnte ich weder dir noch einem anderen seine Atmosphäre beschreiben. Dafür gibt es keine Worte. Und doch sind Gefühle und Gedanken analoge Bereiche zu den Landschaften der Träume. Denn ein Gefühl besitzt ein Aroma, einen Geschmack, man *spürt* es, kann es aber nicht in Worte fassen, obwohl man ›Liebe‹, ›Sehnsucht‹ oder ›Eifersucht‹ sagen kann, und alle wissen dann genau, was man damit meint. Die Gefühle, die man hat, und die in den Bereich von ›Liebe‹ gehören, besitzen alle die gleiche Eigenschaft und sind für jeden dasselbe, so daß das Wort Liebe eine Mitteilung darstellt; wir wissen, was wir damit meinen. Wird ein Gedanke, der im Grunde farblos oder geschmacklos ist, von Kummer oder Bosheit getönt, nimmt er einen Geschmack, ein eigenes Wesen an. Und wenn man diesen kummerbeladenen oder freudebringenden Gedanken erlebt, dann ist da zuerst die Erfahrung und dann das Wort. Ich sage zu dir oder zu Alsi: ›Ich habe einen Gedanken, in dem Freude liegt‹, und du, jeder andere teilt meine Erfahrung. Dieser Geschmack ist eine *Substanz*, ist Materie, ist stofflich, denn alles ist Substanz, alles muß Substanz sein. Der winzige Tanz im Kern, der im Herzen eines Atoms kein Kern ist, ist Materie, und deshalb müssen Leidenschaften, Bedürfnisse oder Freuden ebenfalls Materie sein. Kannst du sehen, wie die Schwingungen des Atoms sich in Bewegungsmuster auflösen und sagen: Das ist Neid, dies ist Liebe?

Wie verändert die Materie oder Substanz der Liebe den winzigen Tanz? In welcher Beziehung stehen sie zueinander? Denn die *physische* Substanz unserer Körper, unserer Herzen bringt Liebe oder Haß, Furcht oder Hoffnung hervor – das stimmt doch, Johor? –, und sie sind untrennbar damit verbunden. Der Wind, der Liebe ist, muß sich irgendwo in diesen schauerlichen Räumen zwischen dem Kern eines Atoms und seinen Elektronen erheben, die sich wie alles in etwas Kleineres und noch Kleineres spalten und schließlich etwas Fließendes oder eine Bewegung sind – *oder eine Tür, die sich zu etwas anderem öffnet*?

Ich kann dir diese Frage stellen, denn ich weiß, ich teile dieses Wissen mit dir, wenn ich *Liebe*, wenn ich *Furcht* sage – und dann kehre ich in das Reich der Träume zurück, in dem ich ein Drittel meines Lebens verbringe und das durch und durch von Emotionen durchdrungen ist, jedoch auch mit Empfindungen und Gefühlen, die nichts mit Emotionen zu tun haben, die man besser als Farben beschreiben oder andeuten kann, von denen eine Sache oder ein Ort durchtränkt ist. Und ich kann sagen: ›Johor, ich habe geträumt‹, wenn ich hierher in diese Welt zurückkomme. Dann waren meine Träume für mich lebendiger als mein Wachen, und die Atmosphäre, in der ich meine Schlaf-Reisen unternehme, kenne ich schon mein ganzes Leben lang, kannte sie bereits als kleines Kind. *Trotzdem kann ich kein Wort finden,* das dir oder irgendeinem anderen dieses Gefühl, den Geschmack, die Farbe oder die Empfindung vermittelt. Das ist die absolute Einsamkeit, Johor… und doch frage ich mich, wenn du sagst: ›Ich habe dich im Schlaf beobachtet… beobachtet, wie du geträumt hast‹, ob du mit deinen Augen, die auf dem Planeten eines Sterns entstanden sind, der ein anderes Gewicht hat als der unsrige, sagen kannst, während du mich beobachtest: ›Doeg bewegt sich in *dieser* Schlaflandschaft, er geht über diesen Platz, trifft diese oder jene Leute – *Doeg ist*

*Teil der Substanz dieses Ortes* – ich weiß es, denn sehe, wie die Substanz dieses anderen Ortes, der anderen Zeit oder Schwingung sich in den Räumen der subatomaren Partikel oder Bahnen bewegt‹... Und wenn das so ist, Johor, dann erleichtert es die Last der Einsamkeit zu wissen, daß es nichts gibt, was ich sagen könnte – selbst meinen vertrautesten Freunden –, was ihnen den Geschmack eines Traums vermittelt.«
»Doeg, glaubst du, du träumst für dich allein, wenn du träumst? Glaubst du, ein Bereich, den du im Schlaf betrittst, ist nur dir bekannt? Glaubst du, von all den Millionen auf diesem kleinen Planeten kennst allein du diesen bestimmten Bereich? Du bist vielleicht nicht in der Lage, ein Wort zu finden, um ihn zu beschreiben, damit die anderen erfahren, wo du gewesen bist. Doch die anderen kennen ihn, denn auch sie finden sich in ihren Träumen dort ein.«
Hier endete die Unterredung, denn Alsi kam herein, in Begleitung von Marl, Masson und *Zdanye*, mit *Bratch* und mit *Pedug*, der vor dem Eis mit der Erziehung der Jugend betraut war.
Während Johor und ich wachend und träumend in dem kalten Schuppen saßen, hatte sich in dem Gebiet um den Pol, der immer noch frei von Schnee und Eis blieb, die leichte Drehung zur Wärme ereignet, die wir jetzt Sommer nannten. In einem Abschnitt, den wir in zwanzig Tagen durchwandern konnten, gab es noch Wachstum, und wir entdeckten dort eine uns unbekannte Pflanze. Sie wuchs sehr schnell, erreichte in wenigen Tagen ihre volle Höhe und wurde zu einem zarten, saftigen Busch, der übersät war mit duftenden blauen Blüten. In diesem Teil unseres Globus – der vielleicht ein Achtel oder Zehntel des Planeten ausmachte – wuchs die Pflanze überall. Klin arbeitete dort meist das ganze Jahr über und hatte ein Tal näher in der Mitte des Planeten aufgesucht, das früher sehr warm und fruchtbar gewesen war. Er hoffte, es sei immer noch mild genug, um dort etwas anzubauen, und sei es auch nur Heidekraut oder Farne. Doch das war nicht der Fall; das Tal lag unter einer hohen Schneedecke. Deshalb machte er sich auf den Rückweg in die Polarzone. Unterwegs traf er auf Bo-

ten, die berichteten, daß die Herden der großen Tiere von überall her zusammenströmten, um die Felder und Hügel zu erreichen, auf denen eine neue Pflanze blühte, deren Duft die Luft mit einem Geruch erfüllte, den niemand von uns kannte. Und als Klin noch zehn Tagesmärsche vom Pol entfernt den Punkt erreichte, wo der flüchtige Sommer die Tundra und das Grau ablöste, sah er die Herden. Zahllose Tiere überzogen das Land. Sie stampften, erhoben sich auf die Hinterbeine, wälzten sich auf dem Boden, und die Erde erbebte unter der Freude ihrer berauschenden Lust angesichts dieses Wunders, denn hier gab es frisches, saftiges, aromatisches Futter. Trunken vor Entzücken galoppierten sie donnernd durch die Landschaft und hoben die riesigen Köpfe, als spürten sie das Gewicht der Hörner nicht. Sie brüllten und tänzelten sogar, und es brach einem das Herz, so erzählte Klin, mit anzusehen, wie die verzweifelten ausgehungerten Tiere sich Glück und Leichtigkeit überließen – falls man die spielerischen Kämpfe der schweren Tiere als leicht bezeichnen konnte –, denn man hatte sich gewöhnt, in der Landschaft unzählige massige melancholische Tiere zu sehen, die mit hängenden Köpfen widerwillig an dem Erdfutter schnupperten, es aber doch fraßen; Tiere, die kaum in der Lage zu sein schienen, sich zu bewegen – sie stolperten, glitten aus und stürzten auf dem eisglatten Boden, wenn sie weiterzogen. Nachdem man sich von Schmerz und Mitgefühl erfüllt an dieses Bild gewöhnt hatte, schien diese plötzliche Vitalität etwas Wunderbares zu sein.

Doch nicht nur die Herden sehnten sich nach etwas Frischem und Grünem; sie fraßen und verzehrten Pflanzen, die für unsere Bevölkerung von Nutzen sein konnten. In den Städten und Dörfern der Polregion weckte die Aussicht auf frische neue Nahrung die Leute; blinzelnd stolperten sie aus ihren stinkenden Behausungen hinaus in das vertraute Grau – aber hinter den dicken niedrigen Schneewolken entdeckten sie ein blasses Blau: unseren zaghaften flüchtigen Sommer! Sie bahnten sich ihren Weg durch die bitteren zähen Stengel und Ästchen des Tundragestrüpps in Richtung Pol. Und plötzlich sahen sie vor sich das Blau. Ein blauer Schleier bedeckte die Erde, als sei der

Himmel heruntergefallen oder als spiegle die Erde plötzlich den Himmel. Und selbst die Masse der großen Tiere, die sich überall drängten, vermochte die Schönheit der blau blühenden Pflanzen nicht völlig zu verbergen. Ein aromatischer, würziger Geruch lag in der Luft; er belebte die Menschen, vertrieb ihre schreckliche Gleichgültigkeit und Lethargie. Sie bildeten Gruppen und trieben die Tiere in eine Hälfte des fruchtbaren Landes – wir wollten ihnen das Futter nicht völlig vorenthalten, wir brauchten ihr Fleisch und hatten bereits gefürchtet, sie würden nur allzubald ausgestorben sein, weil es zuwenig zu fressen gab. Die Pflanzen schossen sofort wieder aus dem Boden, wo die Tiere sie abgegrast hatten – überall breiteten sich blaßblaue Teppiche aus. Die Menschen warfen ihre dicken Fellmäntel ab, lagen inmitten der blühenden Büsche und weinten vor Freude. Sie rollten sich auf dem Boden, sprangen auf und liefen ebenso übermütig umher, wie es auch die bedauernswerten Tiere getan hatten. Auf dem begrenzten und kleineren Gebiet, das den Tieren nun zur Verfügung stand, taten sie das allerdings nicht mehr; doch sie fraßen stetig und so schnell sie konnten. Sie füllten sich den Magen, solange sie konnten, denn sie schienen zu wissen, daß der Überfluß nicht von Dauer sein konnte. Unser Sommer war bereits halb vorüber – unser Sommer, in dem inzwischen kein Obst, kein Gemüse und kein Getreide mehr wuchs. In letzter Zeit gab es auch hier nur noch ein bißchen spärliches Gras. Und doch gab es dieses Wunder, diese Wunderpflanze. Zwanzig Tage lang konnte man durch Grün und Blau wandern unter einem blauen Himmel, über den die Wolken unserer alten Welt zogen – weiße, wattige, träge, herrliche Wolken –, als wüßten sie nichts von den dunklen düsteren Wolkenmassen, die sich am Horizont ballten.
Nach einem Tag auf diesen würzigen Wiesen fühlten sich unsere Leute wie neugeboren, waren wieder sie selbst: Eindeutig enthielten diese Pflanzen einen starken, gesundheitsfördernden Wirkstoff. Klint benachrichtigte Bratch, den Repräsentanten für Gesundheit. Er traf ein, ließ seine Helfer nachkommen, und da die Pflanze ebensoschnell wieder wuchs, wie man sie abschnitt, gab es bald große Mengen von einer Art Heu, das

mehr aus getrockneten Blüten als aus Blättern bestand, doch dann stellte sich die Frage, wie man die lebenspendende Nahrung aufteilen sollte, denn es war nicht genug, um jedem unserer Leute auch nur eine Handvoll zu überlassen.
Wer sollte in den Genuß kommen? Nach welchen Kriterien sollte man die Entscheidung treffen?
Klin, Marl, Masson, Pedug und Bratch standen unruhig im Schuppen, während sie uns das alles berichteten. Es war deutlich zu sehen, daß sie eigentlich nicht hier sein wollten; ihre Gedanken wanderten zu der lichten, kurzlebigen Welt des polaren Sommers, die sie nur ungern verlassen hatten, um sich mit mir, den anderen Repräsentanten in diesem Gebiet – und mit Johor – zu beraten. Mit entging nicht, daß sie ihn kaum ansahen; ihre Augen schienen über ihn hinwegzugleiten, ihn nicht wahrzunehmen. Es lag nicht nur daran, daß sie ihn noch nie zuvor so deutlich als ein Wesen wie wir gesehen hatten – blaß und leidend in seiner dicken Hülle aus Tierhäuten –, sondern auch daran, daß sie nichts von ihm erwarteten, obwohl ihnen niemand gesagt hatte: Dieser Planet wird nicht gerettet werden. Das Versprechen, das man uns gegeben hat, läßt sich nicht erfüllen. Früher hätte man damit rechnen können, daß sich alle um Johor gedrängt und gefragt hätten: Canopus, wo warten eure Raumschiffflotten? Wann werdet ihr uns hier wegbringen? Aber niemand stellte diese Fragen. Johor blieb ruhig auf den Säcken mit Ginster sitzen.
»Warum sind wir bei unseren Beratungen hier, an diesem sterbenden Ort?« fragte Marl, »laßt uns hinunter in den Sommer gehen. Wir können unsere Entscheidungen auch dort treffen.«
Also machten wir uns auf den Weg: Johor und ich, sie und zehn der anderen Repräsentanten. Wir bahnten uns einen Weg durch den Schnee, der unsere Stadt einhüllte, stolperten und glitten Abhänge hinunter, überquerten Bergpässe, auf denen wir glaubten zu erfrieren, und dann ging es wieder hinunter. Vor uns sahen wir Blau, nur noch Blau – ein blauer Himmel, blaue Erde –, ein frischer Wind trug uns nicht beißende Kälte entgegen, sondern warme milde Düfte, die wir vergessen hatten.

Meine Augen schienen größer und größer zu werden, während sie sich an den Farben labten, nach denen sie hungerten... Aber während ich dem blauen schönen Sommer vor mir entgegenstolperte, sagte ich mir: Ich, ein Fleck oder Schleier aus Partikeln, die das Licht bescheint, ich, ein Nichts, eine Ansammlung unendlicher Räume, die ein Tanz begrenzt, den mein Verstand nicht begreift, ich laufe vorwärts, hinein in... Nichts. Denn wenn ich dieses Sommerland sehen würde, wie Johor mit seinen canopäischen Augen es sieht, dann läge ein Universum aus Raum vor mir, in dem kaum wahrnehmbare Gestalten schweben, sich formen und auflösen. – Ich, ein Nichts, laufe auf nichts zu und weine, während ich laufe. – Wo leben die Emotionen, die diese Tränen entstehen lassen, Johor? Wo in diesen großen Räumen, in dem schwachen Nebel, der ich bin, wo in der bewegten fließenden Ordnung, dem Tanz der Atome, wo... und wie... und was, Johor?

Als wir die Hänge erreichten, wo das Grün sich unter den mit blauen Blüten überladenen Büschen zeigte, warfen wir uns auf die Erde, rollten uns im blauen Grün, saßen, die Schneegipfel und das eisige Land im Rücken, über dem Sommer und blickten in den hellen Sonnenschein, durch den Wolkenschatten zogen, bis eine plötzliche Kühle uns an den Winter erinnerte, der bald wieder über das duftende Wunder hereinbrechen würde, und wir sprachen über alles, was getan werden mußte, was wir tun mußten.

Wir sprachen. Johor schwieg, obwohl er mitten unter uns saß, als sei er einer aus unserer Gruppe.

Wir mußten ein praktisches Problem lösen: Wie sollte die Nahrung verteilt werden, nachdem wir entschieden hatten, wer davon bekommen würde? Es gab keinen Verkehr mehr zwischen den Dörfern und Städten, abgesehen von den Trupps, die Trokkenfleischvorräte brachten. Wie sollten wir das leichte, aber sperrige Heu in großen Mengen in den Schnee und das Eis hinaufbringen? Und sollten die Leute es kochen oder roh verzehren, nachdem es verteilt war? – Wir aßen alle die Blüten geradewegs von den Büschen, ohne unangenehme Auswirkungen, abgesehen von leichten Verdauungsbeschwerden, mit denen wir uns in Zukunft wohl abfinden mußten. Bratch schlug schließlich vor, die getrockneten Pflanzen in flache Teiche und Wasserlöcher zu legen, denn die belebende Wirkung würde sich dadurch wahrscheinlich auf das Wasser übertragen. Einen Teil des Wassers konnte man dann in Behältern in das schneebedeckte Land bringen. Doch die Kälte würde bald wieder hereinbrechen und Moore und Marsche gefrieren lassen. Dann würden Trupps mit Schlitten zurückkommen, um das Eis abzutransportieren. Möglicherweise konnte man sogar große Eisbrocken über den Schnee ziehen. Inzwischen sollten Boten überall die Nachricht verbreiten, daß der kurze Sommer Einzug gehalten hatte und allen Pflanzennahrung bot, die in der Lage oder bereit waren, die Anstrengungen auf sich zu nehmen, hierherzukommen und sich an diesem Sommer zu erfreuen.

Ein paar der Leute, die den lebenden Zaun bildeten, der die Tiere von dem Teil des Gebietes fernhielt, den wir aberntеten, machten sich auf den Weg, damit die Nachricht alle bewohnten Orte des Planeten erreichte. Wir blieben, wo wir waren, und nutzten jede Stunde des Tages, um das Heu in den Wasserlöchern und Sümpfen zu stapeln. Es war nicht warm genug, um Fäulnis zu einem unmittelbaren Problem werden zu lassen. Das nach Erde riechende Wasser der Moore verströmte bald den Geruch der blauen Pflanzen. In den Nächten lagen wir meist wach inmitten der Blüten, denn wir wußten, die Gnadenfrist würde bald abgelaufen sein. Über uns leuchteten die Sterne, jedoch nicht mit dem harten kalten Glanz der schwarzen Nächte während der Expedition zum anderen, zum kalten Pol. Jetzt waren sie ein milder ferner Schein, und sie erloschen immer wieder, wenn Nebel und Dunstschleier über den Himmel zogen.

Als die Boten zurückkehrten, wuchsen die Pflanzen nicht mehr nach, wenn man sie abgeschnitten hatte. Die Hügel und Täler lagen länger im Schatten als im Sonnenlicht. Der Wind wehte nicht mehr mild, sondern zwang uns, wieder zu den dicken Mänteln Zuflucht zu nehmen. Die großen Tiere brüllten und spielten nicht mehr, sondern waren wieder still geworden. Wir gingen alle zu einer Stelle über einem Tal, in dem sich die Tiere drängten. Sie ließen die Köpfe hängen und starrten auf die Erde, die nicht mehr grün oder blau war und auf der sich keine saftigen Pflanzen mehr im sanften Windhauch wiegten. In der Nähe stand ein Stier mit seinen Kühen und den neugeborenen Kälbern – seit langem wurden nur noch wenige Kälber geboren. An den traurig, mutlos hängenden Schultern konnte man ablesen, daß er sich für einen Versager hielt, einen Schwächling, daß er bedrückt war: Wieder würde er eine ständig hungrige Gruppe anführen, die keinen Nachwuchs hervorbrachte, denn die Natur sagte: Nein, es gibt keine Zukunft. Wieder würden sie die weichen Mäuler in die feste, halb pflanzliche Erde drücken und das ungeliebte Futter in die Mägen hinunterzwingen, die nur einen Teil davon verdauen konnten. Die Kühe achteten mit wilden roten Augen ängstlich darauf, daß ihre Kälber in der Nähe blieben; sie leckten und bemutterten ihre kleinen Ebenbilder in einer Verzweiflung, die deutlich verriet, welche Gefühle sie erfüllten. Von einem Ende des Horizonts bis zum anderen standen die Herden – und warteten. Auch wir mußten zurückkehren, auch wir mußten wieder warten.

Etwa vierzig Repräsentanten hatten sich am Hang über den Herden versammelt, und etwa hundert der Boten, die der Bevölkerung die Nachrichten überbracht hatten. Die Leute kamen in kleinen Gruppen, um sich ihren Anteil der inzwischen so spärlichen Ernte zu sichern; und auch sie rollten sich im Grün und aßen die Blüten. Aber nur wenige hatten es geschafft, ihre Lethargie abzuschütteln und die Reise zu machen. Wir, eine kleine Menschenmenge, standen in einer Mulde zwischen den niedrigen Hügeln.

Lange vor dem Eis hatte ich gelernt, die Verfassung von Menschen im Zusammenhang mit Ereignissen genau zu beobachten – was gesagt wird und was ungesagt bleibt –, um zu verstehen, was vermutlich geschehen würde, *was bereits geschah, aber noch nicht in vollem Umfang sichtbar war.* Die Menge, die dort stand, sich in die dicken Felle hüllte und den Himmel betrachtete, an dem sich bereits die ersten Schneewolken ballten, bildete eine Einheit. Johor stand beinahe unbemerkt zwischen den anderen, obwohl alle wußten, daß Canopus unter uns weilte. Bald lösten wir Repräsentanten uns aus der Masse und stiegen auf eine Anhöhe. Man erwartete es von uns; wir sahen, fühlten und spürten, daß wir es tun sollten. Johor blieb an seinem Platz.

Wir vierzig standen dort und blickten auf die Menge, die auf uns blickte, und es entstand ein langes Schweigen. Was geschah? – das fragten wir uns alle, denn üblicherweise war der verbale Gedankenaustausch zwischen Repräsentanten und Repräsentierten lebhaft und ungezwungen: Er vollzog sich praktisch. Meist lag auf der Hand, was jeder zu tun hatte. Wir mußten nie Reden halten, den Leuten zureden, sie überzeugen oder etwas von ihnen fordern – wie ich es auf anderen Planeten erlebt und wie ich gelesen habe. Nein, es hatte immer eine Übereinstimmung, ein Verständnis gegeben, das uns verband, und das bedeutete: Soundso wird sich darum kümmern; dies und jenes muß getan werden – von irgend jemand. Und bei solchen Gelegenheiten kehrte ein Repräsentant in die Menge zurück, wenn er glaubte, ein Wechsel sei notwendig, oder jemand, der sich berechtigt oder befähigt fühlte, gesellte sich zur Gruppe der Repräsentanten. Langes Schweigen hatte es bei uns noch nie gegeben. Jetzt sahen wir uns prüfend und aufmerksam an: wir sie, und sie uns. So standen wir lange Zeit. Auf der einen Seite drängten die Herden bis zum Horizont, wo die Stürme schwarz im Weiß wüteten. Auf der anderen Seite entströmte den zertrampelten welkenden Wiesen ein schwacher Duft, der Erinnerungen an den inzwischen vergangenen Sommer weckte. Der Himmel hing tief und grau über uns; vereinzelte Schneeflocken schwebten herab, schmolzen aber sofort auf unseren Gesichtern und den noch immer unbedeckten Händen. Forschend betrachteten wir die Gesichter der anderen, als seien sie unser eigenes Gesicht. *Was geschah?* Nun, heute weiß ich es; damals wußte ich es nicht. Ich hatte das Gefühl, gewählt zu werden, aber in einer Eigenschaft, die ich noch nicht kannte. Ich hatte das Gefühl, von diesen Augen, die sich nachdenklich auf mich und die anderen Repräsentanten richte-

ten, geprüft, erforscht, beinahe abgetastet zu werden. Und während ich sie ansah, hatte ich den Eindruck, sie noch nie zuvor, noch nie richtig gesehen zu haben, nicht so, wie ich sie jetzt sah. Bei diesem verzweifelten und schrecklichen Unterfangen, das uns alle auf eine Art und Weise einbezog, die wir nur zum Teil kannten, standen wir uns sehr nahe.
Während dieses langen Gedankenaustauschs, während dieses Schweigens, das keiner Worte bedurfte, stand Canopus passiv und ruhig unter ihnen als Teil der Menge. Und doch taten, abgesehen von Alsi und – wie ich glaube – Klin, beinahe alle noch, als zweifelten sie nicht daran, daß Canopus uns von diesem Planeten weg und an einen anderen Ort bringen würde. *Offiziell* erwarteten wir das immer noch, und davon sprachen wir – manchmal, jedoch zunehmend seltener. Aber an diesem Tag fragte keiner der Leute Johor: Canopus, wo sind eure Raumschiffe, die uns von hier wegbringen werden? Wann werdet ihr euer Versprechen einlösen?
Nein, niemand sagte das; es lagen auch weder Vorwürfe noch Zorn oder Anklagen oder Trauer in der Luft. Die Nüchternheit, die Ruhe, das Verantwortungsbewußtsein, das uns erfüllte und das keinen Kummer, keine Trauer oder Verzweiflung aufkommen ließ, war das Bemerkenswerte. In weiter Ferne, im schneebedeckten Land, wo unsere Freunde unter Bergen von Fellen in dunklen Löchern lagen, herrschte die Lethargie von Kummer und Verzweiflung. Doch hier, unter den wenigen, die die mühsame Reise in das Sommerland auf sich genommen hatten, verbreitete sich ein völlig anderes Gefühl. Und nach einer langen Zeit, in der wir alle dort standen und uns *ansahen,* war das Schweigen zu Ende: Wir schienen alle gleichzeitig durch einen inneren Vorgang zu entscheiden, daß es genügte. Die Leute machten sich auf den Weg zu den Wasserlöchern und Teichen, um nachzusehen, ob sie bereits zugefroren waren. Nein, das waren sie noch nicht; doch die Wasseroberfläche verdickte sich; wenn sie sich unter einem Windstoß kräuselte, entstanden Flocken und schließlich Schichten von hauchdünnem Eis. Als wir uns am nächsten Morgen erhoben und von dem Abhang, an dem wir lagerten, hinunterblickten, sahen wir, daß

das Wasser überfroren, daß es weiß war. Doch darunter lag noch die Schwärze des Sumpfwassers und im Wasser das Grün und Blau der Pflanzen. Wir schickten einen Trupp zu den Herden, um ein paar junge Tiere von den anderen zu trennen, sie zu schlachten und das Fleisch zum Verzehr vorzubereiten. Die Erntezeit war vorüber, und es gab weder Heu noch frische Pflanzen. Der kalte Wind trug den Blutgeruch zu uns herüber; und wir hörten die Tiere in unserer Nähe brüllen und stöhnen, als ob auch sie das Blut rochen. Widerstrebend begannen wir, Fleisch, Fleisch und wieder Fleisch zu essen, eine Nahrung, von der es leider nur allzu kurz eine Abwechslung gegeben hatte.

Innerhalb weniger Tage verwandelte sich das Wasser in festes Eis; wir hackten große Blöcke heraus, stapelten sie auf Schlitten oder banden Seile darum; und überall konnte man lange Ketten von Leuten sehen, die sich an den mühsamen Abtransport machten – Weiß vor Weiß, denn alles war inzwischen wieder weiß; Schnee bedeckte die Erde, über uns hingen schneeschwere Wolken, vor uns lagen die verschneiten Berggipfel. Der Wind wirbelte den Schnee hoch in die Luft, wo er sich mit den weißen Flocken von oben mischte.

Die Reihen weißer Gestalten schleppten sich mühsam nach allen Richtungen davon. Unsere Gruppe kletterte geradewegs über die gefrorenen Pässe und hinunter in die Gebiete in der Mitte des Planeten. Weit vor uns ragte die weiße Masse unserer Mauer hoch in den grauen Himmel auf; beim Näherkommen schien sie eine gigantische Woge zu sein, die gerade in dem Moment erstarrt war, als sie in sich zusammenstürzen wollte. Der gezackte, gezahnte Kamm erstreckte sich über den ganzen Horizont und krönte eine inzwischen schneeweiße, völlig vereiste Mauer, die halb unter hohen Schneewehen versank.

Als wir uns mit den Schlitten, auf denen das mitgebrachte Eis lag, unserer Stadt näherten, liefen einige von uns voraus, um die Schlafenden zu wecken. Aber wiederum wankten nur ein paar wenige Leute stöhnend und jammernd aus ihren Behausungen. Nach dem langen Aufenthalt im Halbdunkel konnten sie im grellen Weiß draußen kaum etwas sehen. Wir redeten auf sie ein: »Versucht dieses Eis, das wir gebracht haben! Lutscht es, nehmt es mit hinein, laßt es schmelzen und trinkt das Wasser! Ihr werdet feststellen, daß es euch belebt und erfrischt.« Manche taten es; ihre Lebenskräfte erwachten, und sie fielen nicht wieder in diesen todesähnlichen Schlaf zurück. Denn viele starben, während sie schliefen, und konnten trotz aller Künste von Bratch nicht wieder ins Leben zurückgeholt werden.

Ungefähr ein Viertel der Bevölkerung unserer Stadt versammelte sich im tiefen Schnee auf dem großen Platz. Klin, Marl und Alsi, Masson, Pedug und Bratch waren dort; ich und Johor ebenfalls. Wieder entstand das lange Schweigen, und es hielt so lange an, wie es notwendig war für… *wofür*? Es wurde kein einziges Mal gebrochen, doch es schien uns alle zu bestätigen und zu kräftigen. Und nachdem dieses Schweigen angehalten und angehalten hatte, geschah etwas anderes als während des Schweigens am Abhang weit unten im Polargebiet. Johor löste sich aus der Menge, ging ein paar Schritte vorwärts, blieb ganz ruhig stehen und sah uns alle an. Er schien uns *Gelegenheit zu geben*… wozu? Seine Augen wanderten von Gesicht zu Gesicht, und wir sahen, wie erschöpft und abgezehrt er war. Er wirkte ebenso ungesund wie wir alle, und das trotz unseres kurzen Ausflugs in den Sommer.

Oh, es war so dunkel… so dunkel. Die Stürme umtosten uns; dicke Wolken jagten über uns hinweg. Hinter uns ragte die düstere Eismauer auf; und die Dunkelheit war Ausdruck dessen, was ich damals empfand. Denn auf Johors Gesicht, das geduldig leidend und demütig wirkte, lag ein Ausdruck, der verriet, daß er sich von uns allen etwas erhoffte, das noch nicht vorhanden war… in den Gesichtern, die sich ihm zuwendeten, sah er, was er durch sein Heraustreten aus der Menge hervorgerufen, jedoch gehofft hatte, nicht hervorzurufen. Die Leute drängten sich um ihn und fragten: »Johor, werden die Raumschiffe kommen? Wann kommen sie? Wie lange müssen wir warten?« Doch ihre Stimmen standen im Widerspruch zu dem, was sie sagten. Die Fragenden schienen sich nur mit einem Teil ihres Wesens danach zu erkundigen, mit einem Teil, dessen sie sich nur halb oder überhaupt nicht bewußt waren – plötzlich schie-

nen mir alle zu schlafen, vielleicht sogar unter Drogen zu stehen oder hypnotisiert zu sein, denn die gemurmelten Fragen klangen wie Worte, die man im Schlaf hervorbringt. Ja, während ich dort stand, etwas abseits wie Johor, und in die Gesichter blickte, hatte ich das Gefühl, mich unter Schlafwandlern zu befinden, die nicht wußten, was sie sagten, und sich beim Erwachen nicht mehr an ihre Worte erinnern würden. Ich überlegte, ob solche Fragen – Wo sind eure Raumschiffe, Canopus? Wann werdet ihr uns retten? – auf Johor immer so gewirkt hatten. In diesem Augenblick höchster Klarheit, als alle um mich herum Automaten zu sein schienen, fragte ich mich auch: Ist es möglich, daß wir normalerweise so auf Canopus wirken – wie Automaten, die diese Worte oder jene hervorbringen, die dies oder jenes tun, wozu sie von den oberflächlichen und äußerlichen Teilen ihres Wesens gedrängt werden? Denn mir war klar, daß diese Forderungen und Bitten automatisch geäußert wurden, daß sie von Schlafwandlern kamen. Selbst Alsi, die beim Zusammensein mit mir und Johor manchmal hatte erkennen lassen, daß sie wußte, nichts von alldem würde sich ereignen, beugte sich vor und fragte wie die anderen: »Wann, Johor? Wann?«
Johor sagte nichts, sondern blickte sie alle nur unverwandt an und lächelte ein wenig.
Bald wendeten sie sich ebenso automatisch, ja sogar gleichgültig von ihm ab, gingen auf dem geräumten Platz zwischen den schmutzigen Schneehaufen herum und riefen sich gegenseitig zu: »Wir müssen den Schnee wegschaffen. Wie sollen die Raumflotten hier landen? Sie haben nirgends Platz, um aufzusetzen.« Und alle, auch Alsi, begannen, emsig und eifrig den Schnee vom Platz zwischen die Häuser zu schieben, zu Bergen aufzutürmen und Pfade zu säubern – doch der Platz wäre nicht einmal für Johors Raumfähre groß genug gewesen, ganz zu schweigen für eines der großen interkonstellaren Raumschiffe, die zum Transport von vielen Menschen erforderlich waren. Trotzdem hasteten sie alle umher, arbeiteten verbissen, stirnrunzelnd und konzentriert... ich sah sie immer noch so, wie sie auch Johor erscheinen mußten – als habe sie irgendein be-

langloser, unwichtiger Impuls in Bewegung gesetzt. Besonders Alsi beobachtete ich bekümmert und ungläubig – jedoch auch in der geduldigen Erwartung, daß sie bald wieder zu Vernunft kommen würde. Und plötzlich wußte ich, daß ich diesen Ausdruck oft auf Johors Gesicht entdeckt hatte, wenn er mich betrachtete.

Ich sagte zu ihm: »Also gut, ich verstehe, die Zeit ist noch nicht gekommen... allerdings weiß ich nicht, *wofür* die Zeit noch nicht gekommen ist.«

Wir standen beide immer noch ruhig etwas abseits und beobachteten die Leute. In der Nähe befanden sich der Schuppen und die Gehege der Schneetiere. Wir gingen über den zertrampelten schmutzigen Schnee, vorbei an den aufgestapelten Eisblöcken mit den Blüten und Blättern der Sommerpflanzen, die grün und blau darin eingeschlossen waren. Der Schuppen war vollgestopft mit den Säcken getrockneter Pflanzen, die Alsi hier lagerte.

Den Boden überzog jetzt eine Eisschicht; Eis und nicht Rauhreif glitzerte unter dem niedrigen Dach. Wir sanken auf die duftenden Säcke und zogen die Fellmäntel dicht um uns. Hinter einem Stapel Säcke kam ein kleines weißes Tier hervorgerannt: Alsi hielt ihre Lieblingstiere inzwischen im Schuppen. Hier lebten sie munter und vergnügt und hatten sich vermehrt, denn weitere flauschige Geschöpfe tauchten auf, musterten uns und wählten sich die Säcke, auf denen wir saßen, als Spielplatz. Sie waren so zutraulich, so anmutig, fanden an allem so großes Vergnügen – und mir entrang sich der gequälte Aufschrei: »Bald werden sie alle nicht mehr sein, nicht mehr sein, eine weitere Spezies wird nicht mehr am Leben und unter den Lebenden sein...« Es folgte ein neuer Ausbruch von Bitten und Klagen, von Kummer, von leidvoller Auflehnung. »Und ich kenne deine Antwort. Es gibt keine andere. Johor, du wirst sagen, dieser Liebreiz, diese Anmut werden hier verschwinden und an anderer Stelle wieder zum Vorschein kommen... an einem Platz, auf einem Planeten, von dem wir noch nie etwas gehört haben, von dem du vielleicht ebenfalls noch nie etwas gehört hast! Anmut geht nicht verloren, sagst du, die entzükkende Freundlichkeit, die das Wesen dieser kleinen Tiere ist, kann nicht verlorengehen. Es sind Eigenschaften, die das Leben von neuem erschaffen muß... die Hüllen, in denen sie sich uns hier und jetzt zeigen... jawohl, sie werden bald nicht mehr sein. Die kleinen Tiere werden bald alle tot sein, alle, alle... doch wir sollen nicht um sie trauern, denn ihre Eigenschaften werden wiedergeboren... irgendwo. Es macht nichts, daß sie verschwinden, das Individuum zählt nicht, die Spezies zählt nicht... auch Alsi zählt nicht, ebensowenig wie Doeg, Klin und Masson zählen, wie Marl und Pedug und alle anderen, denn wenn wir alle nicht mehr sind, dann...« An diesem Punkt meines Trauergesangs, meiner Klage, zögerte ich, brach ab, als ich hörte, was ich gesagt hatte, als ich verstand und nicht verstand, noch nicht verstehen konnte.

In der gleichen belegten, mechanischen, sogar erstorbenen Stimme, mit der die Leute draußen Johor gefragt hatten, sagte ich: »Aber wir, die anderen, die Repräsentanten werden gerettet, sagst du? Ich habe gehört, daß du es gesagt hast... Hast du es nicht gesagt... ja, was hast du sonst gesagt... nein, nein, du hast es nicht gesagt, aber ich habe auch nichts Derartiges gesagt... doch wenn du das nicht gemeint hast, wenn ich das nicht hören sollte...« Ich unterbrach mein schwerfälliges albernes Gemurmel und blieb lange, lange, lange sehr ruhig sitzen. Die kleinen Tiere waren von ihren übermütigen Spielen müde. Sie kuschelten sich eng an mich und Johor, schmiegten sich in die dicken Fellmäntel. Die beiden Alten und die vier Jungen leckten uns die Hände, stießen Triller und leise Begrüßungslaute aus, als seien wir Freunde – ihre menschlichen Freunde. Sanfte blaue Augen blinzelten uns an, blinzelten langsamer, schlossen sich, öffneten sich wieder blau und klappten endgültig zu, als sie einschliefen und zusammengerollt wie kleine weiße Bälle dalagen.

Ich tauchte aus meinen tief nach innen gerichteten Überlegungen auf, die ich nicht beeinflussen oder lenken konnte, weil sie ihren eigenen Gesetzen und Notwendigkeiten folgten, und sagte: »Ich erinnere mich daran, wie mir der Gedanke kam, daß ich, Doeg, die Gestalt, die Züge habe, die ich habe, weil unter vielen die Wahl auf mich gefallen ist. Ich stellte mich vor den Spiegel und betrachtete mich – die Nase von meiner Mutter, die Augen von meinem Vater, die Kopfform des einen, den Körperbau eines anderen, die Erinnerungen der Großeltern und Urgroßeltern. Ich sah mich an und sagte: ›Sie hat ihre Hände ihm und dann ihr und so mir vererbt. Seine Haare wuchsen auf jenem Kopf, dann auf dem Kopf meiner Großmutter, und deshalb wachsen sie auch auf meinem.‹ Ich dachte daran, daß das Paar, meine Eltern, viele – wie viele? – Kinder, Tausende, vielleicht Millionen Kinder hätte haben können, und jedes wäre ein klein wenig anders gewesen – der Unterschied faszinierte mich bei meinem Spiel, und während ich mein Gesicht, meinen Körper im Spiegel betrachtete, stellte ich mir vor, daß sich hinter mir, zu beiden Seiten, überall um mich herum meine Varianten aufreihten. Einige sahen mir sehr ähnlich, andere kaum. In Gedanken füllte ich ein Dorf, dann eine Stadt, ganze Landstriche mit meinen Varianten. Doeg, Doeg, immer wieder Doeg, und im Geist begrüßte ich die nichtexistenten Leute, die auch niemals existieren würden, die Leute, die nie lebendig geworden waren, weil *ich* mit diesem bestimmten Körper, diesem bestimmten Gesicht und diesen bestimmten Eigenarten lebte. Ich sagte zu diesen Leuten, die mir alle mehr oder weniger, sehr oder auch nur entfernt ähnelten, die gleiche Größe hatten oder auch ein bißchen kleiner, ein bißchen größer, deren Haare Abwandlungen meiner Haare waren, und deren Augen das ganze Spektrum der Möglichkeiten zeigten – ich sagte zu ihnen: ›Seht her, hier seid *ihr,* in mir... denn dieses Gefühl von mir, von mir als ich, das Gefühl, *ich, Doeg, bin hier,* wäre euer Gefühl, wenn die Gene es zufällig anders gewollt hätten und wenn ihr, wenn eure Gestalt und Form an meiner Stelle geboren worden wäre.‹ In diesem Sammelbecken des Millionen Jahre dauernden Würfelspiels der Gene wurde ein *Gefühl* geboren, ein Bewußtsein, das Selbst-Bewußtsein: *Hier bin ich.* Und dieses Bewußtsein erhielt später den Namen Doeg – obwohl ich in meinem Leben viele Namen getragen habe. Dieses besondere *Gefühl* wurde in diese Gestalt, in diesen Typ, in diese Konstellation ererbter Eigenschaften hineingeboren. Natürlich hätte es in jeden dieser unzähligen Varianten, in die Möglichkeiten hineingeboren werden können, die vor meinem inneren Auge wie Geister standen und stehen, vielleicht ein bißchen trocken lächeln, mich beobachten, mich, den der *Zufall* bevorzugte. Doch sie sind ich, und ich bin sie, denn geboren wurde das Gefühl von mir als ich...‹« Ich sank wieder in mich zusammen, entfernte mich eine Zeitlang, und als ich wieder zu mir kam, sagte ich: »... Und doch behauptest du, Johor, und natürlich ist es wahr, sobald du etwas sagst, muß es wahr sein, daß dieses kostbare Etwas, an das ich mich klammere, wenn ich sage: ›*Ich bin hier, ich, Doeg*‹, dies ist das Gefühl, das ich bin, das ich habe, das ich im Schlaf wiedererkenne, und das ich als mich wiedererkennen werde, wenn ich sterbe, wenn ich all dies hinter mir lasse, dieses kostbare kleine Etwas, das so klein ist, denn wenn man in einer dumpfen dunklen Nacht aus einem Schlaf erwacht, der so tief war, daß es lange dauert, bis man weiß, wo und wer man ist, dann ist von mir, von meinen Erinnerungen, von meinem Leben, von meinen Lieben, von meiner Familie, von den Kindern und Freunden – von *allem* ist da nur das kleine Gefühl: *Hier bin ich*, das Gefühl von mir als *ich* – und doch gehört es mir keineswegs, sondern wird geteilt; es muß geteilt werden, denn wie wäre es sonst möglich, daß es auf unserem Planeten ebenso viele Abstufungen und Grade des Ichseins gibt wie Individuen? Nein, das Bewußtsein, *hier bin ich, das bin ich, dies ist mein Ich*, diese Empfindung, die ich niemandem vermitteln kann, ebensowenig wie ich jemanden die Atmosphäre eines Traums vermitteln kann, gleichgültig, wie vertraut mir der Traum ist, wie nahe ich mich dem Traum fühle und wie oft ich ihn im Verlauf eines langen Lebens träume – die Empfindung oder der Geschmack oder die Berührung oder das Wiedererkennen oder die Erinnerung – das Ich-sein muß, obwohl ich es nicht weiß, allen anderen sehr wohl vertraut sein. Vielleicht wissen sie nicht, wer diesen bestimmten Geschmack oder dieses Gefühl mit ihnen teilt – diese Stufe, Ebene oder Qualität des Bewußtseins. Sie begegnen mir und wissen nicht, daß ich mit ihnen teile, was sie sind: ihr Gefühl von sich selbst. Und ich begegne ihnen, bin mit ihnen zusammen, kann aber doch nicht wissen, daß wir teilen, was wir sind. Wir können auch nicht wissen, wie viele oder wenige wir sind, auch nicht, wie viele Ebenen, Typen oder Arten dieses Bewußtseinszustandes es gibt. Gibt es auf unserem Planeten eine Million unterschiedlicher *Ichs*? Eine halbe Million? Zehn? Fünf? Oder teilen wir alle ein Ich-Bewußtsein? Nein, das ist schwer zu glauben – aber warum nicht? – wir wissen doch so wenig von dem, was wir sind, was wir unsichtbar, wirklich sind. Es ist ebensogut möglich, daß es eine Million unterschiedlicher Arten des Bewußtseins gibt – denn etwas anderes sind wir nicht, wenn wir in der Dunkelheit aus tiefem Schlaf erwachen und eine Weile unfähig sind, uns zu bewegen, ganz zu schweigen davon zu wissen, wo und weshalb wir sind – wie zehn oder fünf. Aber, Johor, wenn du mit deinen canopäischen Augen auf diesen Planeten blickst, nimmst du uns vielleicht überhaupt nicht als Individuen wahr, sondern als eine Mischung von Individuen, die eine Eigenschaft teilen, die sie, die uns, in Wirklichkeit zu einem Wesen macht. Du betrachtest uns und siehst nicht die schwärmenden Myriaden, sondern Gruppen von Ganzheiten, so wie wir in unserem See oder am Himmel Gruppen, Schwärme und Scharen sahen, die alle aus zahllosen Individuen bestanden, die sich selbst für einmalig hielten, obwohl wir mit unseren Augen mehr als sie sehen und erkennen konnten, daß jedes zu einem Ganzen, einer Wesenheit gehörte; sie bewegten sich als ein Wesen, lebten als ein Wesen, verhielten sich als ein Wesen – *dachten* als ein Wesen. Vielleicht siehst du uns genauso: Eine Ansammlung von Gruppen oder Kollektiven, doch diese Kollektive müssen nicht unbedingt... zumindest scheint es mir so, während ich hier sitze, Johor, und diese Gedanken denke, ohne daß du ein Wort sagst – obwohl ich ohne dich nicht in der Lage wäre, diese oder ähnliche Gedanken zu denken – doch diese Einheiten oder Gruppen oder Kollektive müssen sich nicht unbedingt räumlich nahe sein oder miteinander in Berührung stehen. Vielleicht ist es möglich, daß ein Individuum genau dasselbe Gefühl von sich als Mann oder Frau hat wie ich, wenn er in der Dunkelheit aus einem tiefen Traum erwacht, ohne einen kurzen Moment etwas von seiner Geschichte als

Mann oder Frau, ohne etwas von seiner Vergangenheit zu wissen, und sich auch an nichts erinnern kann – es ist durchaus möglich, daß ich diesem Individuum nie begegnen werde, weil es vielleicht in einer Stadt auf der anderen Seite des Planeten lebt, wo ich nie gewesen bin und auch nie hinkommen werde. Vielleicht handelt es sich sogar um jemanden, den ich ablehne oder gegen den ich Abneigung empfinde. Ebensogut kann es jemand sein, zu dem ich mich hingezogen fühle – denn Antipathie und Zuneigung sind etwas Zufälliges; und manchmal fällt es schwer, den Unterschied zwischen Faszination und Abscheu, zwischen Zuneigung und Abneigung festzustellen. Aber welche Dimension fügt meine Idee, Johor *(deine Idee?)*, dem Geschäft des Lebens hinzu – während ich meiner Arbeit und meinen Pflichten nachgehe, mich um dieses oder jenes kümmere, überlege, was getan werden muß, Hunderte von Menschen am Tag treffe, dann sind die Menschen, denen ich begegne, möglicherweise keine Fremden. Sie sind *mir* nicht unbekannt. Sie sind meinem Ich nicht unbekannt, allem, was ich wirklich über mich weiß, dem Gefühl, hier bin ich, *ich bin hier* – dem einzigen, was übriggeblieben ist, wenn man in undurchdringlicher Dunkelheit aufwacht und die Glieder zu schwer vom Schlaf sind, um sie zu bewegen, wenn man nicht in der Lage ist, sich daran zu erinnern, was man ist, was man hier tut oder in welchem Raum man erwacht ist. Du hast gesagt, Johor, das schreckliche Gefühl der Isolation und Einsamkeit, das mich überkommt, wenn ich erkenne, daß es mir, wie sehr ich mich auch darum bemühe, nie gelingen wird, einem anderen die Atmosphäre, die *Realität*, das *wahre* Wesen einer Traumlandschaft zu vermitteln, der Landschaften, durch die wir im Schlaf wandern und die wirklicher sind als unser Tagleben – diese Isolation muß durch das Wissen gemildert, gebannt werden, daß auch andere diese Landschaften im Schlaf aufsuchen *müssen* und mich dort treffen, wie ich sie treffe, obwohl wir das vielleicht niemals – oder höchst selten – wissen, wenn wir uns am Tag begegnen. Und so ist auch meine Einsamkeit gelindert, wenn ich daran denke, daß ich für … ich weiß allerdings nicht für wie viele … spreche, wenn ich sage: *Ich, hier bin ich, hier ist, was ich bin,* das Gefühl oder die Empfindung oder der Geschmack von *mir.* Gewiß ist, ich spreche für andere. Dieses Gefühl des Ichseins wird geteilt, muß geteilt werden, es muß einer Gemeinschaft angehören. Ich werde nie wieder aus tiefem Schlaf erwachen, der wie ein schwarzes Wasser ist, in dem ich so schrecklich und wunderbarerweise vertrauensvoll untergetaucht war – so vertrauensvoll wie diese kleinen Tiere, die sich uns in ihrer Hilflosigkeit und Winzigkeit anvertrauen, uns, die wir so groß und unbekannt sind – ohne zu denken, sobald ich wieder fühlen kann: *Hier bin ich, hier ist das Bewußtsein von mir,* mein Bewußtsein und das der anderen, die ich bin, obwohl ich nicht weiß, wer sie sind, und auch sie mich nicht kennen... Es ist merkwürdig, Johor, sich als Teil eines Ganzen zu empfinden, das sehr viel größer ist als man selbst. Es ist merkwürdig zu erleben, daß man verschwindet, während man denkt oder spricht, daß man in einem Kern oder einer Essenz aufgeht – und daß dieser Mittelpunkt ebenfalls schwindet, sich auflöst, verändert und in etwas anderem aufgeht, während man spricht oder denkt oder grübelt... Was bin ich also, Johor, während ich hier auf diesen halb vereisten Säcken sitze, die so köstlich nach unserem entschwundenen Sommer duften, und mein Körper eine Weile in diesem riesigen Fellmantel ausruht, während sich in meinem Kopf Gedanken drängen, die irgendwoher kommen, mich umkreisen, als sei ich eine Art Sieb oder ein Fangnetz für Gedanken, die eine Zeitlang Teil von mir sind und dann weitertreiben? Ich sehe dich an und weiß, indem ich einen ungesund wirkenden Menschen sehe, der sich nicht wohl fühlt und mir gar nicht so unähnlich ist, daß ich nichts von dir sehe, nichts von dir weiß: Ich weiß, aber nur, weil mein Verstand es mir sagt, dort ist Canopus. Das geht so weit über mein Vorstellungsvermögen hinaus, daß ich es dabei belassen muß. Ich spüre mich, ich denke an mich; während ich das tue, löse ich mich auf, ich entschwinde, mir bleibt nichts, nichts, nichts – es sei denn, ich bin der Wind, der durch die unermeßlichen Räume streicht, die zwischen einem Elektron und dem anderen, zwischen einem Proton und dem nächsten liegen, Räume, die nicht mit *Nichts* gefüllt sein können, denn nichts ist *Nichts...*« Ich sank wieder in Schlaf, wo mich immer eine dunkle Ruhe und Sicherheit erwarteten; von dort tauchte ich wieder auf, kehrte zurück in den kalten Schuppen, wo Johor saß. Er beobachtete die kleinen Tiere, die wieder munter geworden waren. Mit ihren scharfen weißen Zähnchen zerrten sie an einem Sack, um an den Inhalt heranzukommen. Sie verstreuten die getrockneten Ästchen, grünen Blättchen und verblaßten blauen Blüten auf dem Eis, sie hüpften, sprangen und rollten verspielt darauf herum. Er beobachtete sie und lächelte. Er lächelte, als ich aus dem Dunkel auftauchte und zu mir selbst sagte: *Hier bin ich, Doeg,* und hinzufügte: *Hier ist das Ich-Gefühl, das ich mit meinen unbekannten Freunden, meinen anderen Ichs teile.*

Ich bemerkte Alsi; sie saß in unserer Nähe. Sie trug keine Handschuhe; sie hielt etwas in den großen Händen und beugte sich traurig darüber. Eines der jungen Tiere war krank oder lag im Sterben. Sie versuchte, es mit der in ihren kalten Händen noch verbliebenen Lebenskraft wiederzubeleben. Unbewußt wiegte sie sich hin und her, vorwärts und rückwärts; ich erkannte darin die Forderung, den Protest eines leidenden, hartgeprüften Körpers, die Feststellung, daß ihr Körper immer noch ein starkes Leben besaß, das kämpfte – doch es war ebensosehr ein Ausdruck ihres Kummers. Ich dachte wieder daran, wie eng Körper und Geist miteinander verbunden sind, sich gegenseitig beeinflussen – und doch findet man in den weiten Räumen zwischen den Schwingungen, die Partikel der Partikel der Partikel der Einheiten unseres körperlichen Wesens sind, keine Anzeichen von – Leid, zum Beispiel, oder von Liebe. Liebe, Liebe litt in allen Teilen von Alsis großem, aber hageren Körper, denn ihr großer Kummer verriet, sie wußte: Dieser Tod bedeutete den Tod von anderen – die Nachkommen der beiden geliebten Schneetiere, die hübschen, entzückenden kleinen Wesen würden bald tot sein, weil sie das Leben nicht mehr ertragen konnten.

»Ist dir klar, Johor«, sagte sie heftig anklagend, wie ich es manchmal tat, »daß es auf unserem Planeten nichts Junges mehr gibt? Die Kälber der Herden, die in diesem Sommer geboren wurden, sind gestorben. Sie waren nicht stark genug, und neue werden nicht mehr geboren ... in den Gehegen draußen sind nur noch ausgewachsene Tiere. Ich kann sie nicht dazu bringen, sich zu vermehren. Nichts, was ich tue, ändert etwas an dem, was sie spüren ... oder wissen.« Sie schluchzte heftig und beugte sich dicht über das kleine, flauschige Wesen in ihren kalten Händen. Es war inzwischen tot und wurde bereits starr.

Johor erwiderte nichts; er beobachtete sie jedoch.

Nachdem sie sich beruhigt hatte, fragte sie immer noch verzweifelt, aber leise: »Was sollen wir tun? Wenn die Herden nicht mehr sind und die Schneetiere nicht mehr sind, haben wir nichts mehr zu essen. Oh, ich bin froh darüber ... froh, so froh, denn dieses Fleisch, das wir essen müssen, macht mich so krank, daß der letzte Bissen, den ich hinunterzwingen muß, ein Fest für mich sein wird ... selbst wenn es mein Ende bedeutet ...« Doch ich sah, daß irgendein Gedanke sie beschäftigte, denn ihr Gesichtsausdruck veränderte sich und ihre Augen nahmen uns nicht mehr wahr, denn ihr Geist blickte nach innen. Schließlich kam sie mit einem Aufseufzen wieder zu uns zurück. Vorsichtig legte sie den schweren kalten Klumpen, der vor kurzem noch das entzückende kleine Tier gewesen war, das zu unseren Füßen spielte, auf den Boden. Sie blickte lange und unverwandt auf ein anderes Tierchen, das nicht mehr spielte, sondern zitternd neben ihrem Fuß saß. Sie beugte sich hinunter, streichelte es sanft, und der Kummer verhärtete ihr Gesicht, doch sie hob es nicht auf.

»Alsi«, sagte Johor, »ich möchte, daß du jetzt Alsi ablegst und Doeg wirst.« Sie sah ihn an. Wir wechselten unsere Rollen oft genug und verrichteten andere Arbeiten, wurden Repräsentanten dessen, was gerade bewältigt werden mußte. Es war also für sie nichts Neues, daß sie »Doeg werden sollte«. Sie war erst vor kurzem »Doeg gewesen«, als die Reihe an sie kam, sich zu erinnern und Erfahrungen in Worte zu fassen, die in uns allen fixiert und festgehalten werden mußten, damit unsere Annalen auf dem laufenden blieben. Alsi hatte von der Reise zum kalten Pol berichtet, in das Land von Eis und Schnee. Dabei stand

sie zwischen uns Repräsentanten, und wir hörten alle aufmerksam zu. Während dieser Zeit war sie Doeg gewesen.
»Ich möchte, daß du im Geist in die Kindheit zurückkehrst und von deinen Gefühlen berichtest, davon, was du dachtest und wie dir dein Leben erschien.« Er hob ein immer noch gesundes junges Tier hoch, das sofort begann, spielerisch seine Finger zu lecken, sie zu benagen, Nase und Gesicht daran zu reiben. Er hielt es zwischen den geöffneten Händen auf den Knien. Sein leises, zufriedenes Schnurren verbreitete sich im eisigen Schuppen; die sanften, blauen Augen sahen uns zufrieden und mit der Begeisterung an, die junge Geschöpfe bei ihren Entdeckungen empfinden: Oh, welch eine wunderbare Welt! Wie herrlich! Einmalig! Wundervoll! Seht her... was ich damit tun kann! Seht mich an! Auf seinem sicheren Platz in Johors dickem Mantel streckte es eine weiße Pfote aus und fing eine Schneeflocke ein, die durch eine Dachritze herabschwebte. Als die Flocke im Fell schmolz und verschwand, reckte sich das Tierchen, gähnte schwelgerisch und genußvoll, dann erschlafften seine Muskeln; es schlief ein und legte im Schlaf auf höchst possierliche Weise das Kinn auf Johors Finger.
Johor blickte Alsi freundlich an, der die Tränen über das Gesicht strömten. Sie schob die Kapuze zurück, die sie zu beengen schien; aus dem gleichen Impuls heraus ließ sie den Mantel von ihren Schultern gleiten. Darunter trug sie übereinander die zerlumpten und zerrissenen Kleider der warmen und freundlichen Tage; ihre Hände zerrten und rissen sie wie aus eigenem Antrieb herunter. Jetzt saß sie halbnackt in dem Haufen zottiger Felle.
In dieser Zeit sahen wir uns selbst niemals nackt und erst recht nicht die Körper anderer. Teilweise hing das mit der schrecklichen Kälte zusammen, teilweise auch aus einem Schamgefühl heraus. Ich glaube nicht, daß Alsi sich absichtlich so entblößte. Doch der Kummer trieb sie dazu. Ihre Augen blickten unverwandt auf das kleine Geschöpf in Johors Händen, dessen Ruhe nichts mit der lebendigen, atmenden Ruhe des Schlafs zu tun hatte, sondern wie eine Starre wirkte. Ihre Hände streckten sich in einer heftigen, unbewußten Bewegung danach aus, die

sagte: Nein, nein, nein... ich werde dich retten... dann zogen sie sich zurück und zerrten an ihren Haaren; ihre Augen starrten zwischen den Fäusten blicklos ins Leere.

»Alsi«, sagte Johor – und legte die kleine Leiche neben sich auf den gefrorenen Boden.

»Ich wurde geboren... geboren, aber *ich* kann mich nicht daran erinnern, das weißt du. Vermutlich machte ich mit meiner natürlichen Anmut allen Freude, so wie dieses kleine Tier gerade eben uns noch Freude gemacht hat. Ich wuchs heran – ich erinnere mich nicht daran, wie; aber es geschah unter deiner Obhut und unter deiner Führung, Canopus, denn das ist die Essenz unseres Lebens und unseres Wesens. Ich lernte mehr und mehr über mich, und Tag für Tag dachte ich immer wieder: *Hier bin ich. Dies ist Alsi...* Diese Wahrnehmung meiner selbst lag damals nicht so sehr in meinem Körper, obwohl ich mich über ihn freute, sondern irgendwo anders... vielleicht in dir, Canopus – aber schließlich sollen wir es auch nicht wissen, nicht wahr? Doch ich weiß noch, wie ich mein Ich fand – ein kleines Kind, ganz erfüllt von Staunen, Verwunderung und Entzücken – genau wie dieses arme tote Geschöpf noch vor einem Moment. Plötzlich geschah etwas. Meine Brüste bildeten sich und...«

Sie starrte eine Weile vor sich hin; dann lösten sich ihre Fäuste vom Gesicht. Sie berührten einmal leicht den oberen Teil ihres Brustkorbs, dann glitten die Finger ungläubig und fassungslos tiefer... wir sahen ihre Rippen, über denen sich die gelbe Haut spannte und alle Knochen deutlich hervortreten ließ – wo waren ihre Brüste? Ihre Hände glitten zögernd tiefer; sie starrte noch immer blicklos vor sich auf den Boden und zog noch mehr Kleidungsstücke beiseite; wir sahen schlaffe Beutel; diese Beutel endeten in kleinen harten Knoten, und auf der Haut dieser Knoten befanden sich braune Runzeln – ihre Brustwarzen. Sie umfaßte die Knoten mit den großen, immer noch starken Händen, ließ sie los und betastete ihre Schultern, wo sich Knochen und Gelenke unter der straffen Haut deutlich abzeichneten.

Sie weinte nicht und litt nicht. Doch auf ihrem Gesicht lag der

Ausdruck eines Menschen, der sich bemüht, das Unmögliche zu begreifen. Wir blickten auf den Körper einer alten, einer sehr alten Frau, den der Hunger ausgezehrt hatte. Ebenso nackt zeigte sie uns ihr Gesicht – hager, fahl, mit eingesunkenen schwarzen Augen. Doch in den Höhlen unter den Augen lag eine Verletzlichkeit, etwas Frisches, Jugendliches, und ich dachte: Wenn wir Repräsentanten alle von hier weggebracht werden und wieder richtig essen, wie wir essen müssen, wird aus Alsi wieder eine junge Frau. Es ist noch nicht zu spät und... Aber dieser Gedanke sank in die Tiefen meines Bewußtseins und kam dort nicht zur Ruhe. Nein, dachte ich, nein, das ist es nicht. Das ist es nicht! – Ich darf mir nicht solche Geschichten und Lügen ausdenken, um mich mit dem Gedanken zu trösten, daß andere Trost brauchen.

Alsi zerrte die zerlumpten Kleider wieder über den ausgemergelten Körper; sie hüllte sich wieder in den dicken Mantel und zog die Kapuze über den Kopf. Jetzt sah man von ihr wieder kaum mehr als die durchdringenden dunklen Augen, die aus den zottigen, speckigen Fellen hervorblickten.

»Alsi!« sagte Johor.

»Nun gut! Ich wurde geboren... und werde jetzt sterben. Nein, nein, Johor, wenn ich sagen soll, wie ich mein Leben sehe, dann muß ich bekennen, daß ich es immer häufiger so und nicht anders sehe... Sag mir, wenn du auf dein Leben zurückblickst, siehst du dann... nein, das ist eine sinnlose Frage. Ich weiß es, noch ehe ich sie stelle. Du lebst so viel länger als wir. Wenn du uns betrachtest, müssen wir dir nicht ebenso vorkommen wie uns diese kleinen Geschöpfe, deren Leben so kurz ist... oder wie ihnen ein Schneekäfer? Trotzdem werde ich dich fragen, denn es beschäftigt mich, Johor. Ich kann nicht aufhören, darüber nachzudenken. Ich überlege mir, wie ihr mit eurem Canopus-Bewußtsein Erinnerungen wahrnehmt. Denn darüber soll ich doch jetzt sprechen, nicht wahr? Die Erinnerung – ein dünner, transparenter Stoff – ist alles, was vom Leben bleibt, wenn man es gelebt hat. Habt ihr das Gefühl, daß eurem Leben die Substanz fehlte? Nein, natürlich nicht, aber trotzdem muß ich fragen. Habt ihr das Gefühl, eure Erinnerungen mit einem einzigen kräftigen Atemzug wegblasen zu können? Denn so sehe ich mein Leben. Ich sehe es wie einen Stoffetzen oder die Reste eines bunten Gewebes in einer Ecke liegen, und die Farben verblassen, während ich hinsehe: Erinnerung – Erinnerungen... denn von meinem Leben ist nichts da! Ja, ich weiß, ich werde sterben, ehe ich normalerweise sterben würde. Doch wenn ein Leben von Bedeutung ist, dann ist auch das Drittel eines Lebens etwas, und ein Drittel meines Lebens liegt hinter mir. Mein Leben ist nichts... ein kleiner Traum: Ich schwöre dir, Canopus, wenn ich beim Aufwachen wieder zu mir komme, erscheinen mir die Träume manchmal lebendiger als mein Leben. *Trotzdem* – an diesem Punkt muß ich nachdenken, grübeln, und wenn ich damit fertig bin, verstehe ich immer noch nichts –, wenn ich einen Tag beginne, liegt er wie ein Hügel vor mir, den ich ersteigen muß, wie ein Gewicht, das ich einen Berg hinaufschieben muß, etwas, das mit Schwierigkeiten belastet ist. Beim Aufwachen kann ich manchmal den Gedanken an den schweren, langen Tag, der vor mir liegt, nicht ertragen. Oft wird diese riesige, schwere Last so drückend, daß sie mich mitten am Tag in den Schlaf zurückwirft... und sei es auch nur für ein paar Augenblicke, nur um der Last des... Bewußtseins zu entrinnen. Ja, die Struktur und Substanz eines Tages wach zu erleben... ist wie ein Stück Stoff, das man webt; vielleicht enthält es Muster, die man gewählt hat, die nicht zu weben man jedoch nicht wählen kann. Man kann sich auch nicht weigern, den Stoff fertigzustellen, weil es eine Aufgabe ist, die einem gestellt wurde. Manchmal stehe ich dort draußen in den Gehegen, während der Schnee auf eine seiner tausend Arten fällt... leicht oder schwer, schräg oder gerade, naß oder trocken, in Krümeln oder als große, weiche Masse, wenn die Flocken zusammenkleben... ich sehe zu und habe das Gefühl, jeder Schritt hin zum Schuppen, in dem das Futter liegt, die Aufgabe, es hinauszutragen, zu verteilen und dann nachzusehen, wie es den Schneetieren geht, ob einige tot sind, und wenn ja, wie viele... ich habe das Gefühl, all das ist so schwierig, Johor, als stehe jedes Atom meines Körpers im Bann einer Macht. Und doch tue ich es – und nachdem ich es getan habe, sage ich: Damit bin ich fertig. Das habe ich geschafft. Diese Aufgabe ist erledigt. Vor mir liegt die nächste Aufgabe – ich muß die anderen zusammenrufen, die Alsi sind, um Futter für die Tiere zu sammeln, oder was auch immer als nächstes getan werden muß. Den ganzen Tag lang folgt eine mühsame Anstrengung auf die nächste; dann ist der Tag vorüber, und die gütige Nacht ist da. Ich blicke auf den Tag zurück – und er ist verschwunden! Ein kleiner bunter Gedankenfleck, ein paar Bilder, die ineinanderlaufen – eine Szene: Ich stehe in einem Gehege, die Tiere drängen sich um mich und warten auf ihr Futter, oder ich stapfe mit hochgezogenen Schultern durch einen Schneesturm und habe vielleicht die Empfindung von Kälte im Nacken oder von eiskalten, empfindungslosen Füßen... ein Tag! Die Erinnerung an einen Tag! Ein so mühsamer Tag, und wenn er vorüber ist – nichts! Ein Leben... die Erinnerungen eines Lebens. Etwas muß sich doch verschoben haben, Canopus, es kann doch nicht mehr alles richtig zusammenpassen?! Es scheint mir immer unmöglicher oder sogar falsch zu sein, daß unser Tun, unser Leben einen so flüchtigen Schatten wirft, eine so schwache Spur hinterläßt – die Erinnerung. Ich frage mich immer häufiger: Brauchen wir Doeg deshalb? Was ist Doeg anderes als ein Versuch, ein verzweifelter und vielleicht tragischer Versuch, den leicht getönten Schatten, die Erinnerung, zu verstärken? Soll Doeg unseren Erinnerungen mehr Substanz verleihen? Ist das Doeg – und du möchtest deshalb, daß ich nun Doeg werde?«

»Ich bin nicht sicher, wie dein Name ist, wenn du diese Fragen stellst. Aber bestimmt ist das nicht Doeg!«

Sie lächelte bestätigend und dachte eine Weile ruhig nach.

»Nun gut«, begann sie wieder, »aber mir scheint, alles, woran ich mich erinnern kann, ist... *Nichts,* Johor. Es ist vorbei und unter dem Eis begraben... Als ich mir meiner bewußt wurde, als ich mir das Gefühl aneignete, hier bin ich, lebte ich mit meinen Eltern in unserem Haus. Du bist einmal in unser Haus gekommen. Es stand in einer kleinen Stadt, die zu einer Gruppe kleiner Städte gehörte, die alle mit der Tuchproduktion beschäftigt waren. Jede Stadt war für ein bestimmtes Erzeugnis bekannt. In unserer Stadt wurde das Tuch gewoben. In der Stadt auf der anderen Seite des Tals produzierte man die zur Tuchherstellung notwendigen Geräte. Hinter dem Hügel lag eine Stadt, in der alle Bewohner Farben herstellten. Es gab natürliche Farben, die wir selbst entdeckt hatten und aus Pflanzen, Erden und Steinen gewannen. Andere Farben waren künstlich. Canopus hatte unsere Gedanken in eine Richtung gelenkt, die schließlich zur Entdeckung der Farberzeugung führte. Eine andere Stadt in der Nähe spann alle möglichen Garne und Fäden. So entstand diese Gruppe von Städten ohne jede Planung. Wenn ich an diese Zeit denke, erkenne ich das Besondere daran: Die Dinge entwickelten sich, und alles geschah auf organische Weise. Doch es gab eine Veränderung, nicht wahr, Johor? Es kam der Punkt, an dem unser Leben nicht länger eine Funktion dessen war, was uns umgab, sondern darüber hinauswuchs und... bewußter wurde. Ist es das richtige Wort? Kann man es auf eine kollektive Sehweise anwenden...?«

»Alsi«, mahnte Johor.

»Ja... nun gut... ich wuchs auf wie damals alle Kinder. Wir lernten alles, was wir wissen mußten, von den Erwachsenen in unserer Umgebung. Und jetzt *muß* ich feststellen, daß es unbewußt geschah, Johor! Sowohl auf seiten der Kinder als auch auf seiten der Erwachsenen! Es war, ehe Pedug kam...«

»Nein, ehe Pedug spürte, daß ein Name notwendig wurde.«

Sie dachte darüber nach und nickte. »Ja, denn natürlich muß Kindern das Notwendige beigebracht werden... und das Notwendige muß sich verändern. Alle Erwachsenen waren Pedug, denn die Kinder lernten so natürlich, wie sie atmeten, von den Erwachsenen. Doch dann gab es eine Veränderung... und zwar, als ihr, Canopus, das Instrument gebracht habt, das kleine Dinge sichtbar macht. Ja, Canopus, damit endete eine gewisse Art von Natürlichkeit und Annehmlichkeit. Ihr habt nicht nur ein paar dieser Instrumente gebracht, denn selbstverständlich konntet ihr nicht jedem Haushalt eines geben, noch nicht einmal eins für jede Stadt, nein, ihr habt uns so viele gebracht, wie ihr konntet. Aber damit jeder auf unserem Planeten hindurchblicken und sehen konnte, woraus wir wirklich gemacht sind, mußten die Instrumente von Ort zu Ort gebracht werden – von Pedug. Zum ersten Mal verließen Kinder und junge Leute den Kreis der Eltern und freundlichen Erwachsenen. Sie versammelten sich wie Kinder zum Unterricht, zu einer bestimmten Zeit an einem bestimmten Platz. Sie saßen im Kreis um Pedug und wurden unterwiesen. Welch eine erstaunliche und fundamentale Veränderung war das, Johor! Natürlich wußtet ihr das. Ihr hattet einkalkuliert und bedacht, daß das, was geschah, unser Bild von uns selbst verändern mußte. Denn zuvor hatten Kinder niemals Eltern, Verwandte und Freunde verlassen, die alle für sie verantwortlich waren. Sie wußten kaum, was sie lernten, denn sie lernten überall, die ganze Zeit und auf jede erdenkliche Weise. Ich weiß zum Beispiel alles, was es über die Stoffherstellung zu wissen gibt. Aber ich habe keine Ahnung, wie ich es gelernt habe! Doch als ich auf einem großen Platz saß, Pedug zuhörte, der mich aufforderte, mit den Augen ganz dicht an das Instrument zu gehen, um zu betrachten, was es dort zu sehen gab, der mich aufforderte, darüber nachzudenken – o Johor, da hatte sich wirklich alles verändert. Uns wurde bewußt, daß wir lernten und wie wir lernten … während wir gleichzeitig die Materie unseres Körpers sahen und feststellten, daß sie sich unter unseren Blicken auflöste, als wir wußten, daß wir ein Tanz, ein Leuchten, eine unaufhörliche Schwingung, ein Fließen sind. Als wir wußten, daß wir zum größten Teil aus Raum bestehen … wenn wir mit den Händen das Gesicht betasteten und Fleisch spürten, war das eine Illusion; wenn unsere Hände etwas Festes, Warmes spürten, berührte in Wirklichkeit eine Illusion eine andere Illusion – trotzdem, Johor, mein ganzes Leben lang – das natürlich sehr kurz sein wird und die Bezeichnung ›Leben‹ vielleicht gar nicht verdient … nun wirst du sagen, daß ich abschweife, daß ich nicht bei der Sache bleibe, daß ich nicht tue, was du von mir willst! Aber, Johor, ist das nicht an sich schon eine Veranschaulichung dessen, was ich sage? Ich kann meine Gedanken einfach nicht auf einen, wie es scheint kurzen und – zumindest in den Anfängen – schönen Traum konzentrieren …«

»Du hast mit deinen Eltern in einem Haus gelebt, das in ...?«

»Ich wurde in Xhodus geboren, in einer der vier kleinen Städte, die gemeinsam Tuch herstellten. Solange ich klein war, beschäftigten sich meine Eltern mit der Weberei. Später wurden beide Pedug. Sie waren oft nicht zu Hause, weil sie mit dem neuen Instrument überall auf dem Planeten herumreisten, um die neue Art des Sehens und Denkens zu lehren. Ich hatte zwei Brüder und Schwestern. Wir alle lernten die Fertigkeiten unserer Städte. Meine Eltern brachten mich an alle möglichen Plätze und Orte, um mein inneres Wesen zu erkennen. Damals nahmen sie mich auch auf eine Farm mit, die man zu Fuß in einer Stunde erreichte und die Wolle für die Tuchweber lieferte. Ich, meine Eltern und die anderen Kinder lebten einige Wochen auf dieser Farm. Meine Brüder und Schwestern interessierten sich nicht für die Arbeiten dort. Aber ich sagte meinen Eltern, ich wolle Alsi sein, eine der vielen, die sich mit der Aufzucht junger Tiere beschäftigten. Ich wurde schon als kleines Mädchen Alsi, denn ich ging oft dorthin. Als die Zeit gekommen war, erklärte ich mich zu einer Lehre auf dieser Farm bereit. Ich erwartete, dort mein Leben zu verbringen. Doch dann kam die Kälte... und jetzt ist alles, das Leben, die Städte, die Tiere, die Bäume – alles, alles verschwunden und tief unter dem Eis begraben. Und ich sehe es so: Dort unter dem Eis liegt ein Traum, etwas, das keine Substanz hatte und doch lebendig war, Leben war, ein langer, vielschichtiger Prozeß des Lebens, der... Es war ein gutes, echtes und ehrliches Leben, nicht wahr, Johor? Nichts, dessen wir uns jetzt schämen müßten, obwohl es natürlich absurd ist, so etwas zu sagen, denn wie kann man sich einer Sache schämen, für die man sich nicht *entschieden* hat? – Wir hatten unser Leben nicht gewählt oder wie wir uns entwikkelten oder wie wir uns veränderten. Denn wir veränderten uns. Das weiß ich jetzt. Wir veränderten uns, schon ehe ihr das Instrument gebracht hattet, in das wir alle hineinblickten und feststellen mußten, daß die Art und Weise, auf die wir uns wahrnahmen, eine Illusion ist. – Waren diese Veränderungen vielleicht nicht alle gut? Wie können wir das jetzt sagen? *Denn ich kann mich nicht richtig erinnern!* Ich spreche mit anderen, die mit mir jung waren... mit denen, die noch leben oder die immer noch versuchen zu arbeiten trotz des Schnees und der Stürme – und wir erinnern uns alle an etwas anderes. Ist das nicht seltsam, Johor? Wir stimmen zwar alle darin überein, daß es Veränderungen gegeben hat. Jawohl! Eine Veränderung, die man damit beschreiben könnte, daß man sagt, eine Unschuld schwand aus unserem Leben... daß man sagt, eine neue Art Selbst-Bewußtsein entstand, bereits ehe die neuen Instrumente kamen. Doch wir können uns absolut nicht darüber einigen, worin die Veränderungen bestanden. Ich frage: ›Erinnerst du dich an dieses oder jenes?‹ Und sie antworten: ›Nein, aber bestimmt erinnerst du dich...?‹ Johor, etwas daran ist unerträglich. Das mußt du doch einsehen. Dem mußt du doch zustimmen... du mußt...«

»Alsi«, mahnte Johor.

»Ja. Das Haus, in dem ich geboren wurde, glich den anderen Häusern, die es damals gab. Wir bauten in wenigen Tagen ein Haus, und es kamen vielleicht hundert Leute, um zu helfen. Wenn wir beschlossen, die Zeit für ein neues Haus sei gekommen, gab es Feste und Feiern. Ein Haus konnte völlig aus Schilfrohr bestehen oder aus Latten, die mit Schnüren zusammengehalten wurden. Dächer und Wände waren immer beweglich. Wir konnten sie öffnen und schließen, wenn der Wind sich drehte oder es regnete. Ein Haus verwandelte sich im Laufe des Tages immer wieder. Wände wurden herabgelassen und hochgezogen, Dächer konnte man zurückschlagen, und Tag und Nacht herrschte ein ständiges Kommen und Gehen, denn uns schrieben keine starren Regeln vor, wann wir schlafen mußten, ob bei Tag oder bei Nacht. Wir führten ein Gemeinschaftsleben. Das Leben war leicht, beweglich, und wir gingen ungezwungen miteinander um... ich habe beobachtet, daß wir infolge der Kälte und der Schwierigkeiten, die wir jetzt haben, streng miteinander sind. Wir kritisieren, wir stellen Forderungen, und der Gedanke an Strafen stellt sich leicht ein, obwohl das früher nie der Fall war. An diese Seite unseres alten Lebens denke ich am häufigsten. Es war so beweglich, anpassungsfähig, Häuser, Straßen und Städte veränderten sich wie Pflanzen, die sich dem Licht zuwenden oder abwenden. An einem Tag rissen wir ein Haus ein und bauten am nächsten ein anderes auf. Auf der Farm versetzten wir täglich, wie es jetzt scheint, die Pferche der Tiere. Selbst Lagerhäuser und Örtlichkeiten, die eine gewisse Stabilität verlangten, wurden immer wieder umgebaut. Ich erinnere mich auch daran, wie das neue Gebäude für die neuen Maschinen errichtet wurde, die gerade erfunden worden waren, um schneller weben zu können. Wir standen alle mit unguten Gefühlen dabei und fühlten uns bedroht. Es handelte sich nicht um eines der vertrauten leichten Gebäude aus Latten, durch die schmale Lichtstreifen fielen und ein sanfter Wind wehte, ein Gebäude, dessen Form wir veränderten, indem wir an einer Schnur zogen oder einen Wandschirm versetzten; nein, es war aus Steinen und Erde gebaut. Es hatte ein dickes Dach; und damit war bereits unser altes Leben in Frage gestellt, ehe die Kälte, ehe das Eis kam. Und ich überlege ...«

»Alsi, beschreibe dich, als seist du eine andere Frau, als wolltest du eine Geschichte erzählen. Greife ein Ereignis heraus, an das du dich erinnerst ... irgendein Ereignis.«

»Von einem Ereignis soll ich berichten, Johor, eine kleine Geschichte erzählen. Wie ich diese kleinen Ereignisse fürchte, die unsere Erinnerung aufbewahrt! Eines Tages zogen die Mutter meines Vaters und der Vater meiner Mutter in unser Haus ... und irgend jemand mußte diesen beiden alten Leuten jeden Tag zuhören. Wir wechselten uns dabei ab. Das Zuhören war eine Art Arbeit. Sie erinnerten sich immer an dasselbe. Die beiden alten Leute saßen da – nicht beisammen, denn die alte Frau liebte die Sonne, und der alte Mann bevorzugte einen schattigen Platz. Alte Leute befinden sich ohnedies lieber in Gesellschaft von Jungen als ihresgleichen – sie saßen also da, und wenn wir kamen, um ihnen zuzuhören, erzählten sie dieselben Vorfälle in immer denselben Worten – ein Leben ... eine Kette weniger Ereignisse ... immer dieselben Ereignisse. Wir Kinder hörten uns dieselben Worte zum zehnten, zum hundertsten und dann zum tausendsten Mal an. Ein Leben. Was an einem bestimmten Tag vor beinahe hundert Jahren gegessen worden war, was jemand vor fünfzig Jahren gesagt hatte. Immer und immer wieder. Erinnerungen... Und jetzt möchtest du, daß ich eine Erinnerung schaffe, mit der ich meine Enkelkinder langweilen werde; aber natürlich werde ich keine Enkelkinder haben, also kann ich es ruhig tun! Nun gut, Johor. An einem warmen, angenehmen Abend verließ ich die Farm, um meine Familie zu besuchen. Auf dem Weg geschah etwas Unerwartetes. Ich war erst einige Minuten gegangen, da entdeckte ich vor mir... Ich sehe mich dort gehen, ich, ein etwa zwölfjähriges Mädchen, ein großes, eher mageres Kind. Das Mädchen trägt ein leuchtendgrünes Tuch um die Hüfte geschlungen und ein rotes Tuch um die Brüste, die sich gerade erst abzuzeichnen beginnen. Sie trägt ein Geschenk für ihre Eltern, ein Stück zubereitetes Fleisch. Das Fleisch lockt Vögel an, die sich in der Luft über ihr sammeln. Zuerst bemerkt das Mädchen sie nicht. Sie schwingt beim Gehen den Korb und ist sehr stolz darauf, wie gut sie mit diesen neuen bunten Tüchern, mit ihren Rundungen aussieht. Plötzlich bemerkt sie Schatten, die sie überall auf dem Pfad und im Gras umkreisen. Sie blickt auf und sieht dicht über sich die großen Vögel mit scharfen Krallen und nach unten gerichteten Schnäbeln in der Luft schweben. Das Mädchen schreit die Vögel an. Sie hört ihre dünne und schwache Stimme, hört dann den lauten Schrei eines Vogels und den Antwortruf eines anderen. Die Vögel flattern um ihren Kopf herum und versuchen, sie zu ängstigen. Sie spürt den heftigen Luftzug der Schwingen an ihren Wangen und riecht ihre warme, stinkende Ausdünstung. Sie will ihren Korb nicht fallen lassen; sie will ihn unter keinen Umständen fallen lassen. Plötzlich fliegt ein Vogel geradewegs auf sie zu und läßt sich einen Augenblick lang auf ihrem Kopf nieder. Sie spürt die scharfen Krallen auf der Kopfhaut, läßt den Korb fallen und rennt davon. Als sie sich umblickt, sieht sie drei Vögel um das Fleisch sitzen, das aus dem Korb gefallen ist. Sie beschimpft sie mit allen möglichen Schmähworten: ›Ihr dreckigen, widerlichen Biester! Ihr schrecklichen Tiere...!‹ und schon erheben sie sich mit den roten Fleischbrocken in den Klauen wieder in die blaue Luft. Der Korb ist umgefallen und liegt leer im braunen Staub. Sie hebt ihn auf und geht nach Hause. In Gedanken überlegt sie bereits die Worte, mit denen sie ihren Eltern erzählen will, was geschehen ist – und weil sie das getan, weil sie sich die Mühe gemacht hat, die richtigen Worte zu wählen, die ihr Mißgeschick auf dem Weg zwischen der Farm und der kleinen Stadt zu etwas Interessantem und Mitleiderregendem machen werden, so daß Eltern, Geschwister, Großeltern, Freunde und Nachbarn herbeilaufen, zuhören und vielleicht sagen werden: ›Arme Alsi. Du mußt dich sehr geängstigt haben...‹, deshalb bleibt ihr der Vorfall im Gedächtnis haften, sieht sie alles so klar vor sich, als stehe sie am Straßenrand und beobachte das junge Mädchen, das fröhlich in ihren bunten Tüchern daherkommt, während die großen Vögel sich über ihr sammeln, beraten und dann durch die warme Luft nach unten stürzen, bis sie dicht über dem Mädchen sind und sie mit ihren starken, ausgebreiteten Schwingen angreifen.«

»Erzähl weiter, Alsi! Erinnere dich, was geschah, als du nach Hause gekommen bist, die Geschichte erzählt hast und die Leute schließlich ihre Aufmerksamkeit wieder auf etwas anderes richteten. Kannst du dich daran erinnern, wie...«

Aber ich hörte nichts mehr von Alsis Bemühungen, sich zu erinnern, denn unter einem heftigen Windstoß flog die Tür auf, und ein Bote kam in den Schuppen. Bratch schickte nach mir: Meine Hilfe war vonnöten. Ich mußte eine Zeitlang Bratch werden, wie Alsi Doeg geworden war. Ich ging hinaus in den Sturm, der unaufhörlich tobte und aus dem Land hinter unserer Mauer kam.

Ich kämpfte mich stolpernd durch die lockeren Schneewehen und hielt mich an der jungen Frau fest, die gekommen war, um mich zu holen, und die sich nun an mich klammerte. So arbeiteten wir uns mühsam aus der Stadt hinaus in die leere Tundra, wo man nichts sah als das Schneetreiben, und näherten uns langsam der nächsten Stadt.

Als wir sie erreichten, hatte der Schneesturm sich gelegt. Es war so viel Schnee gefallen, daß die Stadt beinahe darunter verschwand. Wir kämpften uns durch die dicken, lockeren, erstikkenden Schneemassen, die bis über die ersten Reihen der Fenster reichten. An manchen Stellen beobachteten wir Bewegun-

gen und Stöße, als versuchten überall junge Tiere, mühsam aus Eiern zu schlüpfen. Wir erreichten ein Gebäude, das bis in Höhe des ersten Stockwerks in weichem Schnee versunken war. Doch man hatte zur Haustür hinunter einen Tunnel gegraben. Wir brachen hindurch und kamen in einen Raum, der für Beratungen und Diskussionen benutzt wurde, in dem viele Leute saßen – nicht halbtot in lethargischem Schlaf lagen – und auf mich und andere aus den umliegenden Städten warteten. Eine neue Gefahr drohte, die ich bald mit eigenen Augen sah, denn die Gruppe trat in den Morgen hinaus, wo eine kalte, fahle ferne Sonne am blassen, dunstigen Himmel schien. Doch unsere Augen richteten sich nicht auf diesen seltenen Anblick – Sonne an einem wolkenlosen Himmel! –, sondern auf die Mauer, die dicht am Stadtrand verlief. Darüber ragten die vertrauten, schroffen Zacken und Blöcke aus Eis auf; aber die Mauer war von oben bis unten geborsten – Schwarz zwischen Weiß, denn das Innere der Mauer war noch nicht gefroren und dadurch stumpf geworden. Das intensive, glänzende Schwarz setzte uns in Erstaunen. Wir standen da und starrten darauf; doch plötzlich weitete sich der Riß mit einem Ächzen, und Eisstücke flogen durch die Luft, drohten unsere armen, ungeschützten Gesichter zu treffen. Von der Mauerkrone stürzten Schneewolken herab. Plötzlich krümmte sich die Mauer, der obere Teil brach unter dem schrecklichen, unvorstellbaren Gewicht des Eises, und die Trümmer fielen beinahe bis dorthin, wo wir standen. Die Eisblöcke schoben sich vorwärts, zermalmten noch mehr von der Mauer – und dann bewegte sich der Gletscher direkt auf den Platz mitten in der Stadt, direkt auf uns zu!
Die Mauer existierte an diesem Punkt nicht mehr – sie war verschwunden.
Wir alle wußten, was geschehen würde, und kannten die Gefahr, die der Bevölkerung drohte. Ehe man nach mir und den anderen geschickt hatte, die eine Zeitlang Bratch werden würden, waren sie in alle Häuser der Stadt gegangen, um die Bewohner zum Verlassen der Stadt zu drängen. Sie sagten ihnen, es sei an der Zeit, sich von der gefährlichen Mauer zu entfernen. Doch die Leute rührten sich nicht von der Stelle; man konnte

sie nicht dazu bringen, sich aufzuraffen. Die Vorräte des belebenden gefrorenen Wassers, in denen Blüten und Blätter glänzten, blieben unbeachtet; ohnedies hatten nur die wenigen Aktiven Gebrauch davon gemacht.
Wir mußten erreichen, daß sie alle aufwachten, aus den dunklen Höhlen herauskamen, zu denen ihre Wohnungen jetzt geworden waren, um darüber nachzudenken, wie man neue Unterkünfte herstellen konnte – und zwar sehr schnell, denn wir hörten, wie das Eis sich kreischend und ächzend auf den Schwachpunkt in unserer Mauer zuschob, die zu beiden Seiten der inzwischen völlig mit Eis ausgefüllten Lücke immer schneller und schneller einstürzte.
Ein größeres Problem als der Bau neuer Unterkünfte war die Furcht in uns. Etwas Neues, Unmögliches und Schreckliches war geschehen – Canopus hatte sich geirrt! Canopus hatte etwas gesagt, das sich nicht bewahrheitete, das sich als falsch erwies: Die Mauer, unsere Mauer, in die so viel von unserer Stärke und unserer Substanz geflossen war – die es nur gab, weil Canopus es wollte, und die bis ins kleinste Detail den Vorschriften von Canopus entsprechend gebaut worden war, riß und stürzte ein. Wenn das hier an diesem Ort geschah, konnte man beinahe sicher sein, daß es an anderen Stellen ebenso war, von denen wir noch nichts wußten – und vermutlich nichts erfahren würden, da Reisen so mühsam und beschwerlich geworden waren. Die Mauer sollte uns vor dem Eis retten, und es gab sie, weil Canopus kommen und uns alle auf das schöne Rohanda, in unser Paradies bringen würde, dessen Mutterstern wir oft am Himmel gesucht und mit unseren Augen und im Geist bewundert hatten. Aber die Mauer würde uns nicht retten... und Canopus in der Gestalt von Johor, dem wie wir halb verhungerten und halb erfrorenen Wesen, saß, in einen Berg schwerer, schmutziger Felle gehüllt, in einem Schuppen und sprach mit der armen Alsi, die Doeg war – aber weshalb, wozu, weshalb, weshalb, weshalb... *weshalb machte er sich überhaupt die Mühe?* – daran mußten wir denken, als wir dort standen und auf die Stelle blickten, wo sich das Eis über unsere unbezwingbare, unzerstörbare Mauer und in die Stadt hinein-

geschoben hatte. Wenn die Mauer unter dem Ansturm der Eismassen brach, hatte Canopus einen Fehler begangen. Und das bedeutete... alle unter uns Repräsentanten, die – allerdings immer seltener – vom Paradies und der Rettung, der Raumschiffflotte gesprochen hatten, die bald, sehr bald landen und uns schnell davonbringen würde, schwiegen und sprachen nicht mehr von Rettung... doch trotz der Niedergeschlagenheit und Verzweiflung, die jeder von uns empfand, und obwohl wir wußten, daß es allen so erging, war es notwendig zu beraten, unsere Situation einzuschätzen und die benommen vor sich hindösenden Leute aufzurütteln, die sich nicht selbst aufraffen konnten oder wollten. *Aber wozu?* Im Herzen wußten wir alle, wußte jeder einzelne: Es war sinnlos, sie aufzurütteln und zu beleben – wenn es uns überhaupt gelang –, denn es würden keine Raumschiffe landen. Doch Canopus wollte es so. Johor hatte es klar und deutlich gesagt: Jeder sollte so lange wie möglich wach und auf den Beinen bleiben, nicht teilnahmslos und wie betäubt schlafen. Obwohl wir keinen Sinn, sondern nur eine Art Grausamkeit darin sehen konnten, denn Schlaf und Lethargie boten Schutz; und die Leute wollten sich dem nicht stellen, was geschah. Wir mußten tun, was Johor wollte, was Canopus wollte...

Wir, die Wachen, verließen den Platz in der Mitte der Stadt, die der Gletscher so tödlich bedrohte, und gingen zurück in den Raum unter dem Schnee. Dort saßen wir, aßen unsere kleine Ration Trockenfleisch und dachten darüber nach, wie wir alle wecken und zur Arbeit bewegen konnten. Uns stand kein anderes Mittel zur Verfügung als die geringen Eisvorräte mit der belebenden Wirkung der Sommerpflanze. Etwas anderes fiel uns nicht ein, und da wir wußten, daß Ermahnungen in der Art: »Canopus sagt...«, nutzlos sein würden, machten wir uns daran, die Eisblöcke in kleine und immer kleinere Stücke zu zerschlagen, die wir auf flache Schalen häuften. Trupp um Trupp machte sich mit einer solchen Schale auf den Weg in die dunklen, übelriechenden Höhlen unter dem Schnee. Ich trug diese Medizin, unsere letzte Zuflucht – ich als Bratch –, mit anderen, die Bratch waren, in einen Raum. Wir weckten die

Schlafenden, und während sie stöhnend erwachten, den Arm schützend über die Augen legten, die inzwischen selbst an den schwachen Lichtschimmer des fahlen Tags nicht mehr gewöhnt waren, den wir von draußen mit hereinbrachten, richteten wir sie auf, schoben ihnen die Eisstückchen in den Mund und achteten darauf, daß sie das Wasser schluckten. Als sich ihre Gesichter wieder belebten und sie sich energischer wehrten, schleppten wir sie nach oben, schoben sie die Stufen hinauf, durch die Schneemassen hindurch, unter denen die Häuser begraben lagen, auf den Platz mitten in der Stadt, auf den sich das Eis zuschob. Dort standen die bedauernswerten Gestalten in Gruppen zusammen; blinzelnd starrten sie auf die eingestürzte Mauer – die nicht einstürzen konnte, da Canopus ihren Bau angeordnet hatte, die aber eingestürzt war. Dann fiel ihr Blick auf die Gletscherzunge, die sich unaufhaltsam vorwärts schob. Sie starrten dorthin, bewegten die Köpfe teilnahmslos hin und her, denn das Wasser hatte sie nur kaum belebt, und die meisten ließen erkennen, daß sie unter den Schnee und in den Schlaf zurückkehren wollten. Wie stark ist dieser unergründliche, dunkle Drang, den Schlaf, den Tod, die Auslöschung zu suchen! Wie schrecklich, wie erschreckend stark er ist – in jedem von uns, und ich habe es ebenso erlebt wie sie. Ich habe betäubt von meiner Gleichgültigkeit unter einem Fellberg gelegen und wurde nur gerettet, weil andere mich wachrüttelten, mit mir rangen und mich dazu brachten, mich unter unendlichen Mühen in das kalte Licht hinauszuschleppen. Wir mußten sie nun dazu bringen, sich zu bewegen, lange genug auszuharren, bis der aktive Wirkstoff der Flüssigkeit ihre Zellen anregte – und das taten wir. Doch es gelang uns nur unter Einsatz all unserer physischen und moralischen Kräfte, sie davon abzuhalten, zurück- und in die Kälte hinunterzugehen. Wir kämpften mit ihnen. Und bald schleppten viele Gruppen auf Schlitten und allem, was über den Schnee glitt, Schaufeln, Spaten, das getrocknete Fleisch und Felle weit hinaus vor die Stadt, wo wir aus Schnee ein paar Unterkünfte bauten. Etwas anderes gab es nicht. Ihre Teilnahmslosigkeit! Ihre dumpfe Verwirrung! Ihre Gleichgültigkeit! Wir mußten kämpfen, ihnen gut zureden und

helfen! Die Menschenschlangen schleppten sich mühsam aus der Stadt, stolperten schwerfällig weiter, bis die Nacht und mit ihr ein neuer Schneesturm kam. Doch wir trieben sie weiter, bis ein klarer Tag anbrach. Es schneite nicht, obwohl die niedrigen, undurchdringlichen Wolken schnell über uns dahintrieben. Wir wanderten den ganzen Tag. In der folgenden Nacht kam uns der Himmel zu Hilfe, denn wir sahen sehr schwach, fern und oft von Wolken verdeckt, ein paar Sterne. Das machte uns Mut und hielt uns auf den Beinen. Am nächsten Tag errichteten wir in – wie wir glaubten sicherer Entfernung – kleine Häuser aus Schnee- und Eisblöcken, die man durch einen langen, niedrigen Tunnel kriechend betrat. Im Innern breiteten wir Felle aus, zündeten kleine, glimmende Talglichter an und stapelten die Vorräte an Trockenfleisch auf. In jede dieser Behausung krochen vier, fünf oder mehr Leute; sie fielen aber augenblicklich in ihre Lethargie zurück, denn die stimulierende Wirkung des Wassers ließ nach. Sie lebten, sie waren in Sicherheit – für eine Zeitlang. So lange als notwendig, um... *notwendig, um?* Unsere Trupps, Bratch, achteten darauf, daß mindestens eine Person in jeder Unterkunft lebhafter und tatkräftiger war als die anderen – obwohl das nicht viel bedeutete; wir übertrugen ihr die Verantwortung, daß die Bewohner des Schneehauses wenigstens zeitweise wach blieben und ihnen nicht erlaubt wurde, in den letzten Schlaf zu sinken. Ihr dürft nicht... dürft nicht – und wenn ihre Augen, in denen die Frage stand: *Weshalb? Was soll es nutzen?* unsere Augen suchten, erwiderten wir den Blick mit Zuversicht und einem Vertrauen, das wir nicht empfanden – wir fühlten uns nicht in der Lage zu erwidern: »Weil Canopus es sagt.«
Wir verließen diese kleine, halb im Schnee versunkene Siedlung und machten uns auf den Weg in die nächste Stadt auf dieser Seite, die noch weiter entfernt von dem Ort war, an dem Johor saß und Alsi als Doeg zuhörte. Dort stellten wir fest, daß die Mauer noch hielt, obwohl das Eis sich schon so erschreckend hoch darüber auftürmte, daß sie nicht mehr lange halten konnte. Wieder standen wir vor der ermüdenden, aufreibenden und schwierigen Aufgabe, die Leute aufzurütteln, sie zum Verlas-

sen der Häuser zu bewegen und dazu, neue Unterkünfte zu bauen.
Als diese Stadt evakuiert war und die Bewohner sich in »Sicherheit« befanden – soweit das möglich war –, gingen wir zur nächsten… und zur nächsten… und dort war wieder Bratch, Bratch der Arzt am Werk, die Menschen aufzurütteln und zu beruhigen, denn überall zeigten sich zuerst schwarze Sprünge in der Mauer, dann stürzte sie zusammen. Das Eis schob sich durch die Bresche, die Bewohner mußten die Städte verlassen und in Gegenden ziehen, die weiter von den Gebieten entfernt lagen, aus dem das Eis über die Mauer kam. Und so arbeiteten wir alle, sehr viele, in Gruppen: Wir, Bratch, arbeiteten daran, Geist und Körper der vielen Menschen zu retten. Es gab keinen von uns, der sich nicht insgeheim fragte: Weshalb? Wozu? Denn die Leute werden hier in ihren Schneehütten sterben – und zwar nur wenig später, als sie gestorben wären, wenn man sie in ihren eigenen Häusern und Städten gelassen hätte. Denn nur wir, die Repräsentanten, werden gerettet… aber ich konnte sehen, daß dieser Gedanke sich in ihnen, den Repräsentanten, ebensowenig festsetzte, wie er sich bei mir einnisten konnte. Er wurde zurückgewiesen und tauchte in meinem Bewußtsein von neuem auf, aber diesmal als etwas, das zurückgewiesen worden war. Nein, wir lehnten nicht nur die Ungerechtigkeit ab, daß wir, die wenigen, gerettet werden sollten, während die anderen auf einem Eisplaneten begraben sein würden – denn *Gerechtigkeit* ist nicht so einfach. In der Substanz dieses Gedankens, in seiner Beschaffenheit und seinem Wesen lag etwas, das unser Geist nicht akzeptieren konnte… unser neuer Geist – denn wir begriffen, daß alles in uns neu war, neu gemacht, neu geschaffen und verändert war. Während wir uns abmühten, kämpften, aufmunterten, die zum Untergang verurteilten Leute zwangen, die rettende, gütige Lethargie abzuwerfen, wurden wir Molekül um Molekül, Atom um Atom verändert. Und in den unvorstellbar weiten Räumen zwischen den Partikeln der Partikel der Partikel von Elektronen, Neutronen und Protonen, zwischen den Partikeln, die tanzten und flossen und pulsierten – jawohl, in diesem feinen Gewebe,

Raster, Gitter der Schwingungen fanden Veränderungen statt, die nicht unserer Kontrolle unterlagen. Wir konnten sie nicht aufzeichnen oder messen. Gedanken – aber wo waren sie in den leeren Räumen unseres Wesens? –, die wir einmal toleriert oder als notwendig gebilligt hatten, wurden von dem verworfen, was wir geworden waren.

Wenn wir die Bevölkerung einer großen oder kleinen Stadt, eines Dorfes hinausführten und aus dem Bereich der tödlichen Mauer brachten, die das Eis zermalmte, wenn wir die Leute in die weiße Wildnis schickten, wo nur winzige Eishütten sie vor den Schneestürmen schützten, die sie früher oder später unter sich begraben würden, dann empfanden wir nicht, daß sich unsere Situation von der ihren unterschied. Beide Teile der Bevölkerung des Planeten 8 – die Repräsentanten und die Repräsentierten – harrten geduldig aus. Uns beherrschte der Gedanke, daß das, was wir gezwungen waren zu tun, sie veränderte; und wir änderten uns dadurch, daß sie am Leben gehalten wurden, obwohl sie sich sehr viel lieber unserer gemeinsamen Anstrengung entzogen und in den Tod geflüchtet hätten.

Damit beschäftigten wir uns – wir, die Repräsentanten, die manchmal Bratch, der Arzt, waren und manchmal Zdanye, der Obdach und Schutz bot – wir fanden, das Wort Masson, der Baumeister, sei bei unserer Arbeit nicht angebracht, denn wir ließen nur Hütten aus Schnee und Eis errichten. Doch wir fragten uns, ob die Bewohner einer Welt aus Schnee und Eis vielleicht glücklich und zufrieden lebten, weil sie nichts anderes kannten – denn wir konnten uns vorstellen, daß in den Weiten unserer Galaxis solche Planeten existierten. Alle, die im Verlauf ihres Werdegangs als Repräsentanten auf anderen Planeten gewesen waren, hatten eine solche Vielfalt, solche Extreme und soviel Unvorstellbares gesehen, daß uns der Gedanke an Wesen glaubhaft erschien, die ebenso fröhlich in ihren Eiswelten lebten wie wir früher in der Sonne auf unserem begünstigten Planeten, wo ein kalter Wind Anlaß zu einer Geschichte für unsere Kinder bot. Ja, ich erinnerte mich an Doeg – meine Eltern, ältere Leute, Reisende – der einen Bericht vielleicht mit den Worten begann: »Und so, meine Freunde, müßt ihr euch vorstellen, daß an jenem Tag ein sehr kalter Wind über den Himmel fegte, der die Wolken zusammentrieb und wieder zerriß. Über unserem Meer blies er so heftig, daß Wellen entstanden, die so hoch waren wie kleine Hügel... Ja, das ist die Wahrheit, so war es. Und dann...« Und die jungen Zuhörer sahen ihn nachdenklich und ungläubig an.

Während wir uns darum bemühten, die Leute zu evakuieren, erreichte uns die Nachricht, daß unser »Meer« – unser kleiner See – so dick zufror, daß es schwerfiel, die Tiere zu fangen, die noch darin lebten. Mit einigen anderen machte ich mich als Rivalin, als Hüter des Sees, im langsam und dicht fallenden Schnee auf den Weg. Erst als die mittleren Regionen hinter uns lagen und wir hinabstiegen, ließen die Schneefälle nach, und wir erreichten eine graue Wildnis von Hügeln und Tälern, wo der See lag, ein blendendes, weißes Glänzen. Wir vermieden es soweit als möglich, dorthin zu blicken, denn wieder erfüllte Weiß, Weiß, Weiß unseren Geist und unsere Augen, bis wir glaubten, unsere Gedanken seien von dieser unendlichen Endlosigkeit geblendet. Ja, selbst die Grautöne und die frostigen Felsen, die braune, mit weißen Kristallen gesprenkelte Erde empfanden wir als Erholung. So schleppten wir uns zum See, auf dem wir weit draußen in der Mitte eine kleine dunkle Menge entdeckten, ein geschäftiges Treiben, das etwas Drängendes, Hektisches an sich hatte. Wir gingen über das glatte Eis, ohne daran zu denken, daß wir das noch nie getan hatten, und erreichten schließlich ein Loch von der Größe eines Teichs, das man in das Eis gehackt hatte – schwarzes, bewegtes, klatschendes Wasser in einer erstarrten weißen Ummantelung. Darauf tanzten höchst gefährlich kleine Boote, über deren Seiten Leinen und Netze hingen. Um das Loch, dessen Seitenwände höher waren als die größten von uns, standen überall Leute, deren Aufgabe es war, das Eis sofort aufzuhacken, sobald das Wasser sich verdickte, eine Haut, dann Schuppen und schließlich dünne Eisplatten bildete. Doch das Wasser gefror schneller, als es gelang, die Kruste aufzubrechen.

Man schaufelte aus den Booten den spärlichen Fang, der auf Schlitten geladen und davongezogen wurde. Es war eine sehr magere Ausbeute – die letzte Nahrung aus unserem Meer. Ich beobachtete, wie einige nach den kleinen Wassergeschöpfen griffen, die immer noch zappelnd in der eisigen Luft um ihr Leben kämpften, und hineinbissen, weil der Hunger nach etwas Frischem sie überkam und sie jede Disziplin und Zurückhaltung vergaßen. Auch ich spürte das quälende gierige Bedürfnis nach dieser Nahrung; es zog mich unwiderstehlich über das Eis bis zum Rand des Teichs; meine Hände streckten sich aus, mein Mund kannte nur noch ein Bedürfnis, schmeckte bereits die knirschende salzige Frische – aber etwas ließ mich innehalten, ehe ich eines der Tiere vom Eis aufhob und hineinbiß. Auch andere drängte es wie mich zur Nahrung; sie blieben aber ebenfalls plötzlich stehen, und wir dachten alle an die Leute, die hungernd in ihren Eishäusern lagen oder hungrig ihre Arbeit verrichteten.

Aber was vor uns auf dem Eis lag, würde nur wenige Menschen für sehr kurze Zeit am Leben halten. Noch während wir dort auf dem Eis standen, senkte sich der Himmel erdrückend weiß auf uns herab; es begann wieder zu schneien. Das schwarze Wasser wurde weiß, plötzlich gab es kein Schwarz mehr, sondern nur noch ein wirbelndes Schwarzgrau, und sehr schnell überzog eine Kruste das Wasserloch oder den Teich, in dem die Boote festsaßen. Man konnte gerade noch undeutlich sehen, wie die Leute in den Booten das neue Eis auf seine Tragfähigkeit überprüften, dann darauf standen und schnell darüberliefen, während es unter ihren Füßen knirschte und schwankte. Als sie den Rand erreichten, mußten sie immer wieder hochspringen, bis ihre Hände schließlich einen Halt in der Eiswand fanden und wir sie heraufziehen konnten. Zum letzten Mal standen wir alle als Rivalin, als Hüter des Sees auf dem Eis; wir verharrten lange, dachten an unser heiliges Wasser unter dem Eis und an die wenigen Lebewesen, die dort von der erstickenden Kälte über ihnen eingeschlossen waren, während das Weiß sich tiefer und tiefer senkte und sie hinunter auf den schlammigen Boden schob und drängte und sie alle tötete, wenn das letzte Wasser gefror.

Als wir uns umdrehten, um zum Ufer zurückzukehren, schien

der Himmel vor uns eine einzige Mauer oder Klippe aus gefrorenem Wasser zu sein, denn er war vom Zenit bis vor unsere Füße von erstickendem Weiß. Und wenn wir darauf starrten, sahen wir nichts, nicht einmal den hochaufragenden, berstenden Kamm unserer Mauer. Vielen von uns erschien es sinnlos, in das eisige, erdrückende Weiß zurückzugehen, das unvermeidlich den Tod bedeuten würde. Doch wir zogen weiter und weiter, und schließlich erreichten wir die erste Ansammlung kleiner Eishütten. Wir krochen in eine dieser Höhlen, hustend und mit tränenden Augen, denn von den brennenden Talglichtern stieg beißender Rauch auf. Inmitten dicker Felle tauchte ein Gesicht auf, und eine Stimme sagte: »Jemand war hier. Es ist Zeit für die Repräsentanten, zum Pol hinunterzugehen. Dort ist wieder Sommer.« Der Sprecher hustete, das Gesicht verschwand unter einem zottigen Ärmel, und wir krochen rückwärts durch den Eistunnel nach draußen. Wir versammelten uns alle im tosenden Sturm in einer flachen Mulde und dachten an die blauen Blumen und an das sanfte saftige Grün des vergangenen Sommers. Wir begegneten den Schlitten mit den toten Seetieren und schickten Boten in die Schneestürme hinauf, um den Leuten zu sagen, daß wir wieder nach der wunderbaren blauen Pflanze suchten – fünfzig Repräsentanten machten sich auf den Weg hinunter, hinunter, um den Sommer zu finden. Wieder kämpften wir uns unter tiefen, erdrückenden und erstickenden weißen Wolken durch das weiße, weiße wattige Land. Der Wind stand uns im Rücken, und in den dunklen Nächten drängten wir uns in Schneehöhlen zusammen, die wir bauten, wenn das Licht schwand. Uns kam es vor, als werde die schreckliche Dunkelheit der Nächte kürzer, und wir spürten, bald würden wir das Sommerland erreichen. Von jeder Anhöhe, jedem Hügel richteten wir unsere Blicke und Gedanken mit aller Kraft nach vorne und versuchten, das alles auslöschende Weiß zu durchdringen, in der Hoffnung, am Himmel schließlich doch einen blauen Schimmer oder ein helleres Grau zu entdecken. Dann wußten wir, wir hatten die Stelle bereits passiert, an der im Jahr zuvor der Schnee endete und die offene Tundra begann. Immer noch umgab uns nur

Schnee. Immer noch kämpften wir uns weiter, bis wir schließlich von einer Bergspitze die Säule, den Turm, den Pfeiler entdeckten, der den Pol markierte. Dort wurde auf einer kleinen Fläche das grünliche Grau der Sümpfe sichtbar. Es gab keine Blumen, keine Pflanzen, nichts, auch kein Zeichen der Herden. Doch uns fehlte die moralische Kraft, uns Gedanken über die Herden zu machen, denn wir wußten, das Ende des Planeten stand bevor. Wir mußten schließlich akzeptieren, daß wir am Ende unserer Suche nach Auswegen und neuen Lebensräumen, am Ende unseres langen Leidens angekommen waren. Wir erreichten das Gebiet, auf dem der Schnee dünner wurde oder nasse gelbliche Bänke und Dünen bildete wie feuchter grober Sand und schließlich zu Streifen und Flecken auf nassem Gras und in Tümpeln schrumpfte. Dort ließen wir uns nieder und versuchten, die wärmende Kraft der fernen Sonne zu spüren. Ein Tagesmarsch vor uns ragte die hohe Säule auf, doch wir sahen nichts als dunkle Erde, an manchen Stellen ein bißchen stumpfes Grün oder einen Flecken Grau.

Wir hatten nur noch ein paar Stücke getrocknetes Fleisch, doch wir wollten nicht essen. Während wir warteten, ohne zu wissen, in welche Richtung wir denken oder planen sollten, schienen wir über das Bedürfnis nach Nahrung hinausgewachsen zu sein. Nichts drängte uns, für unsere Ernährung zu sorgen oder etwas für unsere jämmerlich ausgezehrten Körper zu tun, die in den dicken Fellmänteln zitterten. Unser Augen wanderten immer wieder zu der hohen schlanken Säule, die Canopus dort aufgestellt und als Markierungspunkt für die Raumschiffe benutzt hatte. Ihre vollkommenen, ausgewogenen Proportionen, ihre Position in einer bestimmten Beziehung zu den umliegenden Hügeln und zum Himmel sprachen von Canopus – sie hatte nichts mit diesem Planeten zu tun. Und während wir dort warteten und zu dem Ding hinüberblickten, hatten wir nur den einen Gedanken – Canopus! Canopus würde kommen und uns retten!

Doch ich wußte sehr gut, daß keine Raumschiffe landen würden – ich wußte es jetzt mit einer Ruhe und Endgültigkeit wie nie zuvor. Und daraus entstand – jawohl, Hoffnung, allerdings einer mir bis dahin unbekannten Art. Wir hatten so lange – zumindest mit einem Teil unseres Bewußtseins – geglaubt, eines Tages würde unser ganzer Himmel blitzen und glänzen, wenn die canopäischen Raumflotten auftauchten, und *dann* würde unsere gesamte leidende Bevölkerung »in den Sternen« Sicherheit finden – und das hieß, wir hatten uns auf die Zukunft verlassen. Doch diese Zukunft stand in keinem Zusammenhang mit unserer Vergangenheit. Als ich schließlich den alten Traum, die Hoffnung aufgab, und unverwandt auf die vollkommene hohe schwarze Säule blickte, in der sich immer noch der Himmel spiegelte, wie früher in unserer Mauer, als sie noch frei und nicht vom Eis bedeckt war, vollzog sich in mir eine völlige Verwandlung. In mir floß eine kleine Quelle der Stärke und des Selbstvertrauens, die, wie ich spürte, unzerstörbar war und an Stärke zunahm. Ich war diese Kraft, ich, Doeg, und durch sie hindurch zogen Gedanken und Gefühle, wie Vögel oder Wolken über einen Himmel ziehen, ohne ihn im geringsten zu verändern – unter anderem auch der vertraute Gedanke, allerdings sehr schwach und eher lächerlich: *Eines Tages wird Canopus kommen und uns retten* ... Als ich in die Gesichter meiner Freunde blickte – Gesichter, die ich ebensogut kannte wie mein eigenes Gesicht – als ich in ihre Augen blickte, die manchmal ebensosehr meine Augen wie die ihren zu sein schienen, glaubte ich, darin alles zu sehen, was ich als mein wahres Ich kannte. Selbst wenn einer sagte: »Vielleicht kommen sie morgen«, und ein anderer antwortete: »Oder übermorgen oder in der nächsten Woche – der Sommer wird immer noch Tage oder Wochen dauern!« schienen diese Worte aus einem künstlichen Teil ihres Wesens zu kommen, und ihnen schien nicht einmal völlig bewußt zu sein, was sie sagten. An ihren Augen sah ich, daß ihr Geist sich mit ganz anderen Gedanken, Überlegungen oder sogar Gewißheiten beschäftigte.

Es ist höchst bemerkenswert, wie Gedanken in einem oder in vielen Menschen auftauchen: In einem Moment denken wir dies oder jenes, als sei uns kein anderer Gedanke möglich. Im nächsten beschäftigen uns ganz andere Vorstellungen und

Möglichkeiten. Aber wie sind sie in unsere Köpfe gekommen? Wie gelangen sie dorthin? Diese neuen Erkenntnisse, Vorstellungen, Gedanken und Überzeugungen verdrängen die alten, und werden natürlich ihrerseits ebenfalls bald genug verdrängt.

Während wir alle zitternd in die Mäntel gehüllt warteten, und die kraftlose fahle Sonne unsere Gesichter beschien, während meine Gefährten murmelten: »Canopus wird kommen und uns retten« und andere Fragmente und Bruchstücke unserer alten Träume äußerten, wußte ich, daß in ihnen Veränderungen vorgingen, von denen sie nichts ahnten.

Wir blieben zusammen auf diesem Abhang, wo es Grasbüschel gab und niedrige zähe Pflanzen; das verschneite Land, aus dem ein scharfer kalter Wind wehte, lag in unserem Rücken. Niemand zeigte Neigung, weiterzugehen, oder von unserer Verantwortung gegenüber der Bevölkerung zu sprechen, oder darüber zu diskutieren, was zu tun sei – ob wir uns auf die Suche nach den verschwundenen Herden machen oder Boten mit der Nachricht von ihrem Verschwinden aussenden sollten –, oder etwas von den anderen Dingen zu besprechen, die uns normalerweise in Bewegung und Aktivität versetzt hätten.

Wir betrachteten das trostlose Moor und die Tundra um die Säule, aber mehr noch uns gegenseitig. Immer öfter ruhten unsere Augen prüfend und geduldig auf den Gefährten – als würden wir nicht jeden von uns so gut kennen, wie es der Fall war; so gut, daß wir im nächsten Augenblick die Arbeit jedes anderen übernehmen und – in gewisser Weise – zum anderen werden konnten. Wir blickten uns in die Augen und in die Gesichter, als gebe es dort sehr viel zu lernen – mehr, als wir je geglaubt hatten. Und bald bildeten wir einen Kreis und blickten nach innen, nicht hinaus auf das kleine Gebiet unseres »Sommers«. Wir wendeten unsere Gesichter nach innen, als liege die Wahrheit, die uns erreichbar war, dort... zwischen uns... in uns... unter uns... in der Art unseres Zusammenseins in dieser extremen Lage.

So fanden uns Alsi und Johor, die irgendwann aus der weißen Wildnis auftauchten. Sie stolperten und glitten auf dem unebenen Grund aus, und daran erkannten wir, wie erschöpft sie waren. Sie sanken neben uns zu Boden und blieben mit geschlossenen Augen liegen. Wir sahen, wie die gelbe Haut sich über den gelben Knochen ihrer Gesichter spannte.

Wir warteten, bis Alsi die Augen öffnete, sich aufrichtete, und Johor ihrem Beispiel folgte.

Ich fragte sie: »Wie ist es dir als Doeg ergangen?« Sie erwiderte lächelnd: »Doeg, während ich sprach, schien alles, was ich erlebt hatte, schienen alle meine Gedanken und Gefühle, alles, was ich glaubte, sein zu müssen, in Worte, Worte, Worte gefaßt... verpackt, verschnürt und weggeschickt zu werden... Ja, Doeg, ich-Doeg-sah, wie Alsi dies und jenes tat, das empfand oder so dachte... und wer war Alsi? Ich sah sie, sah mich inmitten all der anderen... und wenn ich jetzt auf mich als Doeg zurückblicke, die mit Johor im Schuppen sitzt, sehe ich mich und Johor. Zwei Menschen sitzen zusammen und reden. Und wer war Doeg? Doeg, und wer ist Doeg? Wo sind Alsi oder Doeg nun – denn was ist von uns allen geblieben? Wem werden du und ich oder andere unsere kleinen Geschichten erzählen, unsere Lieder vorsingen?« Sie lächelte erst mich an, dann Johor, der, auf den Ellbogen gestützt, zuhörte, und danach alle anderen. Sie betrachtete uns langsam einen nach dem anderen, und wir erwiderten ihren Blick. Die Rückkehr von Alsi und Johor hatte unserer kleinen Gruppe die Situation noch deutlicher bewußtgemacht, in der wir uns befanden. Wir wurden uns unserer selbst bewußt; wir *spürten* uns so deutlich, wie wir uns sahen: Wir saßen an einem kalten Abhang unter dem niedrigen kalten Himmel, an dem die Wolken dahinjagten, ein halbes Hundert Individuen, fünfzig Bündel schmutziger, zottiger Tierhäute, und darin jeweils ein zitternder Haufen Knochen und Fleisch mit Gedanken und Gefühlen (aber wo waren sie, was waren sie?). Wir hockten dort, lauschten auf die Schneestürme, die am Horizont heulten, wüteten und unseren kurzen Sommer zu beenden drohten, der nur noch ein kleines Gebiet oder eine kurze Zeitspanne am äußersten Punkt unseres Planeten war, denn die Fröste des herannahenden Winters machten sich bereits wieder bemerkbar: Weiß auf Schwarz, kleine weiße Partikel auf schwarzer Erde, weiße Krümel und Kristalle auf den Felsen, den graugrünen Gräsern und den dürren kleinen Pflanzen – und durch die Luft wirbelten weiße Flocken. Noch waren es wenige, die über den Hügel trieben, im schwachen Sonnenlicht aufleuchteten, zu Boden schwebten, um sich mit dem Frost auf der Erde zu vereinigen. Hoch über uns, unter schweren weißen Wolken mit schwarzen Rändern kreisten die großen Schneevögel Weiß in Weiß.

»Wenn du nicht länger Alsi bist, müssen die Schneetiere tot sein«, stellte ich fest.

»Die Gehege sind leer.«

Wir alle blickten auf ihre Hände und registrierten plötzlich, daß wir das taten: knotige dünne Knochen, die einmal groß und geschickt gewesen waren, die so geschickt die Kleinen, Schwachen, die Verwundbaren gepflegt hatten.

Und *sie* sah Johor an. Dieser Blick ließ sich nicht leicht beschreiben. Es lag nichts Flehendes darin; nichts darin sprach von einem Bedürfnis. Doch etwas war darin zu sehen, und zwar sehr deutlich: Sie erkannte ihn, erkannte Canopus.

»Ich bin nicht mehr Alsi«, erklärte sie. »Auf keine Weise und in keiner Funktion.« Es klang beinahe wie eine Frage, die sie im nächsten Moment selbst beantwortete. »Alsi ist irgendwo anders... an einem anderen Ort, in einer anderen Zeit. Alsi kann nicht verschwinden, denn Alsi *ist* und muß immer wieder erschaffen werden.« Sie schien darauf zu warten, daß Johor etwas sagte, doch er lächelte nur. »Zwar können wir sie nicht sehen, denn es ist Tag, und das Sonnenlicht dort oben verdunkelt diese Wahrheit, doch unser Himmel ist voll von Sternen und Planeten, und auf ihnen ist Alsi, Alsi... dort bin ich, denn so muß es sein.«

»Denn so muß es sein«, erklang es wie ein Echo aus der Gruppe.

»Wenn dies nicht Alsi ist, wer bin ich dann, Johor? *Wie heiße ich?*«

Ich sagte zu ihm: »Doeg erzählt immer und an allen Orten Geschichten und Lieder. Überall verständigen sich Menschen mit Hilfe von Tönen. Wenn ich also nicht länger Doeg bin, dann *ist*

Doeg immer noch, und wenn die Dunkelheit hereinbricht...« – sie brach herein, während wir sprachen, und kleine ferne Sterne erschienen am Himmel – »...erblicken wir vielleicht Welten, in denen Doeg am Werk ist, denn Doeg muß sein. Aber wer bin ich, Johor, und wie heiße ich?«
Klin, der Obstzüchter, der Hüter der Obstgärten, ergriff das Wort: »Auf unserer Welt gibt es nirgendwo mehr einen Obstgarten, einen Baum oder Früchte. Nichts ist von all der Schönheit und dem Reichtum geblieben – und deshalb bin ich nicht Klin, denn Klin war, was ich tat – Klin ist irgendwo am Werk, pfropft Schößlinge, Klin veredelt, züchtet und bewirkt, daß die Zweige von Blüten übersät sind und schwer werden von Früchten, die an ihnen hängen. Aber nicht hier, nirgendwo hier. Deshalb bin ich nicht länger Klin. Wie heiße ich?«
Bratch sagte: »Die Kunst und das Können in meinem Kopf und in meinen Händen sind am Werk, sind überall dort am Werk, wo es Wesen aus Fleisch, Sehnen, Blut und Knochen gibt... Bratch ist notwendig, und deshalb muß Bratch sein, aber nicht hier, denn hier gibt es nichts mehr zu tun. Auf unserer Welt liegen die Menschen in ihren Eishäusern im Sterben. Ich bin nicht Bratch, denn Bratch war mein Tun... wie heiße ich, Johor?«
Und Pedug erklärte: »Wo Arten sich fortpflanzen, wo ständig Junge geboren werden, um die zu ersetzen, die sterben müssen, ist Pedug, denn Pedug muß sein. Pedug wird neu erschaffen, immer und überall, in jeder Zeit und an jedem Ort, wo Pedug notwendig ist, ist Pedug nicht verloren und verschwunden, nur weil Pedug auf unserem Planeten nicht mehr existiert. Aber ich bin nicht Pedug, Johor... also, wie heiße ich?«
So sprach einer nach dem anderen; die undurchdringliche Dunkelheit hüllte uns ein, und der Gesang, die Klage, das Lied hörte die ganze Nacht nicht auf; einer nach dem anderen fragte Johor, fragte ihn, berichtete, wo und wie und warum. Aber wir gaben uns die Antwort selbst; wir beantworteten alles, was wir wissen wollten, endeten jedoch immer mit dieser Frage, die wir nicht beantworten konnten, denn sie ging über uns hinaus – Was bin ich? Wer bin ich? Wie heiße ich? Oder *wie hießen wir*?

– wir, die Repräsentanten, die nicht länger Können, Fähigkeiten oder Funktionen repräsentierten, aber immer noch frierend, winzig und in so kleiner Zahl die Nacht hindurch, die ganze Nacht hindurch am Abhang saßen – und dann ging verschwommen die schwache Sonne auf – ein grauer Glanz am grauen Himmel. Es gab keine Farbe mehr, denn sanft und leise war Schnee gefallen, und die hohe Säule, die Canopus errichtet hatte, ragte aus frischem, weichem Weiß, durch das sich die Spitzen niedriger Pflanzen und die starren toten Grashalme bohrten.

»Einer von uns hat immer noch einen Namen«, sagte Alsi, als wir schwiegen, nachdem jeder gesprochen hatte.

»Aber Marl ist nicht hier«, erklärte einer, »die Hüter der Herden sind nicht hier.«

»Auch die Herden sind nicht da, und doch gibt es keinen anderen Platz mehr für sie.«

Wir blieben den ganzen Tag dort sitzen, während leise der Schnee fiel, denn Johor schwieg, und wir wußten nicht, was wir tun sollten.

Als das Licht schwand und einer neuen Nacht wich, näherten sich wankend aus der Dämmerung drei Gestalten, sanken schwer und mühsam atmend neben uns zu Boden und schliefen eine Weile, während wir warteten. Sie waren Marl, und erst als sie sprachen, spürten wir, daß dieses Stadium unseres Zusammenseins sein Ende fand.

Im Laufe der Nacht erwachten sie aus dem Schlaf der Erschöpfung und erzählten uns die Geschichte der Herden – ja, eine Weile lauschten wir-Doeg-Marl als Doeg, und das erzählten sie uns:

Die unzähligen hungrigen großen Tiere drängten sich Tag für Tag enger zusammen, während der Schnee fiel und sich um sie auftürmte, einen natürlichen Korral mit Schneewänden bildete, eine Barriere, die die Tiere nicht durchbrechen wollten, denn das wenige Futter, das auf dem Planeten übriggeblieben war, fanden sie nur noch auf diesem kleinen Gebiet um die hohe schwarze Säule. Das Heu vom letzten Sommer reichte nicht lange; danach weideten sie die zähen Pflanzen und bitte-

ren Gräser ab und fraßen schließlich die halb pflanzliche Erde. Immer weiter kreiste der Schnee sie ein, und schließlich standen viele tausend Tiere, zahllose Tiere eng zusammengepfercht, und es gab nichts zu fressen. Viele starben, und den noch Lebenden verlieh die Situation eine Intelligenz, die ihnen niemand zugetraut hätte – sie schoben die verendeten Tiere mit den schweren, und wie wir am Anfang geglaubt hatten, nutzlosen Hörnern aus der Masse der Lebenden heraus. Doch diese Hörner hatten den Boden durchpflügt, als es notwendig wurde, Erde zu fressen, hatten Wurzeln ausgegraben, bei der verzweifelten Suche nach Futter Felsbrocken umgewendet, und schließlich dazu gedient, die Toten aus dem engen, noch nutzbaren Gelände zu schieben.
Danach standen sie eine Weile ruhig da, die Köpfe nach außen gerichtet, und blickten in die Schneewelt. Marl beobachtete sie von den Hügeln, bekümmert über die Unfähigkeit, den bedauernswerten Tieren zu helfen. Plötzlich lösten sich überall aus den Herden kleine Gruppen, dann mehr und immer mehr Tiere, und stürzten davon. Marl beobachtete tagelang, wie die Massen um den Pol abnahmen, immer weiter abnahmen, und die Tiere verschwanden. Aber wohin zogen sie? Es gab keinen Platz, zu dem sie hätten aufbrechen können! Trotzdem verschwanden sie. Auf ihrem Weg zertrampelten und durchpflügten sie die Erde, rissen sie mit heftigen Bewegungen ihrer Hörner auf, als wollten sie verwunden und zerstören, was ihnen nicht länger Nahrung bot. Unter zornigem und verzweifeltem Gebrüll stoben die Tiere mit roten, wilden wütenden Augen in allen Richtungen davon, und die Erde erzitterte, als sie ihre letzten Weidegründe verließen. Dann breitete sich Stille aus, denn der tiefe Schnee dämpfte das Dröhnen der zahllosen Hufe. Die Beobachter auf den Hügeln hörten das wilde klagende Brüllen der Herden, mit dem sie hinauf in die Berge und in den heulenden Wind stürmten – bald blieb um den Pol nichts zurück außer der schwarzen, aufgewühlten, mit Kot besudelten und völlig kahlgefressenen Erde. Kein Tier, nicht ein einziges Tier blieb zurück. Marl trennte sich und folgte den Herden in die heftigen Schneestürme, obwohl das nicht leicht war,

denn im dichten Schneetreiben verschwanden alle Spuren. Aber schließlich erreichten die Repräsentanten besiedeltes Gebiet und vermuteten, die Tiere hofften, hier Futter oder zumindest die Nähe von Menschen zu finden. Wer konnte sagen, was in den Köpfen der dem Untergang geweihten Tiere vorging, oder welches Maß an Hoffnungen oder Intelligenz die Situation in ihnen weckte. Aber nein, die Herden waren bis hinauf zu den alten, inzwischen verlassenen Städten und Dörfern gestürmt, ohne jedoch dort zu bleiben. Nur hin und wieder blieben sie stehen, wenn einzelne Tiere der Drang überkam zu bestrafen und zu zerstören und wie im Süden auf ihren alten Weidegründen die Erde aufzuwühlen – hier richteten sich die Stöße ihrer Hörner gegen die Wände von Gebäuden, Schuppen und Gehegen; sie zertrampelten, was sie fanden, bis die Siedlungen aussahen, als hätten wir sie zerstört, ehe wir sie verließen. Danach stürmten die Herden weiter – ohne Ziel. Wo die Mauer eingestürzt war und Pässe in das schreckliche Land der ewigen Stürme geschaffen hatte, kletterten die Tiere über das Eis. Sie blieben auf der anderen Seite stehen und warteten. Inzwischen waren es weiße Tiere, denn dicker Schnee lag auf ihren Fellen, und ihr Atem stieg weiß in die weiße Luft. Sie warteten, bis alle Tiere ihrer jeweiligen Gruppe sich eingefunden hatten, und dann stürmten sie alle wie nach einem gemeinsam gefaßten Plan hinauf in den Norden. Brüllend und klagend rannten sie in den sicheren Tod.
Marl stand an verschiedenen Plätzen entlang der Mauer, dort, wo sie unter den Gletschern eingestürzt war, und beobachtete das alles. Sie sahen, wie die Herden den Tod suchten. Sie beobachteten es, verstanden es und versammelten sich wieder, da sie wußten, es hatte keinen Sinn, den Tieren weiter zu folgen, denn sie würden bald von den Schneestürmen verschluckt sein. Deshalb wanderte Marl langsam hinunter an den Ort, wo sie uns mit Sicherheit zu finden hofften. Und wir, die Repräsentanten, saßen an unserem verschneiten Abhang und warteten. Wie sich herausstellte, warteten wir auf sie, warteten auf Marl, der nicht länger Marl war, denn auf unserem Planeten gab es keine lebenden Tiere, kein einziges Tier mehr, und deshalb

wirkte Marl, mußte Marl an einer anderen Stelle wirken. Marl war und mußte in anderen Zeiten und an anderen Orten sein, Marl wendete sein Können an, um zu paaren und zu züchten, zu vermehren, zu füttern, fortzupflanzen und zu pflegen. Marl konnte nicht aufhören zu sein, denn Marl wurde gebraucht. Aber hier bei uns, auf unserem kalten Planeten gab es Marl nicht. »Johor, da wir nicht länger Marl sind, wie heißen wir? Denn ich weiß zwar, ich bin nicht, was ich war, ich bin nicht Marl, denn ich war, was ich tat – jetzt tue ich nichts, doch ich bin hier. Ich bin etwas. Ich sitze mit all den anderen hier im tanzenden Schnee, sehe dich an, und du, Johor, siehst uns an, siehst mich an – ich spüre, ich bin hier: hier. Ich habe Gedanken, und ich habe Gefühle – aber wo sind sie, was sind sie, die Gedanken, die Gefühle in diesen Bündeln eiskalter Knochen und frierenden Fleisches? Also bin ich nicht nichts, Johor, aber was bin ich? Wenn ich einen Namen habe, wie heiße ich?«
So war es mit uns allen: Johor saß mit den Repräsentanten an dem kalten Hang, während der Schnee fiel, fiel und fiel, bis wir schließlich hüfthoch im lockeren leichten Schnee saßen; dann bedeckte das weiße Leichentuch uns bis zu den Schultern – und zuerst erhob sich einer, dann ein anderer langsam aus dem Weiß, tauchte auf wie aus Wasser, schüttelte Flocken, Klumpen und Klümpchen Schnee ab. Bald standen wir alle bis zur Hüfte im weißen Schnee, und es schneite noch immer, es schneite, als wolle es nie mehr aufhören. Wir wendeten uns einander zu und blickten uns in die Augen. Von Canopus kam kein Wort, kein einziges Wort, keine Rettung – solche Gedanken schienen uns alle einer weit zurückliegenden Kindlichkeit anzugehören. Wir konnten uns alle kaum noch daran erinnern, wie wir in den Tagen unserer Jugend gewesen waren, denn jetzt richteten sich unsere Gedanken auf eine völlig andere Notwendigkeit. Wir drehten uns um, so daß jeder den südlichsten Punkt unseres Planeten im Rücken hatte, den die schlanke, schwarzschimmernde Säule markierte, die inzwischen grau schimmerte, da der Frost sie überzog, und die bald inmitten der hohen Schneewehen und treibenden Schneewolken kaum noch zu sehen sein würde. Unsere Gesichter richteten sich nach Norden, und wir

setzten uns alle gleichzeitig in Bewegung, als könnten wir nicht anders, als sei das, was wir taten, uns bestimmt und unvermeidlich – wie die hungernden Herden vor uns zog es uns hinauf in das Reich des Winters; aber dieser Winter würde bald alles verschlungen, alles erobert haben, und unser kleiner Planet würde weiß und glitzernd im Raum kreisen, wo die Sonne und die Sterne ihn beschienen. Dann, wenn er völlig von Eis bedeckt und nichts von dem Leben, das ihn einmal bevölkert hatte, zurückgeblieben war – welche neuen Prozesse würden einsetzen, nachdem die Prozesse des Erstarrens abgeschlossen waren? Denn nichts kann statisch, unveränderlich und permanent sein. Unsere kleine Welt konnte unmöglich unveränderlich im Raum kreisen, ein Planet aus Schnee und Eis bleiben. Nein, es würde weitergehen, sie würde wachsen wie ein rollender Schneeball oder sich völlig verwandeln und zu einer Welt werden, die wir uns auch nicht andeutungsweise vorstellen konnten mit unseren Sinnen, die auf Planet 8 abgestimmt waren – nicht einmal auf diesen Planeten 8, den erstarrenden, sondern auf die alte und schöne Welt der Zeit vor dem Eis... nein, Veränderungen, die wir uns auch nicht andeutungsweise vorstellen konnten, würden – mußten – auf unserer Heimat stattfinden. Doch sie würden uns nicht beschäftigen müssen, denn wir waren dann nicht mehr da...

Langsam zogen wir weiter, die Gesichter den eisigen Winden zugewandt, die uns erbarmungslos Tag und Nacht entgegenbliesen; wir gingen weiter, frierend, leer, praktisch nicht vorhanden in unseren dicken Mänteln, als seien wir nur noch Knochen, Sehnen und trockene Haut. Johor war bei uns, war einer von uns; und seine Augen blickten zwischen den zotteligen Fransen seiner Kapuze ebenso hohl, gequält und zusammengekniffen hervor wie die unseren – denn das Gleißen des Schnees bohrte sich in unsere Augen und in unsere Köpfe. Es war unmöglich, ihn auszuschließen und eine weiche, angenehme Dunkelheit zu finden, in der wir ausruhen konnten. Denn selbst wenn die Nacht anbrach, erfüllte uns das Schneelicht so sehr, daß wir die Lider nicht schließen konnten. Sie blieben nicht zu, sondern öffneten sich, als seien Schnee und Eis ebenso in uns wie um uns, und als seien die Augen Fenster, die sich nach beiden Seiten auf weiße, weiße Landschaften öffneten – flach, hart, weiß.

Halb blind und taub von den unablässig heulenden Stürmen, abgestumpft und sterbend, schleppten wir uns an den Schneehäusern und Schuppen vorbei, die wir für die Bevölkerung errichtet hatten, um sie vor den heranrückenden Gletschern in Sicherheit zu bringen – wir warfen keinen Blick hinein, denn wir wußten, was wir dort finden würden. Während wir diese Zone durchwanderten, wurde deutlich, daß die Buckel aus Schnee und Eis, die kleinen Rundungen und Hügel zwischen den Schneewehen bald im Weiß versunken sein würden, denn einige waren bereits völlig bedeckt und nicht mehr zu sehen. Und als wir uns auf den Bergpässen, die zu den Teilen des Planeten führten, in denen früher so viele Menschen gelebt hatten, umdrehten und zurückblickten, konnten wir nicht mehr erkennen, wo sich die Schneesiedlungen befanden – oder befunden hatten, denn die Stürme schoben sich undurchdringlich zwischen uns und sie. Wir, die wenigen, marschierten weiter und hielten unterwegs Ausschau nach den alten Städten. Doch die Gletscher hatten sie unter sich begraben; wir konnten keine Anzeichen von Städten oder Siedlungen entdecken, obwohl wir uns einmal an einem Zimmer vorbeikämpften, das aus dem Schnee aufragte. Es hatte auf allen Seiten quadratische Öffnungen, und in seinem Innern lagen verstreut Stücke und Reste, die einmal Möbel gewesen waren, ehe die Kälte sie zermahlen hatte. Dieser Raum befand sich einmal auf der Spitze eines hohen Gebäudes, und wir zogen in einer Höhe daran vorbei, in der früher nur die großen Raubvögel der Kältezeit schwebten und kreisten. Und als wir vor uns nach einem Wall oder einer Klippe Ausschau hielten, entdeckten wir nichts: Das Eis, das sich über die Mauer schob, hatte sie zum Einsturz gebracht, und sie lag jetzt tief unter uns, als wir über die Kämme und Hügel aus Schnee wanderten. So überquerten wir unsere berühmte Mauer, die undurchdringliche, unzerstörbare, unbesiegbare Mauer. Die Mauer, die zwischen uns und dem Unheil stehen sollte, bis Canopus mit seinen glänzenden Raumschiffen landen würde. Wir überquerten sie, ohne zu wissen, wann, und befanden uns in einer Landschaft, in der es keine Berge oder Hügel gab, es sei denn, Berge aus Schnee. Denn alle Unebenheiten der Landschaft lagen unter dem Schnee begraben.

Es wäre nicht richtig zu sagen, wir wanderten unbeschwert; wir schleppten uns mühsam und stolpernd vorwärts – aber diesmal lag es nicht an den Steigungen und Abhängen von Bergen und Tälern. Und doch war es eine einzige, lange schwere Mühe. Von uns war nichts übriggeblieben! Wir waren leer, als fege der Wind durch uns hindurch. Wir bestanden wirklich nur noch aus Haut und Knochen, und unsere armen Herzen schlugen langsam und unregelmäßig. Sie versuchten, das dickflüssige Blut durch unsere ausgetrockneten Adern und Arterien zu pressen. Wir waren halbtot, und es fiel uns so schwer, die zerfallenden Körper auch nur ein paar Schritte vorwärts zu bewegen.

Wie schwer wir waren – wie unendlich, unendlich schwer... Die Gravitation des sich drehenden Planeten zerrte und zog an jedem Partikel unseres Körpers. Sie schien uns festzuhalten wie der dicke Schnee. Schwer, schwer, schwer wog die Last unserer Sterblichkeit, obwohl wir alle durchsichtig wie Schatten waren, und das Fleisch um unsere Knochen schon lange geschrumpft und geschwunden war. Schwer fiel uns jeder kleine Schritt, mit dem wir weiterschlurften; wir trieben uns vorwärts, zwangen uns zu gehen, unser Wille hämmerte in den schmerzhaften Stößen unserer Herzen: *Weiter... weiter... weiter... ja, noch ein Schritt ... – ja so... und noch einer... ja und jetzt noch einer... weiter... immer weiter...* So ging es jedem von uns; wir schleppten uns unter den Schneewolken dahin, die so tief über den Schneewehen trieben, daß man kaum unterscheiden konnte, was Luft, und was bereits aus der Luft heruntergefallen war. Wir waren beinahe Geister, beinahe schon nicht mehr da und doch so schwer. Wir spürten, daß unser Gewicht von der Substanz unseres Willens abhing, es hing und zerrte daran – und was war das, dieser *Wille,* der uns weiter hinauf- und vorwärtstrieb, hinauf über die hohen verschneiten Pässe zum anderen Pol, dem anderen Ende unseres

Planeten? In diesen Bündeln aus Haut und Knochen und sich bereits zersetzendem Gewebe brannte noch etwas anderes: *der Wille!* Und wo war er, dieses Pulsieren, diese Schwingung in den unendlichen Räumen zwischen den winzigen Schwingungen oder Impulsen, die ein Atom bilden?
Schwer, schwer, ach so schwer... schleppten und schoben wir uns vorwärts; wir wateten und schienen zu schwimmen, immer weiter hinauf, hinauf und hindurch. In den Nächten ruhten wir uns zusammen aus, wir bedauernswerten Geister, während die Winde um uns heulten oder die Sterne über uns flüsterten. Schließlich erreichten wir die Stelle, an der sich die Schlucht befinden mußte, in der Nonni gestürzt war. Eine saubere frische weiße Decke lag darüber, und die Höhlen, die uns Schutz geboten hatten, waren im Schnee begraben, verschwunden. Als wir das hochgelegene Tal zwischen den tönenden Gipfeln erreichten, wo wir gelagert und die glitzernden Sterne betrachtet hatten und hörten, wie sie rauschten und sangen, stellte sich heraus, daß die Spitzen der Berge nur noch niedrige Hügel waren. Und wenn wir nicht gewußt hätten, daß es sich um Berge handelte, hätten wir uns nicht vorstellen können, daß sie einmal hoch und furchteinflößend aufgeragt hatten. Die Dunkelheit brach herein, und wir lagerten in einer kleinen Mulde auf dem Gipfel eines dieser Hügel. Ein pfeifender Wind erhob sich, und wir spürten, wie der Schnee um uns herum rutschte, wirbelte und polterte. Am nächsten Morgen bot sich unseren Augen ein wunderbarer Anblick. Wir kauerten auf einem hohen Berggipfel inmitten von Felsen – der Sturm hatte in der Nacht den lockeren Schnee aus dem Tal gefegt, und es lag leer vor uns wie bei unserem ersten Besuch. Der Wind hatte einen Rhythmus: Er füllte das Tal bis zum Rand und fegte es dann wieder frei. Überall auf dem Planeten wurden jetzt Schneemassen hin- und herbewegt; sie türmten sich auf, dann blies der Wind sie wieder davon, nur um sie an einer anderen Stelle aufzuhäufen und weiterzutreiben. Wir blickten auf eine gläserne glitzernde Eislandschaft tief unter uns, die sich viele Tagesmärsche weit zwischen mächtigen schwarzen eisigen Gipfeln erstreckte. Uns bot sich eine gläserne, ehrfurchtgebietende Maje-

stät dar, die in unseren sterbenden Augen schmerzte. Wir spähten über den Rand unseres winzigen Tals nach unten, stellten fest, daß wir auf einem hohen Berggipfel gestrandet waren, und wußten, daß wir ihn nie mehr verlassen würden. Wie sollten wir, schwach wie wir waren, die steilen Felswände hinunterklettern? Also rückten wir enger zusammen und blickten uns zum letzten Mal mit den alten Augen an, bis ein Gesicht nach dem anderen sich im Tod verschloß, und das Bündel Knochen in den zerfetzten Pelzmänteln in sich zusammensank. Und als wir diese Szene verließen und sie mit Augen betrachteten, von denen wir nicht gewußt hatten, daß wir sie besaßen, sahen wir scheinbar nur eine Herde Tiere, die sich im Schlaf oder im Tod dort oben auf einem Berggipfel zusammendrängte.

Wir bewegten uns zusammen weiter und waren jetzt so leicht. Wir bewegten uns so fröhlich und unbeschwert, daß wir ungläubig und voll Entsetzen an die gräßliche Schwere, an unser altes Gewicht dachten, das jeden Schritt, jedes Vorwärtstaumeln zum Kampf gegen den Sog und den Zug machte, aus dem sich selbst das winzigste Atom nicht befreien konnte. Unsere neuen Augen kannten keine starre Perspektive. Wir schwebten frei und leicht davon, und als wir orientierungsuchend auf die toten Hüllen zurückblickten, die wir bewohnt hatten, sahen wir nur, daß wir uns inmitten unendlich vieler wunderbarer zarter Strukturen und Formen befanden. Glitzernde Kristalle umgaben uns, die sich alle voneinander unterschieden; jedes war ein Wunder an Zartheit und Ausgewogenheit. Wir hätten verweilen, sie betrachten und bestaunen mögen... doch es waren Myriaden; sie umschwebten und umtanzten uns, und da unsere Augen ständig ihre Sehweise änderten, schienen die Kristalle manchmal riesengroß, so groß wie wir zu sein und manchmal klein. Wir begriffen nicht sofort, daß es sich bei dieser unendlichen Vielfalt neuer Formen um Schneeflocken handelte. Schneeflocken, die noch vor kurzem unsere Feinde gewesen waren! Und durch ihre Schönheit war unser kleiner Planet langsam gestorben. Das hatten wir nicht geahnt, das hatten wir nicht gewußt, wenn wir die Hand ausstreckten, um eine weiße Flocke aufzufangen und sie vielleicht unseren Kindern zu zeigen: »Seht ihr, das ist Schnee! Das ist der Wasserdampf, der sich ständig in der Luft befindet, die uns umgibt, in einer neuen Form.« Wir hatten nie daran gedacht, daß diese kleine weiße Krume, der Flaum, ein Gebilde aus Strukturen sein könnte, die so erstaunlich sind, daß man sie voll nie nachlassender Bewunderung betrachten konnte. Wir schwebten durch sie hindurch, spürten, wie wir immer wieder Gestalt und Größe änderten und versuchten, unsere Bewegungen zum Stillstand zu bringen, um uns an diesem Wunder satt zu sehen. Aber die Szene löste sich auf, verging, und die kristallenen Strukturen verschwanden. Sie gehörten einer Sphäre oder einem Bereich an, den wir hinter uns gelassen hatten. Wenn wir jetzt auf die Körper in den schmutzigen Häuten zurückblickten, um zu sehen, wie weit wir uns von dem Berggipfel bereits entfernt hatten, sahen wir sie als Netze und Schleier aus Licht; wir sahen das zarte Gitter der atomaren Struktur, sahen die weiten Räume, die wir eigentlich zum größten Teil gewesen waren – obwohl wir nicht die Augen besessen hatten, um das zu erkennen, obwohl unser Geist um die Wahrheit wußte. Doch das kleine Glitzern, der Tanz, das Gewebe atomarer Struktur löste sich unter unseren Blicken auf: Ja, wir sahen, wie unsere alten Körper in den schweren Fellen ihre Gestalt verloren, wie die Atome und Moleküle die Verbindung miteinander lösten und mit der Substanz des Berges verschmolzen. Ja, mit unseren neuen Augen sahen wir, daß der ganze Planet ein feines zartes Gewebe oder Gitter geworden war, dessen Zwischenräume durch die Struktur der Atome definiert wurden. Doch was für neue Augen waren das, mit denen wir unsere alte Heimat als ein Geflecht von Atomstrukturen sahen? Und wo waren wir, die Repräsentanten? – *Was* waren wir? Und wie wirkten wir auf jene, die uns sehen konnten, mit ihrem schärferen, feineren Sehvermögen? Denn wie unsere Augen, unsere Sehweise sich änderte, so daß wir uns jeden Moment in einer anderen Zone, Welt oder Wirklichkeit zu befinden schienen, so mußten andere auch uns beobachten und sehen können – aber *was* sehen? Wenn wir unsere alten Gestalten verloren hatten, die sich bereits auflösten und in der Substanz von Berg, Schnee, Wind und Felsen aufgingen, wenn wir dieses zarte Gewebe, diese Schleier oder Raster, die mehr Raum als Materie waren, verloren hatten – wenn wir also verloren hatten, was wir gewesen waren, dann waren wir trotzdem noch etwas. Wir bewegten uns zusammen weiter, eine Gruppe von Individuen und doch eine Einheit. Und das *mußte* so sein. Wir mußten Strukturen einer Materie sein, irgendeiner Materie, denn alles ist das Gewebe einer Materie oder Substanz oder etwas Faßbares, obwohl es gleitet, sich vermischt, immer kleiner und kleiner wird – Materie, eine Substanz, denn wir erkannten uns als existent: Wir waren Gefühle, Gedanken und Willen. Sie bildeten das Gewebe, Schuß und Kette unseres neuen Seins, obwohl es in unserem alten Sein scheinbar keine Heimat und keinen Platz für sie gegeben hatte. Wir hatten uns vorgestellt, daß Liebe, Haß und alles andere in den endlosen Räumen heulte, pfiff und pulsierte, die zwischen dem Kern eines Atoms (wenn man etwas, das sich auflöst, als Kern bezeichnen will) und den Partikeln liegen, die ihn umgeben (wenn man eine Schwingung und Fließen als Partikel bezeichnen will) – und diese Gefühle und Gedanken bildeten unsere neuen Ichs. Unser neues Ich und unser Verstand sagte uns, daß wir immer noch ein zarter aber festgelegter Tanz waren, genau wie unser alter Verstand uns gesagt hatte, was wir gewesen waren, obwohl wir nicht die Augen besaßen, um es zu sehen. Früher, ehe wir zu toten Tieren wurden, die erfroren auf einem Berggipfel lagen, paßten diese Schichten oder Schleier ineinander. Sie bildeten ein Ganzes und funktionierten gemeinsam. Doch nun war eine Struktur bereits in die physische Substanz des Planeten 8 zurückgesunken, und eine andere bewegte sich weiter; unsere Augen veränderten sich mit jedem Moment, wodurch wir immer wieder Teil einer neuen Szene oder Teil wurden. Wir waren auch nichts bereits Fixiertes mit einem Wesen, das sich nicht mehr verändern konnte, denn wir begegneten einem Geist oder Gefühl oder Geschmack, den wir *Nonni* nannten; es war ein schwach schimmerndes Geschöpf, eine Form oder ein Tanz. Und wir wußten, das war der tote Nonni, Alsis früherer Gefährte. Die-

se Wesenheit, dieses Sein kam zu uns, verschmolz mit uns, mit unserer neuen Substanz, und wir alle setzten unsere Reise zum Pol als Einheit, aber einzeln fort.
Wer reiste? Und wie hießen wir?
Der Lehrer der Kinder war da, der Hüter des Sees, der Züchter und Schöpfer von Getreide, Früchten und Pflanzen, der Hüter und Züchter von Tieren, der Geschichtenerzähler, der die Erinnerungen der Völker ständig schafft und neu erschafft; der Pfleger der sehr Kleinen und Verwundbaren, der Heiler – der Entdecker von Medizinen und Heilmitteln; der Reisende, der Planeten besucht, damit das Wissen nicht isoliert und ungeteilt bleibt – sie alle waren da, unter uns und gehörten zu uns. Alle unsere Funktionen und die Fähigkeiten unserer Arbeit vereinigten sich zur Substanz dieser neuen Wesen, dieses neuen Wesens, das wir nun waren – Johor war bei uns und gehörte zu uns; Johor vermischte sich mit uns, der Repräsentant des Canopusanteils des Repräsentanten von Planet 8 – dem zerstörten Planeten – zumindest für unsere Zwecke nicht mehr verwendbar – denn wer konnte sagen, wie dieser Klumpen Eis, der in den Räumen des Himmels kreiste, sich ändern, vielleicht Gas werden würde auf seinem Weg zurück zu Erde und Form und Materie, die Augen sehen konnten, wie wir sie einst besaßen?
Der Repräsentant glitt weiter und höher wie eine Schule oder ein Schwarm Vögel oder Fische: eine Einheit, aber eine Gruppe von Individuen – jedes mit seinen kleinen Gedanken und Gefühlen, die es mit den anderen teilte. Gedanken und Gefühle fluteten wie Wellen herein, heraus und herum; sie machten aus den vielen eins.
Was sahen wir dort, fühlten wir dort – wo? An welchem Ort oder in welcher Zeit befanden wir uns? Was waren wir und wann? Wir sahen keine Schnee- oder Eiswüste, nein, sondern ein endloses Sich-Verändern und -Verschieben. Wir sahen unseren Planeten in einer Myriade Formen oder Möglichkeiten. In einem Aufblitzen, in einem flüchtigen Moment sahen wir ihn, wie er gewesen war – unsere warme und schöne Heimat, in der alles eine Wohltat für uns gewesen war. Neben dieser flüchti-

gen Vision befanden sich tausend Variationen, die sich alle leicht voneinander unterschieden. Und hätten wir jede einzelne losgelöst gesehen, hätten wir sie für ein Stadium in der Entwicklung unseres Planeten halten können – aber so, in diesem schnellen Ineinanderverschmelzen, in dieser feinen Nuancierung wußten wir, daß wir *Möglichkeiten* sahen. All das hätte sein können, war aber in unserer Zeit, in unserem Raum nicht gewesen. Waren sie woanders gewesen? Ja, das war es: Wir beobachteten, was es davor, dahinter, daneben oder darüber gab – jedenfalls irgendwo und irgendwann die verschiedenen Entwicklungsstadien unseres Planeten gewesen waren. Es waren so viele, so viele Möglichkeiten, die sich auf der Existenzebene, die wir gekannt und erfahren hatten, nicht manifestiert hatten; aber sie schwebten direkt hinter dem Schleier – Potentiale: Alles, was hätte sein können... es gab Myriaden unerreichte Möglichkeiten, doch jede war real und funktionierte auf ihrer eigenen Ebene – *wo* und *wann* und *wie*? Und jede Welt bis ins Kleinste war ebenso wirksam und wertvoll wie das, was wir einmal als *wirklich* erlebt hatten. Wie ich, Doeg, einmal vor dem Spiegel stand, auf mein altes Ich blickte und sah, wie es sich in eine endlose Reihe der Möglichkeiten erstreckte, alle Variationen der genetischen Vorratskammer sichtbar werden ließ – manchmal waren sie mir so ähnlich, daß ich kaum einen Unterschied feststellen konnte, aber dann entfernte sich Variante um Variante weiter von dem, was »ich« war – jede war die mögliche und potentielle Wohnung des Gefühls von mir, Doeg. Und manche waren für meine Kameraden leicht als Doeg erkennbar, andere so völlig anders, daß nur eine Kopfbewegung, die leiseste Andeutung einer vertrauten Bewegung der Augen oder die Schulterhaltung verriet: »Ja, auch er gehört zur Familie Doeg, ist Doegs Potential, das nicht in diese Dimension oder in diesen Ort eintrat« – und so sahen wir alle die Welten, die nicht unser Planet waren, aber dort lagen, sich überschnitten und berührten, jede an ihrem Ort und in ihrer Zeit eine unabhängige Welt, eine Realität.

Wer waren dann Doeg und Alsi – wo waren Klin, Nonni und Marl und all die anderen? Was war unser Planet, der einer unter so vielen war? Und als wir weiterschwebten, Geister zwischen geisterhaften Welten, spürten wir neben, in und mit uns die erfrorene und tote Bevölkerung, die unter dem Schnee begraben lag. In Höhlen, Hütten, in Hügeln aus Eis und Schnee lagen die Menschen unserer alten Welt; sie waren erfroren – ihre toten Körper blieben dort eingeschlossen, solange das Eis blieb, ehe es sich veränderte, wie sich alles ändern muß, um etwas anderes zu werden – vielleicht ein Gaswirbel oder Meere bewegter Erde oder Feuer, das brannte, bis auch es sich änderte... sich ändern *mußte*... etwas anderes werden *mußte*. Aber was unsere Leute gewesen waren, unsere *Ichs* befanden sich bei uns, *waren* wir, waren zu uns geworden – sie konnten nichts anderes sein als wir, ihre Repräsentanten – und zusammen fanden wir, der Repräsentant, schließlich den Pol, den äußersten Punkt unseres alten Planeten: Den dunklen, kalten Mast, den Canopus einst aufgerichtet hatte, um die Raumschiffe zu leiten, wenn sie uns besuchten. Dort verließen wir den Planeten und kamen hierher, wo wir jetzt sind. Wir, der Repräsentant – viele und einer – sind hier, wo Canopus uns behütet, über uns wacht und unterweist.

Ihr fragt, wie die canopäischen Agenten auf uns wirkten, als DAS EIS kam.

Diese Geschichte ist unsere Antwort.

# Nachwort

Ein Vorwort dieser Art wäre beinahe im dritten Band der Reihe, in den *Sirianischen Versuchen* erschienen. Der Roman entstand als direktes Ergebnis einer beinahe fünfzigjährigen Faszination für die beiden britischen Expeditionen in die Antarktis, die erste von 1901–1904, die zweite von 1910–1913 unter Leitung von Robert Falcon Scott. Nein, mich interessieren nicht Schnee und Eis an sich, sondern vielmehr gewisse soziale Prozesse jener und unserer Zeit, die die Expeditionen so deutlich veranschaulichen. Aber ich wußte wohl, die weniger tiefschürfenden oder prosaischen Leser würden nicht so leicht begreifen, wie *Die sirianischen Versuche* als Ergebnis der Beschäftigung mit Polarforschung entstanden sein konnten. Deshalb ließ ich die Absicht fallen. Der nächste Roman, der vierte Band, wurde so winterlich, daß es keine Schwierigkeiten bereiten kann, den Zusammenhang zu sehen: Eine lange Auseinandersetzung Polarforschung und ein Roman über einen Planeten, der unter Eis erstarrt. Aber jemand, der etwas von den kreativen oder – elektrotechnisch ausgedrückt – von den transformierenden Prozessen versteht, würde ohne weiteres auch einen Roman über Wüsten oder andere Extreme von Klima, Geographie oder Verhalten erwarten. Deshalb sollte man dieses Nachwort im Zusammenhang mit den *Sirianischen Versuchen* und *Die Entstehung des Repräsentanten von Planet 8* sehen – es allerdings eher mehr ersterem als letzterem zuordnen.

Es spricht auch ein praktischer Grund dafür, das Nachwort in dem kurzen Buch zu haben, obwohl es nicht geplant war. Als ich dem englischen Verleger berichtete, dieser vierte Band sei sehr kurz, freute er sich. Er freute sich nicht nur, weil das weniger gefällte Bäume, Papier, Druckarbeiten, Druckerschwärze, Herstellungsaufwand bedeutete, sondern weil man in diesem

Land dazu neigt, kurze Bücher eher für gut und wirklich wertvoll zu halten als lange. Und das trotz Dickens und all den weitschweifigen und zweifellos erstrangigen Viktorianern.
Als ich meinem amerikanischen Verleger jedoch ankündigte, der Roman sei kurz, erklärte er sofort, sich und sein Land verspottend, aber wie es dort drüben üblich ist, von dem überzeugt, was man sagt: »Sie wissen doch, wir können nur dicke Bücher ernst nehmen.« Also freuen wir uns, dort drüben (oder hier, je nachdem, von wo man es betrachtet) ist dick schön.
In Cambridge hat man den Dokumenten und Zeugnissen der Antarktisexpeditionen ein Gebäude gewidmet. Aber ich war nie dort. Ich betreibe keine systematischen Studien. Sie gehören der anderen Art an, das heißt, man weiß, daß man eine Affinität mit einem Thema oder einer Sache hat, denn sie taucht im Leben immer wieder, jedoch in anderen Aspekten auf – wie eine Landschaft, die an verschiedenen Punkten eines Berges ihr Aussehen verändert. Und deshalb wartet man darauf, daß die Dinge sich entwickeln: Man findet ein Buch, von dessen Existenz man nichts wußte, im Regal der Bibliothek; man lernt zufällig den Verwandten eines Forschers dieser Expeditionen kennen; man liest einen Brief in einer Zeitung; ein Freund, der von dem Interesse weiß, schickt eine Biographie, die er in einem Antiquariat in Brighton gefunden hat. Bei diesem Vorgehen ist es möglich, daß man Fakten nicht kennt, die selbst einem Neuling auf diesem Gebiet bekannt sind. Aber wenn man sich Fakten und Möglichkeiten ständig durch den Kopf gehen läßt, fügen sie sich vielleicht auf eine unerwartete Weise zusammen.
Und so hörte ich auch zufällig zum ersten Mal etwas von Scott und seiner Heldenschar, und zwar mitten in Afrika, in dem alten Südrhodesien, heute Zimbabwe, auf der Farm meines Vaters. Wir, die Familie, saßen, wie es unserer Gewohnheit entsprach, draußen vor dem Haus, um den Tag- und den Nachthimmel zu genießen, das Wetter und den meilenweiten Blick über die Landschaft – ein wildes und meist leeres Land, das die Berge umsäumten. Man muß sich vor Augen halten, bis zum Meer waren es mehrere hundert Meilen; England lag in weiter

Ferne und ebenso fern war die Zeit der Scottschen Expeditionen. Es war beinahe immer heiß, und der Himmel bot immer ein grandioses Schauspiel. Er war entweder wunderbar blau und leer, oder Wolken zogen schnell darüber hinweg. Sie trieb die Hitze, die von der sonnenverbrannten Erde und der Vegetation aufstieg. In der Trockenzeit brannten meist irgendwo in der Nähe Buschfeuer. Ich erinnere mich lebhaft daran, wie meine Mutter mit zurückgeworfenem Kopf, ausgestreckten Händen und in einer Pose dramatischer Identifikation vor uns steht. Ich weiß nicht mehr, ob gerade ein spektakulärer Sonnenuntergang zu bewundern war. Aber eigentlich müßte es so gewesen sein. Zumindest zog ein Sturm auf. Meine Mutter glühte und war überwältigt von Emotionen, denn sie genoß diese Augenblicke. Sie sagte: »Wenn ich mir vorstelle, wie Captain Oates ganz allein in den Schneesturm geht, um zu sterben... o ja, er war ein tapferer Gentleman!« Und ich erwiderte mit der rohen Schnippischkeit der Jugend: »Was hätte er denn sonst tun sollen? Außerdem blieb ihnen allen nichts als Sterben übrig.« Ich bedaure die Schnippischkeit, jedoch nicht die Bemerkung. Ja, mir scheint, daß ich damals die Dinge schon so klarsichtig sah wie mein ganzes Leben lang. Ich beneide das nüchterne Mädchen, das Pietät und Gefühlsduselei rücksichtslos beiseite schob, denn das Leben macht einen eindeutig weich: Die Toleranz macht aus uns allen Nougat. Mein Vater war nicht sentimental, und die Gefühlsausbrüche meiner Mutter bereiteten ihm eigentlich immer Unbehagen. Mit Sicherheit sagte er etwa: »Ach beruhige dich, beruhige dich...«, und zu mir: »Ja, das kann man wohl behaupten, aber mußt du immer so hart sein?« Ja, das mußte ich! Die Gründe für diese Haltung stehen mit dem Thema dieser Bemerkung in einem Zusammenhang.

Mein Vater stand Scott und der ganzen Angelegenheit nicht gleichgültig gegenüber, denn es handelte sich um *englische* Leistungen. Und wie für meine Mutter galt auch für ihn ganz selbstverständlich: Englisch war einfach das beste.

Heute kann man nur schwer verstehen, was *England* für meine Eltern bedeutete, die derselben Generation angehörten wie diese heroischen Forscher. Ein Wort kann für eine Generation eine berauschende Droge sein und für die nächste so harmlos wie Milch. Es ist für dieses Thema auch nicht ohne Bedeutung, daß ausländische Leser, und dazu gehören in diesem Zusammenhang auch Amerikaner, kaum eine Vorstellung von dem Forscher Scott haben; sie wissen ebensowenig über ihn wie die meisten Menschen in England unter, sagen wir, vierzig. Ich ernte verständnislose Blicke, wenn ich in das alte Horn blase: »Der Scott der Antarktis!« »Scott?« fragen sie, »hat er nicht den Südpol entdeckt?« Und doch waren Scott, die Antarktis und die Namen der Männer, die zu ihm gehörten, noch vor kurzer Zeit einer dieser Mythen oder heiligen Kühe, die jede Nation als inspirierenden Ansporn braucht. Da gab es diese Schar Halbgötter, tapfere Gentlemen, einer wie der andere, die sich einer Sache verschrieben hatten. Und jeder, der es gewagt hätte, auch nur andeutungsweise von Makeln zu sprechen, wäre in Stücke gerissen worden. Das war ebenso schlimm, als beispielsweise zu vermuten, daß sich normale Menschen auf dem Langen Marsch befanden... aber setze dafür die heiligen Kühe der eigenen Nation ein, fülle den leeren Raum mit den Gesichtern deiner Helden und...

Bernard Shaw sagte einmal ungefähr folgendes: An Helden herrscht nie Mangel. Immer drängen sich die Menschen dazu, für eine Sache zu sterben – sei sie nun gut oder schlecht. Aber uns ist eher mit weniger Heldentum als mehr Nachdenken gedient. Wenn es um solche Themen geht, stellt man üblicherweise fest, daß Shaw es bereits formuliert hat.

In letzter Zeit kann man in Großbritannien einen Stimmungsumschwung in Sachen Scott beobachten. Er läßt auf eine Neueinschätzung seiner Fähigkeiten als Führer und Organisator der zweiten Expedition, 1910–1913, schließen. Gewisse Anzeichen deuten darauf hin, daß man ihn mehr oder weniger zu einem Verbrecher abstempelt. Möglicherweise war er nicht immer kompetent, und er beging Fehler. Es geht dabei nicht darum, daß er die Art Fehler begangen hat, die jeder begeht, sondern solche, die selbst ein durchschnittlich begabter Führer nie begehen sollte. Kurz gesagt, wir sind dabei, von einem Extrem ins andere zu fallen. Und damit möchte ich nichts zu tun haben. Mich interessiert, wie es zu dieser Neueinschätzung kommt – und der Zeitpunkt. Dahinter liegen Fakten wie diese: Vor kurzer Zeit hätte man nicht wagen können zu behaupten, Scott sei nicht vollkommen gewesen, ohne zumindest bekümmerte Mißbilligung zu ernten; ein Jahr, nachdem die Viererbande vollkommen war, wurde sie zu Verbrechern; in den Vereinigten Staaten gelang es in den fünfziger Jahren einem Nichts, genannt McCarthy, geistig gesunde und vernünftige Menschen einzuschüchtern und zu terrorisieren; junge Leute, die in den sechziger Jahren vor ähnliche Ausschüsse zitiert wurden, lachten einfach. Diese jungen Amerikaner sollten sich nicht vorstellen, sie hätten gelacht, wenn man sie vor die früheren Ausschüsse zitiert hätte – nein, sie hätten nicht gelacht! Sie waren so gut wie ihre Eltern, aber nicht besser. In der Zwischenzeit war irgend etwas geschehen; die *Atmosphäre* hatte sich gewandelt, wie wir sagen – um damit zu einer der Phrasen greifen, die das Nichtdenken entschuldigen. Ich könnte Seiten, ganze Bände mit Fakten füllen, die dieses Thema illustrieren. Die Häresien des einen Jahres sind die heiligen Kühe des nächsten – und umgekehrt. Und das könnte eigentlich jeder begreifen, der über das Alter des blinden Enthusiasmus hinaus ist – das könnte überhaupt jeder, wenn er es wollte. Aber aus irgendeinem Grund können wir die augenfälligen Lektionen der Geschichte nicht auf uns anwenden. *Weshalb nicht?* Könnten wir möglicherweise lernen, uns im Namen des einen oder anderen Dogmas nicht die geheiligte Notwendigkeit aufzuzwingen, deren Folgen im Lauf eines Jahrzehnts unvermeidlich mit den Worten: *Wir haben Fehler begangen,* abgetan werden. Es ist nur allzu leicht, sich den Geist der Geschichte vorzustellen (wir haben das so lange praktiziert!). Er ist eine schlampige aber selbstgefällige Frau in der Maske des einschlägigen Herrschers oder Despoten: »Ach du meine Güte!« lächelt sie, »da habe ich ja schon wieder einen Fehler gemacht!« Und schon verschwinden Massenvernichtungen, Hungersnot und Kriege, die Insassen unzähliger Gefängnisse und Folterkammern in den Papierkörben und Mülltonnen.

Ich habe mehrere dieser dramatischen Veränderungen erlebt; ganz offensichtlich werden sehr bald weitere folgen. Subjektive und ironische Gedanken zu diesem Thema sind ein Trost des Alterns. Es muß ein Prozeß stattfinden, bei dem Körnchen um Körnchen sich in einer Waagschale sammelt, obwohl man das nicht sieht, sondern nur ahnt. Plötzlich verschieben sich die Gewichte. Dies sind Vorgänge, die zu untersuchen wir lernen können – besonders da sie sich so oft wiederholen und sie sich wie alles andere zu beschleunigen scheinen.
Ein Beispiel: Ich gehörte zu der Handvoll Leute, die Anfang der fünfziger Jahre versuchten, Journalisten, Parlamentsmitgliedern, Politikern vor Augen zu führen, daß in Südafrika die Dinge nicht zum besten standen. Damals war es nicht möglich, von krimineller, grausamer Tyrannei zu sprechen. Alles mußte gut verpackt sein. Selbst so behandelte man uns nur tolerant amüsiert... tat uns als Wirrköpfe ab... als Rote... Verrückte mit antibritischen Gefühlen. Im Verlauf von zehn Jahren wurde die Meinung, man möge zumindest genauer untersuchen, was im südlichen Afrika – in Südafrika und in Südrhodesien – vor sich ging, zu einem respektablen Standpunkt. Es war die »allgemeine Meinung«. Zehn Jahre später – aber inzwischen war es zu spät. Natürlich. Ich sage »natürlich« als ein Kürzel für meinen Verdacht, daß ein Gesetz am Werk ist. Es wäre die leichteste Sache der Welt gewesen, diesen Krieg zu verhindern, wenn Vernunft im Spiel gewesen wäre – aber wann ist Vernunft je dabei im Spiel? Wären die Weißen fähig gewesen, fünf Minuten lang mit kühlem Kopf analoge historische Prozesse zu untersuchen – aber wann besaß je eine herrschende Kaste dazu die Fähigkeit?
Nein, es geht nicht um: »Wir haben es euch gesagt!« Das steht einer schnippischen Jugend zu. Nach dem: »Ich habe es ja gesagt«, kommt der Zorn über die Verschwendung, die Dummheit, über die vertane Chance, es zu verhindern... aber wie, wenn es immer so ist? So sein muß? Ist da ein Gesetz am Werk? Denn dann sind alle die Emotionen sinnlos; sie sind Zeitverschwendung, der deprimierte Zorn ebenso wie das: »Ich habe es ja gesagt.« Wir müssen denken und uns nicht Gefühlen über-

lassen. Politiker und Herrscher sind nicht die Urheber von Ereignissen, sondern ihre Marionetten. Nun ja, wie kann man dann etwas anderes erwarten?! Aber scheinbar bemerkt man die Wiederholungen historischer und soziologischer Prozesse noch nicht einmal. Die jungen Leute, die jetzt ihr Erbe antreten und sich für eine der siebenundfünfzig Varianten des Sozialismus entscheiden, sind alle einhellig der Meinung, daß dort unten am Ende Afrikas Tyrannei herrscht: die Tyrannei der Weißen über die Schwarzen. Aber angenommen, ihre Pendants hätten das rechtzeitig gewußt? Und – aber das ist der springende Punkt – sie akzeptieren ebenso wie ihre Vorgänger »die herrschende Meinung«. Doch welche aufkommenden Ideen ignorieren sie? Ideen, die in zwanzig Jahren, wenn es zu spät ist, problemlos von ihresgleichen übernommen werden – Ideen, die dann ihre Kraft verloren und wirkungslos geworden sind?

Ich hielt diese Abfolge – vergebliche und verspottete oder bestrafte Warnungen von ein paar wenigen, das langsame Akzeptieren dieser Warnungen, die zur Grundlage einer neuen Haltung werden, die zu diesem Zeitpunkt bereits veraltet ist – charakteristisch für Politik und religiöse Massenbewegungen. Aber man kann diese Prozesse in jedem Bereich – vom Sport bis zur Literatur – entdecken.

Übrigens auch an sich selbst.

Im politischen Bereich wird die herrschende Schicht eines Landes, eines Staates mit ihrer Propaganda identifiziert... nein, sie bedient sich der Propaganda nicht, denn das ist in meinen Augen einer der Glaubenssätze marxistischer Rhetorik, die Substitute für Gedanken sind; sie, die herrschende Schicht, wird von der Propaganda benutzt, denn man identifiziert sie mit ihren eigenen Rechtfertigungen für die Ausübung der Macht, die selbst auf Selbsttäuschungen beruhen. Wann hätte je ein Herrscher gesagt: »Ich bin ein übler Tyrann!« Der Schah von Persien und Idi Amin in Uganda hatten eine gute Meinung von sich. Es ist unvermeidlich, daß solche Leute immer und ausnahmslos die Fakten leugnen, die belegen, daß dieses oder jenes kolonisierte Land, ein weniger begünstigter Teil des eigenen Landes, der eigenen Stadt oder des Bezirks unter Härten, Unfreiheit und Tyrannei leiden. Etwas anderes kann man nicht erwarten. Ich erlebte die Enteignung eines Hauses, das vom Greater London Council erworben wurde. Ich konnte die Einschüchterungen, das gerissene Verhandeln, die nackte Korruption der Beamten im Umgang mit diesen bedauernswerten Menschen mitansehen, die nicht der Mittelklasse angehörten, und sich nicht selbst wehren konnten. Ich wendete mich an Bekannte, die als Stadträte oder in anderen Funktionen im öffentlichen Dienst standen. Doch ich begegnete nur dem vertrauten toleranten Lächeln, der versteckten Ungeduld: Solche Ungeheuerlichkeiten waren einfach nicht möglich, nicht unter ihrer menschenfreundlichen Ägide.

Man könnte vorsichtig eine Regel aufstellen: Menschen an der Macht, Menschen an der Spitze einer Institution, einer Dienststelle, eines Ministeriums weigern sich zu wissen, was ihre Untergebenen tun, denn das würde bedeuten, das Selbstbild zu zerstören, wonach sie die einzig Befähigten sind, Verantwortung und Macht auszuüben. (Von ihrer Stellung ganz zu schweigen.) Ich kann einfach nicht glauben, daß die Welt immer so dumm und schlecht geführt wird wie heutzutage. Ich kann nicht glauben, daß die Armen immer so hilflos waren und von den Leuten an der Spitze immer so verächtlich behandelt wurden. In der Vergangenheit hat es Nationen, Staaten, Gemeinschaften gegeben, in denen die Herrschenden es sich zur Aufgabe machten, über das informiert zu sein, was in den unteren Regionen ihres Herrschaftsbereichs vor sich ging. Im Mittelalter und im Mittleren Osten gab es Reiche, deren Herrscher Beamte damit beauftragten, sich inkognito unter das Volk zu mischen, oder es sogar selbst taten, um über das Tun und Lassen der Staatsdiener etwas zu erfahren. Doch bei uns herrscht ein solches Maß von Zynismus, daß wir geneigt sind zu glauben, wenn wir so etwas Ähnliches praktizierten, würden die Kontrolleure beinahe augenblicklich zu den Lakaien der Staatsdiener, deren Verhalten sie überprüfen sollen.

Aber mich interessiert, daß dieser Gedanke überhaupt nicht mehr in den Katalog der Mittel, die man für eine gute Regierung als nützlich erachtet, gehört. An welchem Punkt hat er seine Kraft eingebüßt... ist er ein merkwürdiges Relikt geworden... ein Symptom personellen Despotismus? Wann wird er wiederaufleben und unter welcher Art Regierung? Ich glaube, Gedanken oder Gruppen verwandter Gedanken haben eine bestimmte Lebenszeit. Sie werden geboren (oder wiedergeboren), reifen heran, veraltern, sterben und werden ersetzt. Wenn wir uns nicht zumindest fragen, ob dies tatsächlich ein Prozeß ist, wenn wir nicht den Versuch unternehmen, den Mechanismus der Gedanken zu einem möglichen Gegenstand unbefangener Studien zu machen, welche Hoffnungen bleiben uns dann, sie zu kontrollieren?

Nein, ich bin nicht abgeschweift: Diese Art Spekulation wird in Gang gesetzt, wenn man sich mit dieser ungewöhnlichen Folge von Ereignissen beschäftigt: die Erforschung der Antarktis oder – um die damalige offizielle Formulierung zu benutzen – die Entdeckung des Südpols – einer Trophäe, die Scott den Ausruf entlockte: »Großer Gott! Was für ein schrecklicher Platz!« Es ist dort so schrecklich, daß nicht einmal Tiere am Südpol leben. Ehe die Menschen kamen, war nichts dort, obwohl vielleicht manchmal ein Vogel über den Pol flog. Und deshalb zeichnet den Südpol wenigstens das eine aus, daß er tatsächlich entdeckt wurde – im Gegensatz etwa zu den Victoriafällen oder den Niagarafällen, die Afrikaner und Indianer seit Hunderten von Jahren kannten, ehe sie von den Weißen »entdeckt« wurden. (Diese Feststellung ist natürlich abgedroschen und trivial, aber bis vor kurzem noch war das ein wunder Punkt.)

In den Jahrzehnten vor dem Ersten Weltkrieg erforschten die meisten europäischen Nationen die Antarktis; wobei die verschiedenen Expeditionen im Wettstreit miteinander lagen: Das Schauspiel fand auf einer riesigen Bühne statt, das von dem neuen Spielzeug, den Massenblättern, beleuchtet wurde. Heute wirkt es, als hätten sich die »Augen der Welt« mehr auf dieses Drama gerichtet als auf die Ereignisse, die zum Ersten Weltkrieg führten. Und das ist an sich schon nicht uninteressant. Die beiden Aspekte nationaler Rivalität standen im Rampenlicht. Und den Europäern erschien das völlig normal. Aber so wirkte es auf viele andere, die nicht Europäer waren. Das kleine Europa paradierte und stolzierte in seiner kleinen Ecke da oben, stritt und kämpfte wie eine Horde Schuljungen um einen Kuchen.

Es gibt Leute, die glauben, wenn unsere Nachfahren einmal auf unsere Zeit zurückblicken, wird ihnen Nationalismus als etwas ebenso tödlich Dummes vorkommen, wie den meisten von uns Religionskriege. Aber selbst in dem vergifteten Klima, in dem wir leben, konnte es das Internationale Geophysikalische Jahr 1958 geben. Und dies war den besten Aspekten von Rivalität und dem Ehrgeiz der Forscher zum Teil zu verdanken. Denn so wie die kämpfenden Soldaten in den Schützengräben Zurückhaltung und Vernunft den Gegnern gegenüber wahrten, während die Zivilisten vor Haß glühten, so überließen die Polarforscher, die die eigentliche Arbeit taten, die schlimmsten Ausbrüche von Neid und Eifersucht den Zuschauern.

Schließlich blieben nur noch Norwegen und Großbritannien im Rennen. Die norwegische Mannschaft stand unter Leitung von Roald Amundsen, die britische Mannschaft wurde von Scott geführt.

Amundsen erreichte den Südpol als erster, etwa einen Monat vor den Engländern. Er kehrte sicher und ohne Verluste an Menschenleben nach Hause zurück. Die britische Mannschaft hatte Todesopfer zu beklagen und mit allen möglichen Unglücksfällen zu kämpfen. Die Gründe, die dazu führten, daß die eine Mannschaft so erfolgreich war und die andere nicht, sind seitdem immer wieder analysiert worden. Zum einen, Amundsen wurde von seiner Regierung unterstützt, und die britische Mannschaft geradezu schmählich im Stich gelassen. Diese Art schäbiger Kurzsichtigkeit scheint aus irgendeinem Grund ein Charakteristikum aller britischen Regierungen zu sein. Jedenfalls mußte der sensible Scott mit dem Hut in der Hand sich das Geld zusammenbetteln. Und das tat ihm nicht gut. Er konnte sich nicht leisten, ein geeignetes Schiff zu kaufen und auszurüsten. Amundsens Schiff dagegen war für das Eis gebaut. Die britische Expedition hatte wissenschaftliche Ziele, aber die Norweger wollten nur zum Pol und zurück. Sie besaßen die notwendigen Erfahrungen, während die Engländer nicht annähernd soviel von Schnee und Eis und über die Behandlung der Hunde wußten. Aber solche Vergleiche, die man beliebig fortsetzen könnte, gehören vielleicht nicht zur Sache.

Sobald man beginnt, die Tagebücher, die Briefe, die Aufzeichnungen zu lesen, fällt einem sofort der Unterschied im Ton, in der Atmosphäre auf.

Amundsen beschreibt in seinem Buch sachlich und bescheiden eine erfolgreiche Expedition. Sein Ton ist ruhig und faktisch. Wendet man sich den Aufzeichnungen der Scott-Expedition (1910–1913) zu, gerät man sofort in eine andere Welt.

Was ist Atmosphäre – ein Wort, das wir so unbekümmert benutzen? Ein Journalist oder ein Wissenschaftler fragt: Was geschah wo und wann? Wer sagte das und weshalb? Wie lautet Ihre Version der Ereignisse...? Und man sitzt da, erinnert sich an alle möglichen Vorfälle, sagt die Wahrheit, so gut man kann, und erkennt, daß alles sinnlos ist, denn nichts kann eine Atmosphäre, den *Zeitgeist* vermitteln. Man kann Begebenheiten anführen, um diese vergangene Zeit zu veranschaulichen (und sie mag durchaus noch nicht lange vergangen sein), aber meist wirken sie absurd, und die Beteiligten scheinen nicht ganz bei Verstand zu sein. Man erklärt verzweifelt: »Verstehen Sie, die Atmosphäre hat sich so sehr geändert, daß...«

Es ist nicht anders, als wenn man versucht, einem Freund einen Traum zu erzählen. Man beschreibt eine Reihe von Ereignissen wie die Handlung eines Films: »Ich war an diesem Ort, sagte jenes und dann...« Aber dieselben Ereignisse, an denen dieselben Leute beteiligt sind, können ein anderer Traum sein. Die Atmosphäre ist der entscheidende Faktor. Und wie soll man sie vermitteln? Kläglich sagt man: »Der Traum hatte so etwas Charakteristisches. Er war so überwältigend, verstehst du? Wirklich, es war wie... ja, wie soll ich sagen? Er besaß einen so unverkennbaren Charakter oder Geschmack. Und jedesmal, wenn ich in einem Traum mit dieser Atmosphäre bin, weiß ich, daß...«

Und dabei bleibt es. Eine Verständigung ist nicht möglich, es sei denn, jemand anderes hatte denselben Traum – und das kann man ihm nur glauben. Im Wachen hatten Leute natürlich unbestreitbar denselben Traum; sie erlebten dieselben Ereignisse, lebten in *derselben Atmosphäre*; und wenn man deshalb fragt: »*Erinnerst du dich?*« erinnern sie sich tatsächlich, beide tun es; man lächelt sich vielleicht zu, was soviel bedeutet, es wäre unmöglich, die Atmosphäre einem anderen zu erklären, der sie nicht erlebt hat.

Die Aufzeichnungen der zwei Expeditionen, der norwegischen und der britischen, beschreiben zwei unterschiedliche, emotionale Ereignisse in klimatisch unterschiedlichen Erfahrungswelten. Es fällt schwer zu glauben, daß sie sich gleichzeitig, am selben Ort ereigneten und scheinbar mehr oder weniger die gleichen Ziele verfolgten. In beiden Fällen handelte es sich um Männer desselben Typs, von denen viele als professionelle Forscher bekannt waren. Diese Männer kannten sich gegenseitig oder wußten voneinander, und sie respektierten die Leistungen der anderen.

Aber beschäftigen wir uns zunächst mit den Aspekten der britischen Expedition, die damals überhaupt nicht wahrgenommen oder hinterfragt wurden; denn ich glaube, über jene Tendenzen, die das Ergebnis der unbewußten Selbstverständlichkeiten einer Zeit sind, staunen die Leute später am meisten.

Die nationalen Vorurteile sind immer noch lebendig, allerdings modifiziert, oder sie haben sich verlagert.

An den Expeditionen nahmen keine Frauen teil. Damals wurden Frauen, die Rechte forderten, von Polizisten geprügelt, in Gefängnissen zwangsernährt, von den feinen Herren verspottet und verhöhnt, ganz allgemein und oft von anderen Frauen ungerecht behandelt. An den Expeditionen teilzunehmen, war für eine Frau einfach unmöglich. Man kann auch niemand dafür verantwortlich machen, denn niemand wäre auf diesen Gedanken gekommen. Doch frage ich mich, wie viele junge Frauen nachts wach lagen, sich wütend gegen die Ketten ihrer Rolle aufbäumten, gegen die erzwungene »Schwachheit« und dachten: »Wäre ich nur dabei. Ich würde es ihnen schon

zeigen!« »Ich wäre ebenso unerschrocken und einfallsreich wie sie!« »Oh, die bitteren Tränen der nicht gefragten, wohlbehüteten und frustrierten Frauen!«
Dies sind Zitate aus Briefen, die Frauen kurz vor dem Ersten Weltkrieg an Frauen geschrieben haben.
Doch Frauen haben ihren Beitrag zu den Forschungsabenteuern des neunzehnten Jahrhunderts geleistet. Es waren Frauen am Werk. Isabella Bird zum Beispiel.
Die Dramen der Polarexpeditionen spielten sich vor einem Hintergrund oder Fries ab, den Frauen bilden – nein, Damen – sie standen elegant in ihren langen, hinderlichen Gewändern da und lächelten schmachtend ihren Helden zu – und zum größten Teil sind sie eine Versammlung stummer Zeuginnen. Sie verabschiedeten ihre Männer in englischen Häfen, reisten nach Neuseeland, um ihnen Lebewohl zu sagen, um an Begrüßungsfeierlichkeiten und Banketten teilzunehmen. Sie erhielten Berge von Briefen und wurden ehrerbietig und dankbar angebetet, wie das damals üblich war.
Zumindest kann man sagen, es gibt Beweise, daß sie die Dinge nicht immer so sahen wie ihre Männer.
Und die Frauen der Mannschaft sagten noch weniger.
Das führt uns zu den Klassenschranken, die so starr waren, daß man beim Lesen ausruft: »O nein, das kann nicht wahr sein!« Und doch nahm man sie als selbstverständlich hin. Sie waren fundamental, waren richtig und natürlich... gut für die Disziplin. Und man wird den Verdacht nicht los, daß sie etwas mit Gott zu tun hatten, mit Tugend, mit der göttlichen Ordnung und ganz sicher mit der gottgewollten Größe Englands. (Für diese Männer ging es immer um *England* und nicht um Großbritannien – dieses Wort und diese Idee war ein Kompromiß und eine Verfälschung.)
Es gab die Offiziere, und es gab die Männer. Sie saßen und schliefen selbst in extremsten Situationen getrennt. Die Namen der Offiziere waren jedem Mann, jeder Frau und jedem Kind der britischen Nation vertraut, die der Männer waren weniger bekannt, obwohl sie die gleichen gefährlichen und schwierigen Arbeiten verrichteten. Selbst als sechs Männer einen antarkti-

schen Winter lang in einer Eishöhle verbrachten, und sie damit rechnen mußten, daß sie alle früher oder später an Hunger und Kälte sterben würden, blieben die starren Klassenschranken unangetastet – und das im gegenseitigen Einvernehmen, daß dies die einzig mögliche Art und Weise war: Offiziere lagen auf einer Seite, die Männer auf der anderen, und sie alle halfen sich gegenseitig mit innigster Fürsorglichkeit.

Der Einfluß der britischen Marine war für Scotts starre Haltung im Hinblick auf Klasse verantwortlich: es gab andere, darunter Shackleton, denen sie lächerlich vorkam. Doch die Marine hatte sicher nichts mit der fiebrigen exaltierten Stimmung zu tun, der die Expedition 1910–1913 beherrschte; die britische Mannschaft begab sich in ein kühnes Abenteuer, in ein verzweifeltes, gefährliches Unternehmen, bei dem es um Leben und Tod ging... doch man wird dem sofort entgegenhalten, daß Amundsens Expedition ebenso gefährlich und heroisch war. Sehr richtig: Daß er seine Aufgabe so großartig meisterte, heißt nicht, daß er mit seiner Mannschaft nicht ebenso leicht hätte den Tod finden können. Er ging Risiken ein, wie er selbst sagte – er spielte mit dem Tod, wie man sagt. Aber keiner starb, und nichts in seinen Aufzeichnungen weist darauf hin, daß er damit rechnete, zu sterben.

Es trug ganz sicher zu dem emotionalen Ton bei, daß die Briten von ihrer Regierung nicht unterstützt wurden, daß ihnen ein ungeeignetes und gefährliches Schiff zur Verfügung stand, und daß sie deshalb soviel erdulden mußten: Wir gegen die ganze Welt... wir, die kleine Schar von Brüdern, die ihre Pflicht, trotz all der Widrigkeiten ihre Pflicht tut!

Doch es besteht die Gefahr der Fehlinterpretation, wenn man über diese Zeit schreibt, die so anders als die unsere war. Nehmen wir das Wort *Pflicht* als Beispiel. Ihr Pflichtbewußtsein führte dazu, daß sie sich für ihre Aufgabe und Verantwortung aufopferten. Für uns ist es (1980) ein absurdes Wort, und kaum jemand von uns würde auch nur im Traum daran denken, für eine Sache mehr Energie aufzuwenden, als unbedingt erforder lich. Im Gegenteil: Leute, die lügen, betrügen und damit durchkommen, werden eher bewundert. Damals lehrte man die Kinder, verantwortungsbewußt, ehrenhaft und zuverlässig zu sein, und die Teilnehmer der Expeditionen beurteilten sich und die anderen nach diesen Maßstäben. Doch besonders die Expedition 1910–1913 zeichnete sich durch hochfliegende, exaltierte Emotionen aus; zwar hatte sie auch etwas mit der Pflicht gegenüber England, Gott und der Wissenschaft und gegenüber dem besseren Ich zu tun, aber das Ganze ging zweifellos über das Erforderliche hinaus.

Ich glaube, man muß alles, was sie taten, in diesem anderen Licht sehen: Sie – oder die Männer in den maßgeblichen Positionen – ganz besonders Wilson – (und manche ganz bewußt) unternahmen den Versuch, sich selbst zu transzendieren. Dies war von Anfang an die eigentlich treibende Kraft der Expedition; und sie war stärker als alle Rückschläge, Schwierigkeiten, die Gleichgültigkeit der Regierung, die Unglücksfälle und Fehler, die den emotionalen Impetus schufen. Bei dem Wesen der Beteiligten hätte auch ein erfolgreicher Verlauf der Expedition vermutlich nicht viel daran geändert. Das Bedürfnis, aus unseren üblichen Möglichkeiten auszubrechen – aus dem Käfig, in dem wir leben, und der aus Gewohnheiten, Herkunft und Umständen gemacht ist, der sich als so klein, eng und tyrannisch erweist, sobald wir versuchen auszubrechen –, dieses Bedürfnis ist vielleicht die stärkste Kraft, die wir besitzen. Jedenfalls kann man es jederzeit und überall beobachten. (Vermutlich ist sie auch für den Enthusiasmus verantwortlich, mit der die Menschen sich in Kriege stürzen – aber mit diesem Thema beschäftige ich mich hier nicht.) Wir alle denken wehmütig an die Zeit zurück, in der wir tagelang ohne Schlaf auskamen, in denen wir weit über unsere Kräfte hinaus arbeiten konnten, und wir haben keine Vorstellung mehr, wie wir dazu in der Lage waren, Leistungen vollbrachten, die unserem prosaischen Ich wunderbar und phantastisch erscheinen.

Da war die Angelegenheit mit den Eiern des Kaiserpinguins. Edward Wilson, Arzt, Biologe, Künstler, Forscher und Schriftsteller, wollte einige dieser Eier beschaffen; denn ein Ziel der Expedition war, Exemplare von Vögeln, Tieren und Fischarten zu sammeln, weil man glaubte, die Untersuchung

von Vogelembryos würde ein Licht auf die Evolution werfen.
Diese Pinguine brüten ihre Eier mitten im antarktischen Winter, in der kalten schwarzen Dunkelheit an unzugänglichen Plätzen aus. Seit Monaten hatten sich die Männer bereits völlig verausgabt. Sie waren überanstrengt, überfordert und eindeutig überreizt. Sich auf die Suche nach den Eiern zu machen, war reine Torheit. Deshalb versuchte Scott, Wilson davon abzubringen. Unterwegs kamen auch Wilson Bedenken, weil er erkannte, in welche Lage er die anderen gebracht hatte: Aber natürlich verstieß es gegen den Geist der ganzen Sache umzukehren. Die beiden anderen Männer waren »Birdie« Bowers – in seinen moralischen und physischen Qualitäten überragte er die anderen, denen es daran keineswegs mangelte – und Apsley Cherry-Garrad, ein junger Mann von vierundzwanzig Jahren, der später das beste Buch über die Expedition schrieb. Hier ein Zitat:

> Wir waren im Dienst der Wissenschaft unterwegs. Den drei kleinen Embryos von Cape Crozier, den schweren Fossilien von Buckley Island, der Menge des weniger spektakulären Materials, das trotzdem Stunde um Stunde, in Wind und Schneetreiben, Dunkelheit und Kälte gesammelt wurde, galten unsere Mühe, damit die Welt ein wenig mehr Wissen besitzt, damit sie auf das bauen kann, was sie weiß, anstatt auf das, was sie denkt.

Das Buch trägt den Titel *The Worst Journey in the World,* und das Kapitel »The Winter Journey« berichtet von der Suche nach den Eiern. Das letzte Kapitel trägt die Überschrift »Never Again« und vermittelt das Gefühl von Bestürzung und Trostlosigkeit, obwohl es eindeutig in einem Hochgefühl geschrieben wurde. Cherry-Garrad analysiert darin seine Schlußfolgerungen über die Expedition als Ganzes. Aber selbst zehn Jahre später, als er mit bitteren Einsichten seine Erkenntnisse niederschrieb, bricht in einer sachlichen vernünftigen Passage über künftige Polarexpeditionen der rhetorische glorifizierende Geist der Expedition durch:

> Ich hoffe, wenn Scott schließlich nach Hause kommt – denn er kommt nach Hause: die Eisbarriere ist in Bewegung, und Shackletons Männer fanden 1916 keine Spur unseres Hügelgrabs –, werden die Härten, die sein Leben so sinnlos forderten, nur noch ein Schrecken der Vergangenheit, und seine *via dolorosa* wird eine Straße sein, die so bequem wie Piccadilly Circus ist.

Das bedeutet, offensichtlich werden Schnee und Eis der Antarktis auf eine mystische Weise Scotts Leichnam im Triumph nach *Hause,* nach England bringen. Und wenn man das als reinen Unsinn abtut, dann irrt man sich, denn man stellt dabei die *Atmosphäre* der Zeit nicht in Rechnung.

Doch zurück zur »Winterreise«... Es war sehr kalt, und es war sehr dunkel. Es ist nicht möglich zu begreifen, wie es war. Man kann zwar sagen, soundsoviel Grad unter Null, begreift aber trotzdem nicht, selbst wenn man solche Temperaturen schon selbst erlebt hat – denn ganz bestimmt war man gutgenährt, warm gekleidet und nur einen kurzen Augenblick in der Kälte. Es konnte »morgens« vier Stunden dauern, bis sie sich erstarrt aus den gefrorenen oder nassen Schlafsäcken herausgearbeitet hatten und sie die Glieder wieder bewegen konnten. Es kam soweit, daß es ihnen gleichgültig war, ob sie in Gletscherspalten stürzten. Als sie das Basislager wieder erreichten, mußte man ihnen die Kleider stückweise vom Leib hacken. Einmal, in einer tödlich kalten, aber ruhigen Nacht, denn ausnahmsweise tobte kein Schneesturm, heulte kein Wind, sitzen die drei Männer steif vorgebeugt im Zelt, ihre Knochen klappern – »Wenn die Knochen klappern, kann man sagen, daß es wirklich kalt ist...« Mit einer *Kerze* kämpfen sie sich mühsam meilenweit durch den Schnee, um einen Schlitten zu holen – die Schlitten waren in Zwischenlagern deponiert.

Diese unmögliche Reise dauerte sechs Wochen; sie kamen dabei beinahe ums Leben. Es war reines Glück, daß sie überlebten. Als sie das Ziel erreichten, mußten sie gefährliche Eisklippen hinunterklettern – natürlich in pechschwarzer Nacht und mit eiskalten Fingern –, um die Pinguine zu erreichen. Eiswände versperrten ihnen den Weg; sie mußten durch enge Spalten kriechen und beinahe hätte es kein Zurück mehr gegeben. Dann setzte ein so heftiger Schneesturm ein, wie sie es nie für möglich gehalten hätten. Ihr Zelt flog davon, und... alles, was schiefgehen konnte, ging schief. Trotzdem machte Wilson die ganze Zeit über Einträge in sein Tagebuch; dazu zog er jeweils für ein paar Sekunden seine Handschuhe aus, und Bowers führte seine meteorologischen Messungen durch. Diese drei Männer liebten sich aufrichtig; sie waren bereit, füreinander zu sterben, was sie praktisch auch taten, denn wenn ihnen der Rückweg versperrt gewesen wäre, hätte ihre gegenseitige Abhängigkeit, ihr Vertrauen genau dazu geführt. Als ich diesen Teil des Buches las, protestierte ich laut: »Nein wirklich, aufhören! Das ist Wahnsinn, das ist verrückt! Weshalb tut ihr das?« Weshalb? Nun ja, um für das Naturhistorische Museum Embryos zu beschaffen, und natürlich zum Ruhm Englands. Aber was taten sie wirklich? Das ist eine ganz andere Geschichte! Man kann diesen wunderbaren, schrecklichen Seiten die Essenz des Geistes entnehmen, der hinter der ganzen Expedition stand.

Als sie mit den Pinguineiern nach England kamen und sie dem Naturhistorischen Museum übergaben, hielt ein dummer Beamter es natürlich nicht für nötig, sich mit ihnen oder den Eiern abzugeben; er wußte nicht, wer diese Männer waren. Doch dieses Drama wurde von einem Künstler geschrieben, der wußte, wie es hätte sein sollen: Hätte man diese heroischen Verrückten tatsächlich mit allen Ehren empfangen und die Eier mit der bebenden Ehrfurcht entgegengenommen, die sie verdienten... nein, das wäre ein zu großer Antiklimax gewesen. Und der erste Wissenschaftler, der die Eier untersuchte, übersah einen wesentlichen Punkt. Man könnte sagen, das ganze Unternehmen sei sinnlos gewesen... wenn man es von diesem Standpunkt aus betrachtet. Aber das war nicht Cherry-Garrads Standpunkt: hier der letzte Abschnitt seiner Zusammenfassung.

Und ich sage euch, wenn ihr das Verlangen nach Wissen und die Kraft besitzt, ihm Ausdruck zu verleihen, dann geht hinaus und forscht. Bist du ein mutiger Mann, wirst du nichts tun. Bist du ein ängstlicher Mann, wirst du vielleicht viel tun: Denn nur Feiglinge haben das Bedürfnis, ihren Mut unter Beweis zu stellen. Einige werden dir sagen, du bist verrückt; und beinahe alle werden fragen: »Wozu? Welchen Nutzen hat es?« Denn wir sind eine Nation von Ladenbesitzern; und ein Ladenbesitzer interessiert sich nicht für Untersuchungen, die sich nicht innerhalb eines Jahres finanziell auszahlen. So wirst du beinahe allein mit deinem Schlitten aufbrechen. Doch die, die dich begleiten, sind keine Ladenbesitzer, und das ist einiges wert. Wenn du deine Winterreisen machst, wirst du deine Belohnung finden, aber nur, wenn du nicht mehr als ein Pinguinei suchst.

Man beachte auch hier die feine Verachtung des Gentleman für das Kommerzielle – ein Geist, der bei uns durchaus noch lebendig ist.
Die Winterreise war nur eine der unmöglichen Heldentaten, die der Geist der Expedition hervorbrachte.
Hier eine andere: Sechs Männer, Offiziere und Mannschaft, befanden sich auf einem wissenschaftlichen Erkundungstrip, um Exemplare der Tierwelt zu sammeln und das Gebiet zu erforschen. Sie sollten auf das Schiff warten, das sie abholen würde, sobald das Eis es möglich machte. Doch es lag auf der Hand, daß das Schiff unter den herrschenden Bedingungen nicht durchkommen, und sie an Bord nehmen würde. Ich wiederhole: Diese Möglichkeit war den Männern durchaus bewußt. Trotzdem dachten sie nicht daran, sich entsprechend auszurüsten. Kein Schiff kam. Und sie mußten ohne angemessene Kleidung, Nahrung oder Ausrüstung bis zum nächsten antarktischen Frühling überleben. Sie gruben eine Höhle tief in den Schnee, den eine spätere Expedition als Hundehütte bezeichnete. Sie erlegten ein paar Robben und Pinguine. Sie krochen in die Höhle, unterhielten in einem kleinen Öfchen ein Feuer mit Robbentran, dessen Rauch die Höhle erfüllte und

Männer und Wände schwärzte. Die Offiziere saßen auf einer Seite, die Männer auf der anderen. Es verband sie die liebevolle Sorge füreinander. Sie lagen in schmutzigen, viel zu dünnen Schlafsäcken, sangen patriotische und religiöse Lieder und sprachen über England und über das Essen. Natürlich gab es nur Robbenspeck und Pinguinfleisch, und auch davon nicht viel. Wasser zum Kochen zu bringen, dauerte eine Stunde. Sie litten alle an Diarrhöe. Trotzdem verloren sie nicht den Mut und überlebten die sechs Monate der antarktischen Nacht durch ihre intelligente und entschlossen befolgte Disziplin. Als ihre Prüfung vorüber war – und ihrem Leben in der Eishöhle gingen vier Monate zermürbender Kälte und Unterernährung voraus – machten sie sich auf den Rückweg zum Hauptlager, wo sie die Nachricht von den Todesfällen in Scotts Mannschaft erwartete. Die rußgeschwärzten, halbverhungerten Männer meldeten sich sofort freiwillig zum Dienst und gingen zurück an die Arbeit.

So war alles. Da gab es zum Beispiel Scotts in letzter Minute und ganz spontan getroffene Entscheidung, »Birdie« Bowers zu erlauben, die vier ausgewählten Männer zum Pol zu begleiten, obwohl er im Gegensatz zu ihnen keine Skier hatte. Ein Anführer sollte nicht derartig impulsive Entscheidungen treffen; und man hat Scott deshalb kritisiert. Man kann Scott auch nicht verstehen, wenn man sich nicht die glühend leidenschaftliche Stimmung dieses Abenteuers vorstellt – oder es zumindest versucht. »Birdie« Bowers wurde das begehrte Privileg *gewährt*, einer der Männer zu sein, die tatsächlich den Pol entdecken sollten (als sie ihn erreichten, mußten sie feststellen, daß Amundsen ihnen zuvorgekommen war). Und ich bin sicher, als sie sterbend in ihrem Zelt lagen, wäre ihnen nie der Gedanke gekommen, es sei vielleicht falsch gewesen, den fünften Mann mitzunehmen, dem die richtige Ausrüstung fehlte, oder daß man es vielleicht später für ein unnötiges Risiko halten könnte, das Leben dieses außergewöhnlichen Mannes aufs Spiel gesetzt zu haben.

Nein, sie lagen sterbend in ihrem Zelt, nachdem der tapfere Captain Oates in den Schneesturm getaumelt war – obwohl der

Eindruck entsteht, er habe diesen Entschluß möglicherweise bereits vorher gefaßt (aber was würde sich dadurch ändern?) – und sie tröstete das Wissen, daß sie ihre Pflicht, so gut sie konnten, erfüllt und sie es zurück ins Lager geschafft hätten, wenn das Glück auf ihrer Seite gewesen wäre. Später kam man zu dem Schluß, daß sie schlichtweg verhungerten, da sie nicht wußten, wieviel Kalorien ein körperlich schwer arbeitender Mann braucht.

Das war keineswegs ihre Schuld. Und doch litt Amundsen nicht unter Hunger. Seine Mannschaft ernährte sich auf dem Weg zum Pol und zurück von Hunden. Die Engländer verachteten sie dafür, obwohl sie selbst ihre Pferde töteten und aßen, wenn die Not es gebot.

Es waren alles sehr intelligente Männer und manche besaßen von früheren Expeditionen – nicht alle in polaren Regionen – einige Erfahrungen. Und doch handelten sie so töricht. Offensichtlich kann man das Wort *töricht* nicht gebrauchen, nicht im Zusammenhang mit dieser *heiligen* Sache.

Als die Nachricht vom Tod der fünf Helden in Großbritannien eintraf, trauerte die ganze Nation.

»Kümmert euch um Gottes willen um unsere Leute«, hatte Scott sterbend im Schlafsack geschrieben (so gut er noch konnte), wie man aus den Aufzeichnungen ersehen kann. Und die Regierung, auf diese Weise öffentlich in die Pflicht genommen, tat es.

Ein paar Monate später brach der Erste Weltkrieg aus. Die meisten von uns blicken heute darauf zurück und wundern sich über diese Dummheit und sinnlose Verschwendung. Es erscheint einfach unvorstellbar, daß er überhaupt begann und dann, daß man ihn nicht sofort beendete. Unmöglich, daß dieses Abschlachten von Menschen überhaupt geschehen konnte. Unmöglich, unmöglich – sie müssen alle verrückt gewesen sein!

»Gott sei gedankt, der uns in seiner Stunde auserwählt«, jubelte der junge Idealist Rupert Brooke, während Millionen junger Männer mit verbrecherischer Fahrlässigkeit in den sicheren Tod getrieben wurden.

Brookes Ton und der einiger anderer Dichter, bevor sie sich der Wahrheit über diesen Krieg nicht mehr entziehen konnten, entsprach genau dem Ton der Scottschen Antarktisexpedition 1910–1913. Ich frage mich, ob die nationale Erregung über den Tod Scotts und der anderen zu der allgemeinen Stimmung beitrug, die diesen Krieg ermöglichte.

Aber sie kann nicht mehr gewesen sein als ein kleiner Tropfen, der half, die Stimmung anzufachen, denn ganz Europa war betrunken von Rivalitätsgefühlen. Die Atmosphäre war so mächtig, daß Sozialisten, die sich kurz vor Ausbruch des Krieges trafen, schworen, sich nicht von der Propaganda mitreißen zu lassen; sie wollten nicht erlauben, daß die Arbeiterschaft Europas sich aus nationalistischen Gefühlen heraus haßte. Sie wollten auch nicht dulden, daß sie von miteinander wetteifernden Reichen als Kanonenfutter benutzt wurden. Diese Leute sahen ihre Situation in aller Klarheit, ehe die Trommeln anfingen zu schlagen. Aber sie konnten sich dem allem nicht entziehen; sie wurden schwach und schließlich wie alle anderen mitgerissen.

Inzwischen wird man gesehen haben, daß die Antarktisexpedition 1910–1913 für mich ein Zusammentreffen von Extremen, von heftigen inneren Konflikten und dem Drama ist, das aus solchen Spannungen entsteht. Manchmal repräsentiert eine einzelne Person das Wesen eines historischen Prozesses, eines Ereignisses oder einer Krise, und ich glaube, in diesem Fall ist die Person nicht Scott, sondern Wilson. Er scheint bei beiden Expeditionen der moralische Mittelpunkt gewesen zu sein. Die Männer suchten bei ihm Rat, Trost und Hilfe; sie verehrten und bewunderten ihn, achteten und liebten ihn. Sie sprachen von ihm, wie man von Führern und Vorbildern spricht. Er rivalisierte jedoch in keiner Hinsicht mit Scott. Im Gegenteil, die beiden Männer waren die besten Freunde.

Ich muß betonen, daß Wilson ein durch und durch bewundernswerter Mann war, dessen Leben etwas von einem Wunder an sich hatte – und ich behaupte es auch weiterhin, obwohl uns in der heute herrschenden Atmosphäre Männer wie er ein gewisses Unbehagen bereiten. Es ist erstaunlich genug, daß ich so etwas sagen muß. Für meine Eltern zum Beispiel wäre die Vorstellung, daß man einen Mann wie Wilson vielleicht verteidigen müßte, unmöglich gewesen. Aber wir blicken auf Wilson nach zwei Weltkriegen, vielen »kleinen« Kriegen, größeren und kleineren Revolutionen und während die Vorbereitungen zum dritten Weltkrieg in vollem Gang sind. Wir haben Gründe, edlen Menschen zu mißtrauen: Edle Gedanken können Mord und Mörder hervorbringen. Diese Wahrheit haben wir auf schmerzliche Weise gelernt.

Edward Wilson war ein edler Mann.

In erster Linie war er Christ: ich meine ein wahrer Christ. Seine Religion bildete von Kindheit an die Grundlage seines Lebens. Er kam aus einer Quäkerfamilie, und seine Eltern wußten genau, wie ihr Sohn erzogen werden sollte: Sie wußten in dieser unschuldigen Zeit, was gut und was böse war.

Er war in erster Linie Naturforscher: Seine Liebe und das Verständnis für Vögel und Tiere zeigten sich schon als kleines Kind. Seine Talente als Maler entfaltete er im Dienst biologischer Studien. Er wurde ein sehr guter Maler, obwohl er keinerlei Ausbildung erhielt; die Zeichnungen und Aquarelle, die er auf den Expeditionen anfertigte, sind nicht das Werk eines Amateurs. Er war ein hervorragender Medizinstudent und später ein hervorragender Arzt; doch seine schwache Gesundheit setzte dieser Laufbahn ein Ende. Er bekam Tuberkulose, vermutlich, weil er sich zuviel abverlangte. Er aß sehr wenig, legte keinerlei Wert auf Kleidung und arbeitete offensichtlich viel zuviel.

> Ich kann Leute nicht ertragen, die selbstverständlich voraussetzen, daß das wichtigste Ziel im Leben die Erhaltung von Gesundheit und Kraft, von Sehvermögen und allem möglichen für die Zeit ist, wenn sie einmal sechzig sind. Wie um alles in der Welt kann man wissen, ob man überhaupt dreißig wird? Ich halte es für besser, etwas zu tragen, wenn es gut und neu ist, die abgeschabten Ecken zu flicken, anstatt es in den Kleiderschrank zu hängen, bis die Motten sich darüber hermachen, und man feststellen muß, daß es nicht mehr in

Ordnung ist, wenn man schließlich daran denkt, es zu tragen.

Er stand jeden Morgen rechtzeitig auf, um zwei Stunden lang an seiner Version einer Exegese der Evangelien zu arbeiten: Er gehörte nicht zu den Leuten, die sich mit den Gedanken anderer Leute zufriedengeben. Danach ging er zu Fuß von seiner bescheidenen Wohnung durch den Park zum St. George's Hospital, absolvierte dort seine Arbeit, marschierte zurück, half in einem Jugendclub – die Jungen waren so arm, wie Leute damals sein konnten: ausgehungert arm. Er arbeitete die halbe Nacht. Er war der rücksichtsvollste Sohn, der beste Freund, er war... Aber wo fängt man bei einem solchen Mann an? Bereits in früher Kindheit fiel er jedem als außergewöhnlich auf, und biographische Zeugnisse lesen sich eher wie gesammelte Huldigungen.

Ich kannte Wilson sehr gut, in Cambridge und am St. George's Hospital, und er überragt alle Männer, die ich kenne, durch seinen edlen Charakter und seine hohen Ziele. Als Student lebte er in asketischer Reinheit; doch er gewann sehr schnell Freunde und sah auch im draufgängerischsten Studenten das Gute. Denn seine Reinheit besaß etwas von der Flamme, die keine Ansteckung fürchten muß. Selbst bei den weniger ernsthaften Studenten war er sehr beliebt, denn er besaß den Paß, der ihm den Zugang zum Herzen des Colleges sicherte – einen köstlichen Humor. Jeder, der ihn kannte, fühlte sich durch ihn bereichert, und nur sehr wenige Menschen werden von ihren Freunden so sehr geliebt wie er...

George Seaver, ein Biograph, charakterisiert ihn folgendermaßen:

Es genügt zu sagen, daß er die unumstößliche Überzeugung vertrat, daß es im Leben eines Menschen keine Situation gibt, wie unerquicklich sie auch zu sein scheint, die man nicht in vollkommene Freude verwandeln kann, wenn man Gott im Herzen trägt. Um diese letzte Vollkommenheit zu erreichen, muß man alle Erfahrungen durchleben und lernen, alle Menschen zu lieben. Diese besondere Liebe sollte zu einer universalen Liebe führen; den Wert des Lebens darf man nicht nur an Leistungen und Erfolgen messen, sondern allein am Motiv des Herzens und der Willensanstrengung; der Wert der Erfahrung hängt nicht so sehr von Vielfalt und Dauer als von Intensität ab; und durch eine einzige konzentrierte Anstrengung, die von Herzen kommt, kann ein kurzes Leben eine Ebene erreichen, die Jahrhunderte normaler Entwicklung überragt, so daß ein Mensch, der auf diese Weise lebt und in einer kurzen Zeit vollkommen geworden ist, die Erfüllung vieler Jahre ist.

»Das sind große Worte«, fährt er fort; und das sind sie in der Tat. Doch viele Menschen empfanden, daß solche Worte auf Edward Wilson angewendet werden durften.
War dieser Mann nicht ein Heiliger? Sicherlich besaß er alle Eigenschaften der Heiligen in oder außerhalb von Klöstern? Was besitzen Heilige, welche Stärken, welche Gottesliebe, Selbstdisziplin, Menschenliebe, die Wilson nicht besaß?
Es kostete ihn Anstrengung, ein »guter« Mensch zu sein, denn er mußte um seine Selbstdisziplin ringen, obwohl es ihm geholfen haben muß, in einer Familie aufgewachsen zu sein, in der man danach strebte, ehrenhaft, freundlich und selbstbeherrscht zu sein. Doch es fiel ihm sehr schwer. Als Kind neigte er zu Zornesausbrüchen – vielleicht, weil von ihm zuviel verlangt wurde? Er galt als intolerant und überkritisch: Schulfreunde fürchteten seine »verachtungsvollen Blicke« und seine »Bissigkeit«. Und doch blieb Dr. Wilson während der Expeditionen, unter Bedingungen, von denen wir alle wissen, daß irrationaler Haß und Reizbarkeit normale, freundliche Menschen überfallen können, in Situationen, in denen andere angespannt, mürrisch, schwierig und unvernünftig werden, »fröhlich, hilfsbereit, ausgeglichen und immer beherrscht«. Er hatte gelernt, weder zu verurteilen noch zu kritisieren. Trotzdem, neben all den Forderungen, die die Expedition an ihn stellte, beschäftigte er sich insgeheim mit eigenen Zielen – geheim,

denn er sprach mit den anderen nicht über sein spirituelles Leben. Sie kannten die Quelle der Kraft nicht, die alle in ihm spürten; sie sollten sie erst später in seinen Briefen und Tagebüchern entdecken.

> Hier haben wir keine Wohnstatt – das spüre ich immer deutlicher, je älter ich werde –, und oft scheinen nur noch so wenige Tage des Dienens, des Tuns und Handelns vor mir zu liegen und auch so wenige hinter mir. Es ist erstaunlich und höchst verwirrend, wenn man versucht, über das Ziel unseres kurzen Erdenlebens – ein Leben, das wie ein Besuch ist – nachzudenken. Und wie hoffnungslos bescheiden muß sich unsere Wirkung auf den kleinen Teil der Welt ausnehmen, mit der wir in Berührung kommen. Mich überkommt ein Gefühl, daß es absolut notwendig ist, immer etwas zu tun, jede Stunde, Tag und Nacht, ehe das Ende vielleicht kommt, oder ich einen guten Teil dessen getan habe, was von mir erwartet wird; jede Minute ist kostbar, obwohl wir so oft Stunden um Stunden vergeuden; nicht weil wir ausruhen wollen, oder weil es mitunter eine Pflicht ist, sondern aus dem schlichten Fehlen einer sinnvollen Aufgabe. Je mehr man tut, desto mehr bekommt man zu tun...

Dieser Mann war aus dem Stoff, aus dem Fanatiker und Eiferer, Scheinheilige in Religion und Politik gemacht sind. Und das war er nicht, ganz bestimmt nicht, und doch... war er vielleicht ganz einfach ein ganz kleines bißchen verrückt?
Da gibt es die Winterreise, auf die er gegen Scotts Rat bestand, die er durchführte, und die alle seine Qualitäten so glänzend zutage brachten, und von der Cherry-Garrad sich nie mehr erholte.
Aber oft erlaubte er sich nicht, in Extreme zu verfallen, auch wenn man es eigentlich erwartet hätte: seine Einstellung zu *England* zum Beispiel. Aber er weinte über das, was England im Burenkrieg tat, und seine Haltung zu seinem geliebten Land wurde von einer kleinen und verachteten Minorität geteilt, die wenigen, die kurze Zeit später den Weltkrieg haßten. Ich frage mich, wie Wilson diesen Krieg mit seinen Absurditäten und

Grausamkeiten beurteilt hätte. Nein, es ist nicht leicht zu sagen, und das macht die Faszination dieses Mannes aus.

> Jeder ist viel zu ängstlich oder egoistisch, um auch nur in kleinen Dingen »quichottisch« zu sein. Jeder lebt nach einer Faustregel – nach den Gesetzen der Gesellschaft oder den Gesetzen des Landes oder den Gesetzen der Kirche oder etwas Ähnlichem… obwohl niemand etwas anderem verpflichtet ist als dem Gesetz seines eigenen Gewissens.

Heute nachmittag besuchte ich einen Bücherbasar, den die Hilfsorganisation »Oxfam« zugunsten der Hungernden in der Dritten Welt veranstaltet hatte. Dort entdeckte ich Admiral Edward Evans Buch über die Expedition 1910–1913: *South with Scott.* Es ist forsch und sachlich geschrieben. Er erwähnt nicht, daß die *Terra Nova,* das Schiff, das seinem Kommando unterstand, eine Katastrophe war, und Mensch und Tier darunter zu leiden hatten. Keineswegs: Er genoß die Schwierigkeiten. Die Winterreise ist für ihn ein Punkt unter anderen, obwohl er einräumt, daß die Strapazen möglicherweise das erträgliche Maß überschritten. Er erwähnt, daß Campbell und seine Männer in dieser Eisgrube überwintern mußten.
Hier spricht ein Mann, der gelernt hat, seine Vorgesetzten nicht zu kritisieren:

> Mit Sicherheit hätte kein Mensch Scotts Platz als Führer unserer Expedition besser ausfüllen können – niemand konnte sich mit ihm messen. Er war das Herz, der Kopf und der Meister.

Nun ja, das war der Geist der Zeit!
Von soziologischen Spekulationen zurück zu meinem kleinen Buch. Ich kann nicht behaupten, ich hätte es genossen, das Buch zu schreiben, denn Schnee, Eis und Kälte schienen in mich einzudringen und meine Gedanken und Reaktionen zu verlangsamen.
Vielleicht geschah auch etwas anderes. Ich beendete die Arbeit einen Tag nach dem Tod eines Menschen, den ich lange gekannt hatte; obwohl ich bis dahin nie einen Zusammenhang mit mei-

nem Buch gesehen hatte. Es dauerte lange, bis sie starb; und auch sie hungerte, denn sie weigerte sich zu essen und zu trinken, um das Ganze zu beschleunigen. Sie war zweiundneunzig, und es schien ihr vernünftig, so zu handeln.
Mir scheint, wir wissen auch nicht annähernd genug über uns selbst. Wir fragen uns nicht oft genug, ob unser Leben, gewisse Ereignisse und Lebensabschnitte vielleicht Analogien, Metaphern, Echos von Entwicklungen und Ereignissen sind, die in anderen Menschen stattfinden – oder Tieren – vielleicht sogar Wäldern, Meeren oder Felsen – in unserer Welt oder sogar in anderen Welten oder Dimensionen.

Die Zitate auf den Seiten 166/7 und 169 stammen aus Apsley Cherry-Garrads *The Worst Journey in the World* (London: Chatto & Windus, 1913). Die auf den Seiten 173–177 sind George Seavers *Edward Wilson of the Antarctic: Naturalist and Friend* (London: John Murray, 1933) entnommen.